제3제국 ❸

제3제국 ❸

초판1쇄 인쇄 | 2017년 6월 10일
초판1쇄 발행 | 2017년 6월 15일

지은이 | 이원호
펴낸이 | 박경미
펴낸곳 | 도서출판 황금물고기

등록일자 2003년 12월 5일
등록번호 제2013-000213호
주소 서울시 마포구 모래내로 83(성산동 한올빌딩 6층)
전화 02-326-3336
팩스 02-325-3339
이메일 okpk@hanmail.net

ISBN 978-89-94154-68-8 978-89-94154-65-7(set) 04810

제3제국 ❸

제3제국

이원호 지음

황금물고기

차례

1장 남북연방

"모범이 되어야 해."

서울로 날아가는 비행기 안에서 서동수가 말했다. 앞쪽에 앉은 하선옥은 단정하게 앉아 듣기만 한다.

"그래야 다른 사람들의 기운을 꺾지 않는다고."

지금 서동수는 공직자의 자세를 말하고 있는 중이다. 조금 전 하선옥은 최만철이 회의석상에서 들은 이야기를 해주었다.

국개위 산업위원 이경훈의 이름도 들었다. 하선옥은 새바람에 대한 보고를 마친 참이다. 서동수가 말을 이었다.

"난 장단점이 다 노출되었어. 나 자신도 모르고 있었던 부분까지 해부되고 해석된 상태지."

하선옥의 시선을 받은 서동수가 빙그레 웃었다.

"사람들은 더 나아가서 내 미래도 예측하더군."

"거의 맞아 들어갔고요."

마침내 하선옥도 거들었다.

"예측 가능한 지도자는 국민에게 안정감을 주는 법입니다."

"일이 잘 풀리면 모든 것이 다 잘한 것으로 보이는 법이야."

쓴웃음을 지은 서동수가 말을 이었다.

"산업위 위원 이경훈 씨가 정확하게 진단한 거야. 나는 운이 좋았어."

"그리고 장관님은 모범이 되셨습니다. 그래서 다른 사람들에게 의욕을 불러일으키셨고요."

서동수는 입을 다물었다. 지금도 서동수에 대한 비난이 끊이지 않고 있는 것이다. 가정생활에 대한 비난은 지난번 선거 때 민족당 측의 자충수로 가라앉았어도 여자 문제는 끊임없이 돌출되고 있다. 대부분이 조작되거나 악의적인 소문이었지만 가랑비에 옷이 젖는 법이다. 하선옥도 그것을 우려하고 있다. 그때 하선옥이 말을 이었다.

"김 위원장에 대한 홍보가 국민에게 먹히고 있습니다. 그래서 김 위원장 인기가 높아지고는 있지만 장관님의 지지율에는 변동이 없습니다."

"국민이 확실히 알아야지."

그리고 김동일이 그것을 모를 리가 없는 것이다. 이번 평양 방문에서도 서동수는 김동일의 호의를 확인할 수 있었다. 중국군 개입을 함께 막은 상황이 아닌가.

이제는 서로 믿는 단계가 되었다. 서동수가 하선옥을 보았다.

"서울에서 고정규 씨를 만나는 게 어떨까? 하 실장 생각은 어때?"

하선옥은 홍보 책임자다. 긴장한 하선옥이 서동수의 시선을 받더니 천천히 머리를 저었다.

서동수는 웃음만 띠었고 하선옥의 말이 이어졌다.

"너무 입장이 다르고요. 만나도 크게 달라질 것이 없다는 것을 모두가 압니다. 선전용 만남은 역효과가 날 가능성이 많습니다."

"그렇겠군."

"고정규 씨 측에 이용당할 가능성도 있고요. 선거도 얼마 남지 않은 상황에서는 거리를 두시는 것이 낫습니다."

그러더니 하선옥이 덧붙였다.

"대책위에서도 검토한 것으로 알고 있습니다."

그렇다. 이미 민족당에서도 서동수의 캠프로 대거 옮아온 상황이다. 민족당 출신 임창훈은 국개위의 민생위 위원장이기도 하다. 서동수 측 선대위에선 고정규와는 거리를 두라고 서동수에게 권고했다. 그때 서동수가 길게 숨을 뱉고 말했다.

"다 싸안을 수는 없겠지."

그러더니 하선옥에게 손을 뻗쳤다.

"당장 급한 쪽은 우리가 아니라 중국입니다."

아소 다로 경제부총리가 정색한 얼굴로 말했다. 총리 공관의 응접실 안, 오늘도 아베는 아소와 총리실 부속실장 도쿠가와, 그리고 방위상 이나다 도모미, 외교장관 다케시마까지 모아놓고 안보 회의를 한다. 물론 비공식이어서 오후 8시 반, 퇴근 후에 모인 것이다. 아소가 말을 이었다.

"중국이 서두르다 자충수를 둔 셈이 되었어요. 상황은 유동적이지만 한국 대선이 두 달 남았습니다. 대선까지 놔두십시다."

머리를 끄덕인 아베가 도쿠가와를 보았다.

"도쿠가와 씨 당신 생각은?"

"부총리님 의견과 같습니다."

도쿠가와가 똑바로 아베를 보았다.

"중국군의 신의주 진입이 좋은 기회였지만 러시아군 정보망을 피할 수는 없었습니다, 각하."

"빌어먹을 로스케 놈들."

이 사이로 말한 아베의 시선이 다케시마에게로 옮겨졌다.

"신의주의 일본인 피해는 없소?"

"아직 없습니다, 각하."

상반신을 세운 다케시마가 말을 이었다.

"매시간 보고를 받고 있습니다."

지금도 신의주에서는 중국인 테러 용의자를 체포하고 있는 것이다. 국경을 딱 막고 그물 안의 고기를 잡는 식이어서 지금까지 800여 명이 체포되었다. 중국 정부가 항의를 했지만 북한 정부의 기세에 압도당한 분위기다. 그때 이나다가 입을 열었다.

"각하, 독도 남쪽 500m 상공을 지나던 자위대 소속 헬기가 한국군 구축함의 위협사격을 받았습니다."

모두의 시선을 받은 이나다의 목소리가 높아졌다.

"그래서 경고용으로 구축함 두 척을 근해로 보내 시위 항해를 하려고 합니다. 허가해 주시지요."

"안 돼요."

한마디로 자른 아베가 아소를 보았으므로 이나다의 얼굴이 붉어졌다. 그때 아베가 아소에게 물었다.

"이제 한국과 중국은 적대관계가 되겠지요?"

"충돌은 일어나지 않을 겁니다."

정색한 아소가 말을 이었다.

“내가 한국 역사를 읽었는데 이렇게 위협적인 국력이 된 것은 처음인 것 같소.”

“백제하고 우리가 동맹국이었지요? 우리가 원조를 하는…….”

아베가 아는 척했다.

“그래서 백제가 멸망했을 때 우리가 전함 수백 척을 보냈지요? 늦었지만 말이죠.”

“어쨌든 지금 상황이 한국이 가장 뻗어 나가는 시기인 것 같습니다.”

입맛을 다신 아베가 말을 이었다.

“운이 좋다고 해야 하나? 이건 도무지 서로 죽일 것처럼 핵을 개발하고 군사력을 증강시키다가 갑자기 양쪽이 떡 하고 손을 잡으니 이건…….”

“이게 다 그 잡놈 때문이오.”

아소도 입맛을 다시더니 말을 이었다.

“이번에도 그 잡놈이 푸틴한테 정보를 받아서 김동일한테 알려줬기 때문에 이 꼴이 된 것 아닙니까?”

“한국 놈들이 날 골탕 먹이려고 내가 한국계 안(安)씨의 자손이라는 소문을 퍼뜨렸더군.”

아베가 투덜거리자 아소가 이를 드러내고 웃었다. 그때 이나다가 가볍게 헛기침을 하고 나섰다.

“총리 각하, 이번 독도에서의 총격은…….”

“안 돼요.”

다시 말을 자른 아베가 외면하고 말했다.

“상황이 좋지 않아요, 이나다 씨.”

인사동의 한정식당 '아정'은 서울에서 몇 개 남지 않은 고급 요정이다. 오후 8시 반, 아정의 방안에는 둘이 마주앉아 있었는데 바로 서동수와 고정규다. 서동수가 비행기 안에서 하선옥으로부터도 만나지 말라는 충고를 들었지만 오늘밤 고정규를 만나고 있다. 그러나 옆방에는 비서실장 유병선, 특보 안종관, 국개위 국무위원장 진기섭까지 대기하고 있는 데다 고정규 또한 측근들을 대동했다. 비밀회동이지만 내일 아침이면 전(全) 언론사는 뉴스로 보도할 것이었다. 상 위에는 한정식 요리가 가득 차려졌고 소주병까지 널려 있었는데 둘은 아직 밥그릇 뚜껑도 열지 않았다. 인사를 한 후 날씨와 건강 이야기가 막 끝난 참이다. 주위는 조용하다. 아정은 방이 5개였는데 오늘 밤은 방 4개가 서동수와 고정규 일행으로 가득 찼고 다른 손님은 받지 않았다. 그래서 모두 안방 쪽을 주시하며 잔뜩 긴장하고 있는 것이다. 오늘 만남은 어제 오후 서동수가 직접 고정규에게 제의함으로써 이루어졌다. 단둘만의 회동 제의였지만 측근들을 대동하는 것은 당연한 일이다. 이윽고 서동수가 먼저 입을 열었다.

"민족당과 북한 민생당과의 연대를 깨뜨리겠다는 의미는 아닙니다."

긴장한 고정규가 어깨를 치켜세웠고 서동수의 말이 이어졌다.

"이제 새바람, 참기 운동이 궤도에 오른 것 같더군요. 그래서 제가 고대표께 제의를 하려고 합니다."

고정규의 시선을 받은 서동수가 빙그레 웃었다.

"같이 운동하십시다. 누가 일으켰건 상관없이 민족당이 참여하면 엄청난 시너지가 붙을 겁니다. 그야말로 거국적인 기운이 일어나겠지요."

"……."

"선거 운동을 떠나서 한민족의 기운을 일으키는 데 동참하시라는 말씀입니다."

고정규가 심호흡을 했다. 그러나 표정은 변하지 않는다. 여기 오기 전에 회의를 했을 것이다. 수십 가지의 예상 의제를 내놓고 수백 가지의 해답 중에서 최상의 것을 고른 후에 출전(出戰)하지 않았겠는가? 그런데 아마 이런 제의는 예상 의제에 들어가지 않은 것 같다. 그때 고정규가 물었다.

"결국 서 후보님 선거를 도우라는 말씀이나 같군요. 그렇지 않습니까?"

"그렇게 생각하시면 할 수 없지요."

쓴웃음을 지은 서동수가 말을 이었다.

"나는 지금 일어나는 새바람, 참기 운동에 아군, 적군이 없다는 생각이 들었거든요. 북한에도 참기 운동이 일어나고 있지 않습니까?"

그렇다. 지난번 최만철이 평양에서 '석 달 참기' 운동을 주장한 후로 북한에서도 새 기운이 일어나고 있다. 그러나 여론조사 기관에서는 그 새 기운이 서동수의 지지율로 연결되지는 않는다고 했다. 오직 한민족과 대한연방의 새 기운인 것이다. 소주병을 들어 고정규의 잔에 술을 따랐다.

"새바람, 참기 운동을 민족당의 구호로 사용하셔도 됩니다. 그것을 우리 공생당(共生黨)만의 전유물로 하지 않겠습니다. 어떻습니까?"

"상의를 해봐야겠지만……."

술잔을 받은 고정규가 쓴웃음을 지었다.

"어쨌든 공생당 선거를 도와주는 것이 되는 것 같아서요."

그러더니 고정규가 얼른 덧붙였다.

"새바람, 참기 운동에 저희들도 공감하고 있지만 말입니다."

서동수가 머리를 끄덕였다. 예상은 했다. 그러나 함께 가자는 제의를 한 것이 중요하다. 그것을 모를 사람들도 아니다.

"회의를 하겠지요."

서동수의 가슴에 안긴 하선옥이 더운 입김을 가슴에 뿜으며 말했다. 성북동의 안가(安家)는 조용하다. 이층 방의 불을 꺼놓았지만 사물의 윤곽은 선명하다. 서동수가 하선옥의 풍만한 엉덩이를 움켜쥐고 당겨 안았다. 방금 고정규와 만난 이야기를 해준 것이다.

"제의 내용은 언론사에 다 통보했으니 내일 뉴스로 나갈 테니까요."

"뉴스로 나가도 저쪽 입장은 별 영향을 받지 않을 거야."

서동수가 이제는 하선옥의 젖가슴을 주무르며 말했다. 하선옥은 젖가슴을 주무르는 것을 좋아했다. 젖가슴이 큰 편이고 탄력도 강해서 주무르면 풍선처럼 느껴지기도 한다.

"제의한 것으로 끝난다면 좀 아쉽다."

"놀랐을 거예요."

가쁜 숨을 뱉으면서 하선옥이 말했다. 몸을 비튼 하선옥이 손을 뻗어 서동수의 남성을 움켜쥐었다.

"같이 참여하면 얼마나 좋아요?"

"내가 음모를 꾸민다고 생각할까?"

"그렇지는 않을 거예요. 너무 뻔한 일이니까."

"공생당 선거 운동을 돕는 꼴이 된다는 건 이해가 가."

"아파요."

하선옥이 몸을 비틀며 말했으므로 서동수가 젖가슴에서 손을 뗐다.

"좀 세게 했어?"

그러자 하선옥이 숨을 몰아쉬며 남성을 힘껏 쥐었다. 서동수가 입을 딱 벌리자 하선옥이 되물었다.

"좀 셌어요?"

"생각해보면 서로 좋을 텐데, 무임승차한 셈이 될 테니까."

"계산이 복잡할 거예요, 지금쯤."

하선옥의 숨결이 더 가빠졌다. 서동수가 하선옥의 허벅지 사이로 손바닥을 쓸어 올리자 곧 습지에 닿았다. 손바닥이 흠뻑 젖은 것이다.

"해주세요."

서동수의 남성을 쥔 하선옥의 손에도 힘이 실렸다.

"난 이미 달아올라 있으니까 금방 하셔도 돼요."

"너무 그러지 마, 버릇 된다."

하선옥의 몸 위에 오르면서 서동수가 쓴웃음을 지었다.

"너무 익숙해지면 신비감이 적어져."

"제가 그래요?"

서동수의 남성을 잡아 골짜기에 붙이면서 하선옥이 눈을 크게 떴다. 번들거리는 눈동자가 올려다보고 있다.

"아니, 넌 항상 새롭지."

"거짓말."

"넌, 나하고 가장 궁합이 맞아."

"평양에서 만난 여자는 어땠어요?"

그 순간 서동수가 힘껏 몸을 부딪치는 바람에 하선옥이 입을 딱 벌렸다. 서동수의 몸이 뜨거운 동굴 속으로 빠졌다. 서동수는 하선옥의 입을 맞췄다. 금방 입을 연 하선옥의 혀가 서동수의 입안으로 들어왔다. 방안에 거친 숨결과 함께 신음이 이어지고 있다.

북한은 공산당 조직을 이어받은 민생당(民生黨)이 김동일을 후보로 내세우고 일사불란한 체제가 갖춰져 있다. 남북한 주민 수는 5000만 명과 2500만 명, 유권자가 4000만 명과 1800만 명이라고 해도 서동수가 당선될 가능성이 높다. 그러나 당선만 되면 끝인가? 지금부터라도 합쳐야 한다. 새바람이 불 때 같이 배에 타야 하는 것이다. 그래서 고정규에게 먼저 제의를 했다. 가만있어도 되기는 한다. 그때 하선옥이 커다랗게 탄성을 뱉으면서 폭발했다.

"아이고, 여보."

서동수도 이번에는 함께 터졌다.

"몇 년 전만 해도 나라도 아니었지."

이응호가 혼잣소리처럼 말했지만 방안 사람들은 다 들었다. 오전 11시, 덕진동 사무실 안이다. 요즘 이응호 사무실은 붐비고 있었는데 수십 년 동안 연락을 끊었던 동창들도 나타났다. 이응호와 주변 친구들의 활발한 활동 때문이다. 이응호는 신문광고, 전단 살포 등의 방법으로 동성제품 구매 운동을 했다가 포겐사 차량 불매 운동, 요즘에는 석 달 참기 운동을 한다. 처음에는 동창회 사무실에서 이응호가 사비를 들여서 운동을 했는데 아예 개인 사무실로 옮겼다. 민족당 지지자 동창들이 항의를 했기 때문이다. 그래서 광고나 기타 선전은 이응호가 개인 이름으로 낸다.

이응호가 말을 이었다.

"북한이 펑펑 핵실험을 하면서 핵폭탄을 실전용으로 완성해 가는데도 남한은 좌우로 갈라져서 거의 내란 수준이었지."

그렇다. 그것은 누구도 부정하지 못한다. 제각기 상대방 탓만 하면서 무기력한 정권은 파멸을 향해 미끄러져 내려가고 있었다. 지금도 그때를 생각하면 이응호는 모골이 송연해진다.

"한민족의 운(運)이야. 이 민족이 어떤 민족인데 그렇게 망하겠냐?"

이응호가 말했을 때 변기성이 쓴웃음을 지었다.

"또 김동일 위원장 덕분이라고 할 참이냐? 이젠 질린다. 그만 좀 해라."

"대세였지. 남북한 주민이 그것을 바랐던 거야."

이응호가 말했을 때 주석 자리에 앉아있던 유희준이 입을 열었다.

"남북한 화합을 위해서는 서동수 다음에 김동일이 연방 대통령이 되어야 해."

유희준은 이른바 중도파에 속한다. 공무원 출신으로 세무서장까지 지냈으니 동창 중에서 경제력으로는 상위 그룹이다. 유희준이 말을 이었다.

"그래야 공평해져. 둘 사이에 묵계가 있다는 말도 사실인 것 같고."

"아니, 다음 대통령은 고정규야."

민족당원인 변기성이 말했다. 정색한 변기성이 둘을 번갈아 보았다.

"그래야 남남 갈등이 풀려. 대한연방은 앞으로 공생당, 민족당이 번갈아 정권을 잡으면서 균형을 맞춰야 돼."

"북한 민생당은 소외시킨단 말이야?"

유희준이 묻자 변기성이 머리를 저었다.

"서동수 시대에 북한 민생당은 남한 민족당으로 흡수될 거야."

사무실에 모인 셋이 각각 서동수와 김동일, 고정규의 지지자인 셈이다. 그러나 참기 운동, 동성제품 구매 운동은 같이 하고 있으니 지지자들의 단합이 먼저 이루어졌다. 정치인들이 사사건건 발목을 잡고 말도 안 되는 궤변을 늘어놓으며 제 몫을 하지 못했을 때도 이렇게 서민들은 도와야 할 때는 서로 도왔다. 그래서 서동수가 대통령이 되었을 때 변기성이 조금은 안심을 하고 그 반대의 경우도 마찬가지다. 온갖 인연으로 얽힌 같은 한국 사람이기 때문이다.

"너희들도 알다시피 난 민족당 지지자지만 정치에 환멸을 느낀 지 오래된 사람이야."

둘의 시선을 받은 변기성이 말을 이었다.

"솔직히 서동수가 정치에 신물이 난 국민에게 새 희망을 불러일으켜 준 것은 사실이야."

"그 정도로 해둬."

이응호가 말을 잘랐다.

"민족당 놈들처럼 말 길게 하지 마, 그러면 먹은 점수도 다 까먹는다."

변기성은 입을 다물었다. 서동수가 집권하면 정치 보복은 하지 말아야 한다는 말을 하려다가 말았다. 민족당에서 가장 걱정하는 것이 그것일 것이었다.

김광도의 일거수일투족이 언론의 주목을 받는 상황이어서 한국에는 자주 가지 않았다. 그래서 이번 국진건설과의 계약 장소도 한시티의 유라시아클럽으로 잡았다. 입찰 방식으로 국진건설이 한랜드의 '룸시티' 공사 3곳을 모두 수주한 것이다. 무려 80억 달러짜리 공사다. 이번 공사로 국진건설은 물론이고 한국의 건설업은 호황의 계기를 마련하게 될 것이다.

"이번 공사로 남북한에서 1만여 명의 고용 인력이 창출될 것입니다."

국진건설 회장 유정호가 웃음 띤 얼굴로 김광도에게 말했다.

"이렇게 애국하는 것이지요."

이번 입찰에는 러시아와 한국의 제일건설 컨소시엄과 유럽과 영국 등 세계 각국의 7개 업체가 참여했는데 국진건설이 1위가 된 것이다. 유라시아클럽의 대회의실 안이다. 오전 10시 반, 방안에는 국진건설과 유라시아그룹의 경영진이 모두 모여 있는데 밝은 분위기다. 곧 한랜드 장관 서동수가 참석하면 역사적인 '룸시티' 공사 조인식이 거행될 것이다. 그래서 내외신 보도진이 몰려와 있다. 입찰은 공정하게 치러졌다고 유라시아그룹 쪽에서 발표했지만 끊임없이 잡음이 흘러나왔다. 각 회사의 로비가 치열한 만큼 잡음도 컸다. 그러다가 결국 국진건설이 1위로 선정된 것이다. 1위는 곧 낙찰이다. 오늘 11시에 한랜드 장관 입회하에 대공사 조인식만 하면 끝난다.

"조만간 제가 한번 모시지요."

유정호가 여유 있는 표정으로 말했을 때, 회의실로 10여 명의 사내가 들어오자 모두 긴장했다.

"한랜드 감찰부에서 왔습니다."

앞장선 사내가 말하면서 가슴에서 서류를 꺼내 보였다.

"이번 입찰에 부정행위가 있다는 고발을 접수해 확인한 결과 혐의사실이 입증됐으므로 당사자를 체포합니다."

사내의 목소리가 대회의장을 울렸다. 한랜드 감찰부는 사법기관이다. 한국의 검찰청과 같다. 사내들이 양측 임원의 신분 확인을 시작할 때 유정호가 눈을 치켜뜨고 물었다.

"도대체 이게 무슨 일이오? 누가 고발한 겁니까?"

그때 김광도가 말했다.

"대표로 내가 했습니다."

유정호의 시선을 받은 김광도가 정색하고 말을 이었다.

"내 팔을 자른다는 각오로 수사를 의뢰한 것입니다."

한두 명이 아니다. 해당 부서의 임직원 20여 명이 소낙비처럼 비자금 공세를 받았는데 그 금액이 600만 달러가 넘었다. 또한 공사를 발주하면 다시 사례하겠다는 각서를 받은 직원도 있다. 감찰부의 감사에 적발된 유라시아그룹과 국진건설의 임직원은 50명이 넘었다. 회의에 참석했던 유라시아그룹의 임원 셋도 체포된 것이다. 유정호가 감찰부원에게 끌려 나가면서 소리쳤다.

"이럴 수가, 날 뭘로 보고!"

그러나 문밖으로 나갔을 때 카메라 플래시가 터지면서 기자들이 벌떼처럼 달려들자 당황했다.

"저거 쇼 아냐?"

민족당 의원 유기철이 혼잣소리처럼 말했지만 방안은 조용했다. TV에서는 감찰대에 끌려가는 국진건설 회장 유정호를 비춰 주고 있다. 놀라 당황한 표정이다. 민족당 대표실 안이다. 방안에 둘러앉은 의원들은 모두 입을 다물고 있다. 그때 누군가 말했다.

"서동수 씨가 지금 우리한테 시위하는 것처럼 느껴지는군그래."

또 만났다. 국진건설 회장 유정호와 임직원들이 체포된 다음 날 오후 한랜드에서 날아온 서동수가 다시 고정규를 만난 것이다. 이제 선거 한 달 전, 선거 운동 기간이 명시되지 않았기 때문에 분위기가 특별히 변한 것은 없다. 그러나 남북한이 마침내 연방으로 통일된다는 열기가 점점 달아오르고 있다. 이번에도 한정식당 '아정'의 같은 방이다. 오늘도 한정식 요리가 가득 차려졌지만 서동수와 고정규는 젓가락으로 몇 번 깔짝거리기만 했다. 오늘의 만남도 서동수의 제의로 이뤄졌는데 고정규는 거절하지 않았다. 만나는 목적도 지난번처럼 '정국에 대한 협의'라는 애매한 이유였지만 토를 달지 않았다. 고정규는 지난번 서동수의 제의에 대해서 가타부타 대답도 하지 않았다. 그때 젓가락을 내려놓은 서동수가 입을 열었다.

"고 대표께서도 알고 계시겠지요."

고정규의 시선을 받은 서동수가 빙그레 웃었다.

"비밀 회동이지만 내일이면 지난번처럼 바로 보도될 것이고 국민은, 특히 민족당원들은 안도감을 느낄 것이라는 걸 말입니다."

고정규가 따라 웃었지만 시선을 마주치지는 않았다.

"그렇게까지 배려하고 계셨습니까?"

"민족당원은 국민 아닙니까?"

"어떻게 그런 생각을 하시게 되었지요?"

"장사꾼 버릇이죠."

"무슨 말씀이신지?"

"문제가 생겼을 때 자주 연락을 해주는 것이 상대방의 불안감을 덜어주게 되더군요. 이것도 그런 맥락으로 보시면 될 것 같습니다."

"그렇습니까?"

"지난번 말씀드린 일, 검토해 보셨습니까?"

"힘들 것 같습니다."

"내가 연방 대통령이 돼도 민족당은 존중할 겁니다. 약속으로 믿으셔도 됩니다."

고정규의 시선을 받은 서동수가 얼굴을 굳히고 말했다.

"이제 남북이 연방으로 통일됐는데 반역적 행위는 나올 수 없겠지요. 그렇지 않습니까?"

"무슨 말씀이신지?"

"적국(敵國)이 없어졌으니까 말입니다."

고정규가 숨만 들이켰다. 신의주특구를 한국이 개발하면서부터 북한은 적국이 아니었다. 적국 범주에서 비껴간 것이다. 그리고 이제 연방이 된다. 적국에 충성하는 반역범도 사라지게 될 것이다.

"오래 걸렸지요."

소주병을 든 서동수가 고정규의 잔에 술을 따르며 말했다.

"힘이 들었고요."

고정규가 술잔을 받더니 한 모금에 삼키고는 서동수에게 내밀었다.

"이번에 중국의 노골적인 신의주 개입이 결정적이었어요."

서동수의 잔에 술을 채우면서 고정규가 말을 이었다.

"중국의 실체를 느끼게 된 것이죠. 우리에겐 영원한 우방이 없다는 것도 확인됐고."

"연방이 되면 달라질 겁니다, 고 대표님."

한 모금의 술을 삼킨 서동수가 말을 이었다.

"달라진 대한민국의 위상을 국민 모두가 느끼게 될 겁니다."

"……."

"그전에는 경제성장만 이루었지 제대로 된 나라가 아니었지요, 그렇지 않습니까?"

그때 고정규가 쓴웃음을 짓고 말했다.

"이러다가 의도와는 달리 만나서 감정만 쌓이게 되는 것 아닙니까?"

연방 대통령 선거는 남북한에서 동시에 시작되었는데 남한보다 북한으로 세계 언론의 관심이 집중되었다. 남한이야 총선, 대선, 보궐 선거에다 걸핏하면 찬반 선거까지 밥 먹듯이 치러왔지만 북한은 전혀 달랐기 때문이다. 북한은 한국의 국회와 비슷한 최고인민회의 대의원 선거를 5년마다, 지방의회 격인 지방인민회의 대의원 선거를 4년마다 치러왔다. 그러나 선거 방식이 독특하다. 후보자는 1명으로 그 1명에 대한 찬반투표인 것이다. 북한의 찬반투표 방식은 이렇다. 찬성이면 곧장 투표용지를 투표함에 넣고 반대면 기표소에 가서 후보자 이름을 펜으로 사정없이 그은 다음에 투표함에 넣는 것이다. 그러니 어느 놈이 반대했다는 것이 다 드러난다. 찬성 100%가 나올 수밖에 없는 이유다. 따라서 남북한 선거관리위원회는 북한의 투표 방식도 남한처럼 바꿨고 교육을 시켰다. 북한은 선거권, 피선거권이 만 17세 이상이어서 남한의 19세 이상 선거권과 차이가 있었지만 그냥 놔뒀다. 남한 인구는 5200만 명, 선거권자는 해외영주권자 포함 4210만 명, 북한은 2400만 인구에 선거권자 1800만 명이다.

2017년 12월 15일 오후 6시, 선거가 끝났다. 남북한 합의에 의하여 '출구조사'라는 예고편 상영으로 장사를 하려는 수작을 무시하기로 했으므로 국민은 그때부터 결과를 기다렸다. 물론 인터넷으로 수백만 가지의 추측 보도가 나돌았지만 정상적인 사람들은 TV의 보도 상황만 본다. 투표율은 나왔다. 남한은 유권자 중 78%인 3280만 명이 투표, 북한은 92%로 1660만 명이 투표를 했다. 북한 TV는 암으로 사망하기 직전의 환자가 휠체어에 실려 와 투표하는 장면을 감동적으로 보도했다. 물론 그것을 본 남한 시청자들은 혀를 내둘렀다.

"후보님 어디 가셨어요?"

국개위 산업위원장 최만철이 묻자 후보비서실장까지 겸하고 있는 유병선이 대답했다.

"잠깐 한랜드에 가셨습니다."

"아니, 한랜드에요?"

당장 이맛살을 찌푸린 최만철이 상반신을 기울였다. 오후 7시 반, 이제 남북한의 500여 개 개표소에서 일제히 개표가 시작되었고 상황이 실시간으로 발표된다. 한국은 개표가 익숙해서 벌써 개표율이 8%를 넘었지만 북한 쪽은 2%다. 그러나 진행은 순조롭다. 최만철이 목소리를 낮추고 물었다.

"무슨 일 있습니까?"

"한시티에서 김 위원장과 만나기로 하신 거요."

"아아."

감동한 최만철이 숨을 들이켰다.

"오늘 말씀이죠?"

"8시에 만나기로 하셨으니까 지금 만나고 계실 겁니다."

한시티와는 2시간 시차가 있는 것이다. 여의도의 남한 연방대선후보 선거본부 안이다. 바깥 사무실은 떠들썩했지만 후보 비서실장 방안은 소음 방지가 잘 되어서 조용하다.

"두 분이 같이 개표를 보시는군요. 정말 감동적입니다."

"아니, 셋이죠."

유병선이 웃음 띤 얼굴로 최만철에게 말했다.

"푸틴 대통령이 초대를 받았습니다."

"오오."

"오늘 모이기로 예약이 되어 있었지요."

"러시아가 중요한 역할을 했지요."

"비밀 회동이지만 모두 주시하고 있을 겁니다."

이미 미국, 중국, 일본은 3자 회동을 파악하고 있을 것이었다. 그러나 어쩌겠는가? 남북한연방이 지금 시작되었다.

"한국은 아시아의 핵이오."

술잔을 든 푸틴이 말했다. 밤 11시, 유시티 북쪽, 유라시아클럽의 룸 시티 안, 소파에 깊게 몸을 묻은 푸틴의 얼굴에 웃음이 떠올랐다.

"핵폭탄을 보유하고 있어서 그런 말을 하는 게 아니오."

한 모금 보드카를 삼킨 푸틴이 서동수와 김동일을 번갈아 보았다.

"난 한국인을 말하는 거요. 한국인은 아시아 민족 중 핵 같은 존재라는 말이오."

"칭찬, 감사합니다."

서동수가 먼저 답례했다. 술좌석이 무르익어 가면서 분위기는 더 고조되었다. 옆쪽 벽에 대형 스크린이 펼쳐져 있었는데 한국의 KMS 방송이 방영되는 중이다. 음을 소거시켰지만 화면에 개표 현황이 숫자로 표기되는 터라 보기만 해도 이해가 된다. 한국 시간 9시 현재 한국은 28% 개표, 그중 75%가 서동수, 북한은 15% 개표에 67%가 서동수다. 북한이 예상보다 더 서동수를 찍었다. 그때 김동일이 말했다.

"내가 당선되면 남조선의 대기업에 모두 취업시킨다는 우리 민생당의 선전이 잘 안 먹힌 것 같습니다."

김동일의 영어회화는 푸틴보다 낫다. 또박또박 말하자 푸틴이 이를 드러내고 웃었다.

"자주 속았기 때문이오. 위원장, 그리고 이제는 SNS 시대라 정보 전달이 빠릅니다. 바로 진실이 드러나지요."

자주 속았다는 말에 기분이 상한 김동일이 화면으로 시선을 돌렸다. 그때 북한의 서동수 지지율이 2% 올라가 69%가 되었다. 푸틴이 머리를 돌려 서동수를 보았다.

"임기가 언제부터 시작되지요?"

연방 대통령 임기를 말하는 것이다.

"당선 확인이 된 즉시 시작됩니다."

서동수가 술잔을 들고 웃었다.

"몇 시간 후가 되겠지요."

"그럼 몇 시간 후에는 내가 연방 대통령하고 마주앉아 술을 마시게 되는군요."

"대통령 각하의 도움이 컸습니다."

"기대가 큽니다."

술잔을 들어 보인 푸틴이 김동일을 보았다. 같이 건배를 하자는 시늉이어서 김동일도 술잔을 들었다. 그들이 술을 삼켰을 때 남한은 31% 개표에 서동수가 77%의 지지를 얻었고 북한은 18%에 68%다. 대세는 이미 확정되고 있다. 그때 푸틴이 김동일에게 물었다.

"위원장께서 북한 총리를 맡으시지요?"

"예, 그렇게 되었습니다."

김동일이 이제는 정색한 얼굴로 푸틴을 보았다. 남한 총리는 현(現) 대통령 조수만이다. 그러나 연방정부는 다시 구성해야 되는 것이다. 김동일이 말을 이었다.

"연방 대통령을 보좌해야 됩니다."

푸틴이 머리를 끄덕였다.

"동북아, 나아가서 아시아 정세가 어떻게 변할지 예측하기 힘들게 되었습니다. 대한연방이 움직이면 아시아가 흔들리게 될 테니까요."

서동수는 잠자코 벽 쪽 화면을 보았다. 상황판이 변하고 있었지만 머릿속에 들어오지는 않았다. 당선은 이미 확정적인 것이다. 문득 감동으로 목이 메었으므로 서동수는 숨을 들이켰다. 이것이 한민족의 운(運)이라고도 한다. 대세(大勢)는 자연스럽게 이루어진 것 같지만 바닥에서부터 벽돌을 쌓아 올리듯이 보이지 않는 곳에서 기운(氣運)이 만들어졌기 때문이다. 그 기운이 벽돌처럼 쌓여 남북한연방으로 형성되었다. 이윽고 머리를 든 서동수가 말했다.

"두고 보십시다. 우리가 함께 세계지도를 다시 만들어 보시지요."

눈을 뜬 서동수는 먼저 벽시계부터 보았다. 오전 4시 반, 서울 시간은 2시 반이 되어있을 것이다. 창밖이 부옇게 밝아오고 있다. 지금 베란다 밖으로 나가면 미세한 얼음덩이가 떨어져 내리는 소리가 들릴 것이었다. 탁자 위에 놓인 핸드폰의 벨이 계속 울리고 있다. 벨 소리에 잠이 깬 것인데 이제 개표가 끝난 모양이다. 개표가 끝나면 유병선이 전화를 해주기로 했기 때문이다. 핸드폰을 귀에 붙인 서동수가 응답하자 곧 유병선이 보고했다.

"후보님, 남한에서 유효표의 78%, 북한에선 71%를 획득하셨습니다. 총투표인 4940만 명 중 74%인 3670만 표로 연방 대통령에 당선되셨습니다."

"수고했어."

"오늘 오전 10시에 당선증을 교부합니다, 후보님."

"유 실장이 대신 받도록."

"알겠습니다. 당선증 교부와 동시에 연방 대통령 직무가 시작됩니다. 인수위원회는 10시 정각에 가동하겠습니다.”

“알았네.”

“그럼 다시 연락드리겠습니다.”

서동수가 핸드폰 전원을 껐을 때 옆에 누워 숨을 죽이고 있던 하선옥이 몸을 붙였다.

“결과가 어떻게 됐어요?”

“전체 투표인의 74%.”

“축하드려요.”

“고맙다.”

서동수가 풍만한 알몸의 하선옥을 마주 안았다. 2017년 12월 16일이다. 서동수의 가슴에 볼을 붙인 하선옥이 더운 입김을 뱉으면서 말했다.

“워싱턴은 지금 오후 1시 반이네요.”

서동수는 어젯밤 푸틴, 김동일과의 파티가 끝난 뒤 저택에서 기다리고 있던 하선옥과 만난 것이다. 유병선이 서울에서 서동수 대리인 역할로 당선증을 받고 이미 조직돼 있는 인수위원회를 가동하는 동안 하선옥이 비서실장 대리를 맡는다. 서동수가 하선옥의 허벅지를 애무하며 말했다.

“그렇군. 트럼프도 개표 결과를 보고 있겠구먼.”

트럼프는 지난달에 당선된 미국 대통령이다. 하선옥이 서동수의 허리를 두 팔로 안으면서 말했다.

“트럼프는 후보님이, 아니 대통령님이 푸틴과 만난 것을 보고받았겠지요?”

“그랬겠지.”

"전화를 해주시면 기뻐할 텐데요."

머리를 든 서동수가 하선옥을 내려다보았다. 머리칼이 이마에 흩어졌고 화장기가 지워진 얼굴이었지만 아름답다. 서동수가 하선옥의 입술에 가볍게 입을 맞추고는 상반신을 일으켰다.

"트럼프에게 전화 신청을 해."

"예, 대통령님."

벌떡 일어선 하선옥이 시트로 몸을 감싸더니 전화기를 찾아 쥐었다. 하선옥이 비서실에 지시하는 동안 서동수는 옷을 찾아 입었다. 화장실에서 양치질을 하면서 서동수는 트럼프에게 어떤 이야기를 할 것인가 궁리했다. 연방 대통령에 당선되는 순간에는 러시아 대통령 푸틴과 함께 있었다. 그리고 당선 후의 첫 전화는 미국 대통령 트럼프와 하는 것이다. 이것이 강대국에 대한 예우 차원은 아니라는 생각을 하면서 서동수는 찬물로 입을 헹궜다. 수건으로 입을 닦으면서 화장실을 나왔을 때 하선옥이 전화기를 감싸 쥐고 다급하게 말했다. 눈을 치켜뜬 것이 잔뜩 긴장한 표정이다.

"트럼프 대통령이십니다."

빠르다. 신청한 지 20분밖에 지나지 않았는데 미국 대통령이 전화를 받다니, 서동수는 대한연방의 위상을 처음 실감한다.

"대통령 각하, 서동수입니다."

서동수가 말했을 때 트럼프가 웃음 띤 목소리로 응답했다.

"서 대통령 각하, 축하드립니다."

"감사합니다, 각하."

호흡을 고른 서동수가 의자에 곧게 앉아 전화기를 고쳐 쥐었다. 유선 전화기다. 하선옥이 다가와 옆에 붙어 섰으므로 은근한 향내가 맡아졌다. 익숙한 살냄새다. 서동수가 말을 이었다.

"각하, 미국은 대한민국을 멸망에서 구해준 은인이자 동맹국입니다. 남북한이 통일된 대한연방이 탄생할 수 있었던 것은 미국이란 동맹국이 존재했기 때문입니다."

서동수가 한 마디 한 마디를 힘줘 말하는 동안 트럼프는 숨을 죽인 것 같았다. 옆에 서 있는 하선옥의 몸도 석상처럼 굳어 있는 느낌이 들었다. 서동수는 숨을 들이켰다. 그렇다. 나는 지금 진실을 진심으로 말하고 있다.

"미국이 어떻게 생각하건 대한연방은 미국을 은인으로, 동맹국으로 존중할 것임을 제가 연방 대통령이 된 직후에 각하께 말씀드리는 것입니다."

"각하."

트럼프의 목소리가 잔뜩 가라앉아 있다. 심호흡하는 소리가 들렸고 헛기침 소리까지 난 다음에 트럼프가 말했다.

"말씀 감사합니다. 나는 감동했습니다. 진심은 이렇게 가슴을 울리는 모양입니다, 대통령 각하."

"각하, 곧 미국을 방문해서 인사드리고 싶습니다."

"일정 잡히면 바로 연락 주시지요, 각하. 기다리겠습니다."

"감사합니다, 각하."

"다시 한 번 축하드립니다, 각하."

통화가 끊기자 서동수가 전화기를 하선옥에게 내밀었다. 하선옥이 두 손으로 전화를 받았는데 손이 떨렸다. 얼굴도 상기돼 있었으므로 서동수가 손을 뻗어 하선옥의 원피스 밑으로 집어넣었다. 하선옥의 팬티 안으로 손을 집어넣은 서동수가 숨을 들이켰다. 하선옥의 동굴이 흠뻑 젖어 있었기 때문이다.

"왜 이래?"

동굴 안으로 손가락을 넣은 서동수가 그것이 화산이 분출하기 전의 마그마라는 것을 알았다. 그때 전화기를 내려놓은 하선옥이 서동수의 바지 지퍼를 내리면서 말했다.

"해줘요."

"뭘?"

하선옥의 행동이 거칠었기 때문에 얼떨떨해진 서동수가 바지와 팬티가 벗겨지는 것을 보면서 물었다.

"왜 이러는 거야?"

"나도 당신의 첫 여자가 되고 싶어요."

"동맹을 맺었기는 했지."

이제 서동수도 하선옥의 팬티를 거칠게 끌어내리면서 말했다. 하선옥이 그 자세 그대로 서동수의 몸 위에 앉더니 남성을 제 골짜기에 붙였다. 이미 서동수도 열이 발끈 올라온 터라 하선옥이 가쁜 숨을 뱉으며 자세를 잡았다.

"아앗!"

하선옥이 깊게 남성을 넣으면서 거친 신음을 뱉었다. 오전 5시 20분, 지금 서동수는 희미하게 밝아 오는 시베리아의 여명(黎明)을 향해 앉아 있다.

"아아아."

두 손으로 서동수의 목을 감아 안은 하선옥이 절정을 향해 달려가기 시작했다. 하선옥의 허리를 감싸 안은 서동수가 가슴에 입술을 붙였다. 그러자 하선옥이 서둘러 원피스를 젖혀 벗어던진다. 서동수는 하선옥의 풍만한 젖가슴을 입에 물고 연방 대통령의 첫 여명을 맞는다. 이제 시작이다. 대한연방의 여명이 밝아 오고 있는 것이다.

다음 날 10시 정각에 서울시청 앞 정부종합청사 건물 10층 회의실에서 '대한민국 연방 대통령' 취임식이 '거행'되었다. 본래 취임식이 '열렸다'라는 표현을 쓰도록 '연방 대통령실'에서 언론기관에 요청했지만 거절당하고 '거행'되었다라고 한 것이다. 취임식은 서울 주재 각국 대사를 초대하고 남북한의 각료, 삼부 요인을 각각 100명으로 제한, 참석자는 300명이 조금 넘었다. 대통령 급 인사는 남한의 조수만 대통령, 북한의 김동일 위원장 둘, 외국 정상은 초대하지 않았다. 물론 취임식에 기꺼이 참석할 정상이 50명도 넘겠지만 서동수의 지시로 정중한 인사 서한을 보내는 것으로 대신했다. 서동수는 그것도 허례허식으로 본 것이다. '없는 놈의 빈 깡통이 더 요란한 법이다.' 서동수가 행사를 간소화시키면서 한 말이 언론에도 보도되었다. 이 말에 수천 명의 평론가, 교수, 한의사까지 나서서 갑론을박했지만 서동수는 콧방귀도 뀌지 않았다. 연단 좌우에 조수만과 김동일이 앉았고 서동수가 비서실장 유병선의 소개로 연단에 나와 섰다. 서동수의 자리는 연단 뒤쪽의 중앙이다. 마누라가 없었기 때문에 의자 하나만 떡 놓였고 조수만과 김동일은 부인을 대동했다. 300여 쌍의 시선이 서동수를 주시했다. 뒤쪽의 언론사 카메라도 200개 정도나 된다. 전 세계에서 몰려왔기 때문이다. 외교관, 외국인들은 모두 귀에 동시통역 이어폰을 꽂고 있다. 식장 안은 화려하지 않다. 모두 짙은 색 정장 차림이었기 때문이다. 그리고 특이한 일이지만 식장에 여자는 몇 명 안 된다. 모두 부인을 대동하지 않았기 때문이다. 오직 남북한 정상 둘만 부인을 대동했다. 그 통보를 받고 고정규는 ‘지가 마누라가 없기 때문에 오기로 그런다’고 험담을 했지만 공허했다. 이윽고 서동수가 머리를 들고 정면을 보았다. 동시에 서동수의 얼굴은 서울역 대합실, 부산 고속버스터미널, 광주역 광장, 대구 종합경기장, 평양 김일성광장, 신의주역, 한랜드 고속철역, 모스크바, 워싱턴, 런던, 베이징, 칭다오, 도쿄, 고베, 라고스, 아디스아바바에서 본다. 서동수가 말했고 자막이, 동시통역이 같이 울렸다.

“대한민국 만세.”

한 마디씩 또박또박, 낮지만 굵게 말한 서동수가 앞쪽을 보았다. 모두 숨을 죽였다. 자막을 본 트럼프도, 푸틴도, 시진핑, 아베도 똑같이 몸을 돌리고 서동수의 시선을 맞받는다. 그때 서동수가 그들 모두에게 말했다.

“감사합니다. 여러분 모두의 덕분입니다.”

자막에 영어, 러시아어, 중국어, 일본어 등 각국의 말로 번역이 되었지만 참 간단했다. 모두 쉽게 읽는다. 그때 서동수가 다시 말했다.

“대한민국 만세.”

다시 또박또박 말한 서동수의 두 눈이 금방 붉어지면서 눈물이 고였다. 그때 서동수가 연단에서 옆으로 비켜서더니 허리를 90도로 꺾어 절을 했다. 그러고는 몸을 돌려 제자리로 돌아가 앉았다. 그때야 정신을 차린 김동일이 먼저 박수를 쳤고 이어서 조수만이, 그다음에 장내의 참석자가 일어나 박수를 쳤다. 그때 누군가가 ‘대한민국 만세!’라고 소리쳤다. 그것이 기폭제라도 된 것처럼 남북한 참석자들이 일제히 ‘대한민국 만세!’를 외쳤다. 박수 소리가 더 요란해졌고 ‘대한민국 만세’ 소리는 더 커졌다. 이제 TV 화면이 그들을 비추고 있다. 박수를 치면서 만세를 외치는 것이다. 이제 서동수도 자리에서 일어나 따라 소리쳤고 외교관들도 박수를 친다. 베이징, 도쿄, 워싱턴의 한인 시청자들도 마찬가지다. 한국과 북한은 말할 것도 없다.

"응? 누구?"

눈을 가늘게 뜬 박대웅이 비서실장 오경태를 보았다. 오후 2시 반, 역삼동 근대자동차 회장실 안, 구내식당에서 점심을 마친 박대웅이 잠깐 쉬고 있던 중이다. 오경태가 반걸음쯤 더 다가와 다시 말했다.

"예, 김동일 위원장이 오후에 방문해도 좋겠느냐는 연락이 왔습니다, 회장님."

"김동일?"

되물었던 박대웅이 그때야 숨을 들이켜고는 눈을 크게 떴다.

"북한 김 위원장?"

"예, 회장님."

"나를 만나자고?"

"예, 회장님."

"몇 시라고?"

"시간 되시는 대로 연락 주시면 방문하시겠답니다."

"어, 만나야지."

그렇게 말해놓고 박대웅이 다시 눈을 가늘게 떴다.

"무슨 일일까?"

"이번에 오신 길에 공장 이야기를 하실 것 같습니다."

"으음."

어깨를 부풀린 박대웅이 심호흡을 했다.

"일성에는 들르지 않았나?"

"제가 알아보겠습니다."

"오늘 사장단 회의 취소, 아니 보류시켜. 내가 위원장 만나고 회의를 하지."

"예, 회장님."

"몇 시에 가능한가?"

"4시쯤이면 준비가 될 것 같습니다."

"연락해."

"예, 회장님."

"그동안 우리 측에서도 대책을 준비해 놓으라고."

"예, 회장님."

어깨를 부풀린 오경태가 바람을 일으키며 방을 나갔을 때 박대웅은 심호흡을 했다. 오늘 정부청사에서 열린 연방 대통령의 취임식을 집무실에서 혼자 보았다. 혼자 보기 정말 잘했다는 생각이 들었는데 박대웅도 만세를 따라 부르면서 펑펑 울었기 때문이다. 만세를 10번쯤 부르고 눈물을 쏙 빼고 났더니 10년 묵은 체증이 내려간 것 같았다. 사람들하고 같이 보았다면 절대로 그러지 못했을 것이다. 어쨌든 서동수가 일으킨 참기 운동, 새바람 운동이 일어나면서부터 회사는 탄력이 살아났다. 10년 무분규 선언에다 권한을 사측에 일임한다는 기적 같은 일도 일어났다. 대한민국 만세다.

오늘 갑자기 김 위원장이 방문하겠다는 것도 희소식이 될 가능성이 있다. 이제 남북연방이 되었으니 북한으로 기업들이 진출해갈 때가 되었다. 무질서하게 쏟아져 들어가 개판을 만들 우려가 있기 때문에 현재 엄격하게 허가제가 시행되고 있지만 북한 총리가 된 실권자 김동일의 방문인 것이다. 박대웅은 다시 심호흡을 했다. 박대웅에게 북한은 황금의 땅이나 같다. 오후 4시가 되었을 때 근대자동차의 회의실에는 김동일과 박대웅이 원탁에 마주앉아 있다. 둘을 중심으로 둘러앉은 간부들은 잔뜩 긴장한 상태다. 김동일은 오전 취임식장에서 가장 먼저 박수를 쳤다. 그것을 본 박대웅이 그때부터 눈물이 고였었다. 인사를 마친 김동일이 불쑥 말했다.

"공장 건설 문제로 왔습니다."

숨을 들이켠 박대웅이 시선만 주었고 김동일의 말이 이어졌다.

"원하시는 땅 무상으로 제공하겠습니다. 그리고 공장 건설자금을 은행에서 빌리신다면 우리가 보증을 서 드리지요. 물론 연방정부의 허가를 받아드리도록 하겠습니다."

대한민국 만세! 박대웅은 숨을 참았다.

남북연방 국방부 장관에 내정된 강동필은 78세, 20여 년 전 육군 소장으로 예편했다. 잘나가던 강동필이 예편한 이유는 그 당시 북한을 주적(主敵)에서 빼야 한다는 청와대 안보수석의 강의를 듣다가 격렬하게 항의했기 때문이다. 국방장관, 참모총장을 비롯해 100여 명의 장군이 모인 자리였다. 육본 작전부장이었던 강동필은 일주일쯤 후에 예편했고 그 후로 공부하고 책만 썼다. 야전군 출신이어서 예편한 후에는 군사 전략에 관한 공부만 했다. 강동필이 현(現) 국방장관 오준병과 함께 북한의 무력부장 김철을 만났을 때는 오후 3시쯤, 취임식 사흘 후다. 장소는 평양 주석궁의 소회의실 안, 강동필과 오준병이 평양으로 온 것이다. 김철도 장군들을 대동하고 있었으므로 양측은 장방형 테이블에 20여 명이 둘러앉았다. 이윽고 인사가 끝났을 때 김철이 말했다.

"이제 남북연방이 되었으니 북한은 연방정부에 핵을 넘깁니다."

김철의 눈짓을 받은 옆자리의 보좌관이 서류를 강동필 앞으로 밀어 놓았다. 딱 1부다. 강동필이 서류를 받자 김철이 말을 이었다.

“극비여서 1부만 작성했습니다.”

어깨를 편 김철이 얼굴을 펴고 웃었다.

“이제 핵은 우리 대한연방의 자산이 되었습니다.”

김철이 ‘우리’라는 단어를 강조했고 그것을 들은 남한 측 장성들의 표정도 부드러워졌다. 강동필이 서류를 펴자 옆에 앉은 오준병도 몸을 조금 기울여 그것을 보았다. 그리고 둘이 동시에 숨을 들이켰다. 핵이 있다. 실체가 기록되어 있는 것이다. 평양과 원산, 나진, 의주까지 4곳에 총 200여 기의 핵미사일이 배치되어 있다. 특히 원산과 나진에는 사정거리 6000㎞의 무수단 50여 기가 배치됐다. 사정거리 1500~2000㎞까지의 대포동 1호, 3500~6000㎞까지의 대포동 2호에도 핵탄두를 장착했고 핵미사일 숫자는 200여 기, 엄청난 양이다.

“이, 이런…….”

강동필이 반쯤 벌린 입을 다물지 못했고 오준병은 숨도 쉬지 않았다. 현실을 본 충격 때문이다. 그때 김철이 말을 이었다.

“각 부대에 지시를 내릴 테니 연방정부에서 핵을 접수하시지요.”

“예, 접수하겠습니다.”

강동필이 입을 다물고는 심호흡을 했다.

“핵 개발하느라고 애쓰셨습니다.”

“죽기 살기로 했지요.”

김철이 혼이 났다는 표정으로 머리까지 저었다.

“핵이 없었다면 이렇게 북남이 대등하게 연방으로 통일이 되었겠습니까?”

"에이, 그럴 리가요."

강동필이 쓴웃음을 지었다.

"우리가 북침이라도 했을 거란 말입니까? 그럴 리가 없지요."

따라 웃은 김철에게 강동필이 말을 이었다.

"연방군 재편성에도 협조해 주시길 바랍니다."

"당연하지요."

김철이 웃음 띤 얼굴로 말을 이었다.

"연방정부로 핵까지 다 인계한 마당에 무슨 협조를 못 하겠습니까?"

"오늘부터 북한군 각 부대로 주·부식이 지급됩니다."

"빠르군요."

"연방군이 재편성될 때까지 북한군은 남한군과 같은 봉급과 수당, 같은 대우를 받게 될 겁니다."

강동필이 북한군 장성들을 둘러보며 웃었다.

"대한연방군은 세계 최강군이 될 겁니다."

"예? 세종시를요?"

남한 대통령에서 총리로 격하된 조수만이 입을 반쯤 벌리고 서동수를 보았다. 오후 4시 광화문 정부청사 앞, 회의실에는 서동수와 조수만, 그리고 양측의 대여섯 명이 원탁에 둘러앉았다. 연방 대통령 취임식 이틀 전까지 조수만은 청와대를 비웠지만 서동수는 입주하지 않았다. 회의도 정부청사나 서울시청 회의실, 어떤 때는 여의도 사무실에서 한다. 그래서 TV에 연방 대통령 회의 장면이 나올 때 예전처럼 청와대의 으리으리한 회의장, 경직된 표정의 관리들이 비치지 않는다. 이번에도 조수만과 서동수는 원탁에 둘러앉았을 뿐이다. 방안 장식도 없고 벽도 허름하다. 서동수가 웃음 띤 얼굴로 조수만을 보았다.

“예, 국민을 놀라게 하기 싫으니까 세종시의 정부청사를 모두 이전의 과천청사로 옮기는 것이 효율적이라고 총리께서 말을 꺼내 주시지요.”

“아니, 그것은 연방 대통령께서…….”

“남한 총리께서 하셔야겠지요.”

이제는 정색한 서동수가 말을 이었다.

“세종시는 남부 중심도시로 발전할 기회가 있을 겁니다. 비효율적인 정부청사는 더 이상 운영하지 마십시다.”

“알겠습니다.”

“그리고.”

어깨를 부풀린 서동수가 조수만을 보았다. 방안에는 이제 숨소리도 멈췄다.

“연방정부는 평양으로 옮길 겁니다.”

“평양으로 말씀입니까?”

“예, 주석궁이 크니까 나눠 쓰면 되겠지요. 북한 김 총리도 싫다고는 하지 않을 겁니다.”

서동수는 이제 김동일을 ‘북한 김 총리’로 부른다.

“아아, 예.”

조수만이 머리를 끄덕였다.

“이제 올라가는군요.”

“더 올라가야지요.”

“예?”

“유라시아 로드로 말입니다.”

"아아, 예."

서로 주고받는 것이다. 남북연방이 한랜드에 발을 딛고 유라시아 진출을 대망(大望)으로 삼았을 때 러시아의 푸틴 또한 한랜드, 남북한을 잇는 유라시아 진출을 구상했다. 이것이 러시아의 뉴차르(New Tsar) 푸틴의 대망이다. 러시아, 대한연방 중 하나가 통일한다는 의미는 아니다. '윈윈'이다.

"알겠습니다."

조수만이 똑바로 서동수를 보았다.

"과천청사를 다시 복구시키지요."

"그리고."

다시 서동수가 '그리고'를 말했으므로 모두 긴장했다. 시선을 받은 서동수가 빙그레 웃었다.

"난 평양 거리의 김 부자 동상은 그대로 두겠습니다. 큰 것이 여러 개이고 숫자도 많지만 가능하면 놔둘 생각입니다."

"……."

"그런데 여기, 남한은 북한에서 '이씨 조선'이라고 불러도 되겠더군요."

"예?"

"광화문에 이씨 조선 시대의 인물들밖에 없어서 말입니다."

"아아, 예."

"남한의 건국 대통령 이승만 박사 동상을 세우세요."

"예."

"내가 세운다고 발표를 하지요."

"아닙니다. 제가……."

"건국 대통령의 과오가 많다고 없는 사람 취급하는 것은 부모를 매도하는 것보다 더 나쁩니다. 그건 제 생각입니다."

서동수의 얼굴에 웃음이 떠올랐다.

"김 총리도 이 박사 동상에 경배할 겁니다."

"생방송이지만 긴장하시지 마세요."

하선옥이 같은 말을 또 했다. 입술은 웃고 있지만 눈에는 근심이 가득 찼다. 대기실 안, 10분 후에는 KMS가 연방 대통령 서동수의 첫 시국대담을 생방송으로 방영한다. 앵커가 묻고 그 질문에 대답하는 방식이어서 미리 질의응답 각본은 만들어져 있지만 알 수 없다. 앵커 백준규는 미남에 국보법 반대, 제주 해군기지 반대, 미선·효순 투쟁위 간부를 지낸 전력이 있다. 그래서 유병선은 물론 민족당 출신 임창훈, 최만철까지 백준규와의 대담을 반대했지만 서동수가 밀어붙였다. 그러자 백준규가 오히려 긴장한다는 소문이 돈다. 옆쪽에 서 있던 안종관이 낮게 말했다.

"백준규 성격상 튀는 질문을 할 것입니다. 그럼 대응하지 마십시오. 잠깐만 여유를 주면 임기응변만 뛰어난 놈의 본색이 드러나게 됩니다."

"아유, 알았어."

서동수가 입맛을 다셨다.

"다들 나가 있어. 심호흡 좀 하게."

5분 전, 주위에 둘러서 있던 사람들이 대기실을 나가고 하선옥만 남았다. 서동수가 문 앞에 남아 있던 경호원까지 눈짓으로 내보내고 나서 하선옥을 보았다. 그때 하선옥이 물었다.

"왜요?"

"뭐가 왜야?"

"지금 딴 이야기 하시려는 거죠?"

"어떻게 알아?"

"여기 CCTV 있어요."

반걸음쯤 물러선 하선옥이 정색하고 말했다.

"잘 끝내세요. 오늘밤 잘해드릴게."

"과연."

서동수가 자리에서 일어섰을 때 문이 열리더니 방송 관계자가 들어서며 말했다.

"대통령님, 시작합니다."

그로부터 10분 후에 서동수가 TV 화면에 나왔다. 서동수보다 훨씬 잘생긴 백준규는 백옥 같은 피부에 주름살도 없다. 50대 중반인데도 30대로 보인다. 백준규가 서동수에게 물었다.

"대한연방의 수도를 평양으로 옮기신다고 합니다. 그것은 곧 북방진출을 의미합니까?"

서동수가 머리를 끄덕였다.

"그렇죠. 유라시아 진출이죠."

"그건 실체가 없는 이야기 아닙니까? 한랜드는 결국 러시아 영토이고 한반도는 중국과 러시아에 막혀 있지요. 러시아 경제성장만 도와주고 끝나는 것 같은데요."

"그렇죠."

"지금 그렇다고 하셨습니까?"

"예."

“그럼 한랜드, 유라시아 로드는 허상이고 선거용, 국민을 현혹하려는 의도였군요.”

“예.”

그 순간 숨을 들이켠 백준규가 화면을 보았다. 잔챙이만 잡던 낚시꾼은 감당 못 할 대어가 낚였을 때 당황한다. 지금 백준규가 그렇다. 기쁨을 감추려다가 속임수에 넘어가는 것이 아닌가 걱정도 된다. 그때 서동수가 말했다.

“내가 당신을 상대로 말장난을 하려고 여기 나온 것이 아닙니다.”

서동수가 지그시 화면을 보았다.

“나는 지금 각각 생활의 터전, 서민의 자리에 계신 대한민국 국민께 내 얼굴을 보여 드리려고 여기 나온 겁니다.”

백준규가 뭐라고 말을 할 것처럼 입을 열었지만 서동수가 말을 이었다.

“국민은 다 압니다. 당신처럼 누가 써준 것만 읽는 것이 아니라 우리 대한민국이 어떻게 나갈 것인지 이미 다 머릿속에 넣고 계십니다. 모두 희망을 품고 계시는 것이죠. 난 그런 여러분과 눈을 맞추기 위해서 여기 왔습니다.”

그러고는 서동수가 똑바로 화면을 본다.

아베가 트럼프를 보았다. 캠프 데이비드 산장 안. 메릴랜드주 커톡틴 산맥에 위치한 데이비드 산장은 미 대통령 휴양지로 풍광이 뛰어나다. 그러나 아베는 아예 테라스에서 숲을 등지고 앉아 있다.

“각하, 중국이 결사적으로 반대할 것입니다.”

아베가 말을 이었다.

"러시아도 마찬가지일 것이고요."

트럼프가 입맛을 다시고는 커피 잔을 들었다. 오후 2시 반, 테라스에는 여섯이 앉아 있다. 아내들은 산책을 내보냈고 둘은 각각 보좌관과 통역 하나씩만 대동하고 있는 것이다. 아베가 길게 숨을 뱉었다.

"각하, 이대로 가면 러시아와 대한민국이 아시아의 윗부분을 장악하고 일본은 존재감이 없어질 것 같습니다."

아베가 진심을 말한 셈이다. 그것은 중국도 마찬가지다. 동북아 변방의 소국(小國), 수천 년 역사 중 언제나 중국의 영향력 안에 들어 있던 동북쪽 반도가 갑자기 몸통이 되어 가는 엄청난 꼴을 보는 중이다. 그러나 현실적인 압박감은 일본이 더 심하다. 그래서 아베는 일본의 핵무장을 논의하고 있는 것이다. 그때 트럼프가 말했다.

"만일 일본이 핵무장을 한다면 대한민국 측에 빌미를 주는 셈이 되지 않을까요? 도발의 빌미 말입니다."

"그, 그것은……."

"대한민국이 대마도 반환을 요구하고 있다고 들었습니다만."

"그건 말도 안 되는 억지소립니다. 그 개자식들은……."

아베가 심호흡을 했다.

"실례했습니다. 그자들은 억지소리를 하는 겁니다. 핵무장을 대마도로 덮는 수작이지요."

트럼프는 입을 다물었다. 중국은 대마도 반환 소송에 노코멘트다. 그때 트럼프가 불쑥 물었다.

"러시아가 지배하고 있는 쿠릴열도 4개 섬에 대해서는 일본이 반환 요청을 하고 있지요?"

"아, 그거야 그 4개 섬은 일본령이기 때문입니다, 각하."

아베가 어깨를 펴고 트럼프를 보았다. 지난날에도 아베는 러시아가 실효 지배하고 있는 쿠릴열도 4개 섬을 반환하라고 성명서를 발표했던 것이다. 트럼프가 머리를 끄덕이며 혼잣소리처럼 말했다.

"일본은 한·중·러, 3개국과 영토 분쟁을 하고 있단 말입니다."

그렇다. 한국과는 독도 문제로, 중국과는 댜오위다오(釣魚島, 일본명 센카쿠 열도), 러시아하고는 쿠릴열도로 분쟁 중이다. 아베가 분하다는 표정으로 트럼프를 보았다.

"모두 나쁜 놈들입니다. 일본은 빼앗긴 영토를 수복해야만 합니다."

"총리 각하."

트럼프가 부드러운 시선으로 아베를 보았다. 아베가 긴장했고 트럼프가 말을 이었다.

"이제 대한민국의 위상이 달라졌다는 것을 각하께서도 인정해주셔야 할 것 같습니다."

"……."

"가만 보니까 일본 지도층의 분위기는 대한연방의 실체를 이해하면서도 인정하지 않으려는 분위기가 있는 것 같습니다."

"……."

"외교는 인간이 하는 이상 감정적일 수밖에 없지만 말입니다."

그러고는 트럼프가 정색하고 아베를 보았다.

"총리 각하, 만일 대한연방군이 대마도를 기습 점령하면 어떻게 될 것 같습니까? 총리께서 그 상황을 예상해보시지요."

아베가 눈을 치켜떴지만 초점이 흐리다.

"한랜드와 하바롭스크주(州)를 통합시키기로 하지요."

뉴차르(New Tsar) 푸틴이 말했다. 술잔을 든 푸틴이 웃음 띤 얼굴로 서동수에게 물었다.

"그러면 한랜드와 대한민국이 연결되지 않겠나요?"

"그렇습니다."

서동수가 정색하고 푸틴을 보았다. 만났을 때 여러 번 이야기가 오가기는 했다. 하바롭스크 지역은 중화학공업이 발달되었고 유라시아와 아시아의 물류 거점이 될 최적지이며 시베리아의 중심이다. 숨을 들이켠 서동수에게 푸틴이 정색하고 말했다.

"블라디보스토크 군항(軍港)은 우리의 직할지로 남겨 놓아야겠지요."

"그래야지요."

"뉴(New) 한랜드에 한민족의 대거 이주를 바랍니다."

"동북 3성의 한족도 이동해올 것입니다, 각하."

"요즘은 국경의 의미가 약해졌어요."

하지만 푸틴이 그것을 의식하지 않을 리가 없다. 한랜드가 러시아에서 임차된 후부터 극동의 경제성장은 눈부실 정도였다. 유가 하락으로 러시아 전체 경제성장률이 1%대를 오르내릴 적에 한랜드 지역은 꾸준히 7~8%를 유지했던 것이다. 그것이 시베리아 지역에 경제 파급효과를 불러일으켰다. 한랜드의 북쪽, 푸틴의 별장 안이다. 오늘도 별장 안에 파티장이 만들어졌는데 손님은 넷, 푸틴과 메드베데프, 서동수와 김동일이다. 서동수는 연방 대통령과 한랜드 장관을 겸하고 있었기 때문에 광개토 대왕 이후로 한반도에서 가장 큰 지역을 통치하는 셈이다. 그때 메드베데프가 서동수를 불렀다.

"대통령 각하."

"예, 저 말입니까?"

서동수가 손가락을 구부려 제 얼굴을 가리키자 푸틴과 김동일이 풀썩 웃었다. 따라 웃은 메드베데프가 말을 이었다.

"중국 동북 3성의 이주민은 그냥 받아주시지요."

서동수의 시선을 받은 메드베데프가 목소리를 낮췄다.

"중국과의 국경 검문을 완화하는 것이 나을 것 같다는 말씀입니다."

서동수와 김동일이 얼굴을 마주보았다. 하바롭스크 지방까지 흡수한 한랜드는 이제 중국의 동북 3성과 국경을 맞대게 된 것이다. 동북 3성의 주민들은 한랜드의 발전과 함께 대거 이주해올 가능성이 많다. 서동수가 머리를 끄덕였다.

"알겠습니다."

"마침 넷이 다 모였군요."

푸틴이 웃음 띤 얼굴로 메드베데프와 김동일을 번갈아 보았다.

"러시아와 대한민국의 현재와 미래의 지도자가 말입니다."

서동수는 소리 죽여 숨을 뱉었다. 푸틴이 자신의 후계자가 메드베데프라는 것을 암시한 것이다. 푸틴은 2000년부터 8년간 러시아 대통령을 연임했고 보좌관 출신인 메드베데프에게 2008년 대통령 직을 양도했다. 그러나 2012년까지 4년 동안 섭정 총리로 러시아를 장악했다. 그러고는 2012년 다시 6년 임기의 대통령에 취임했으니 재선이 되면 12년간 러시아를 통치한다. 2024년에 퇴임하게 되는 것이다. 푸틴이 말을 이었다.

"동북 3성이 무너지면 중국도 흔들립니다. 영원한 제국은 없는 셈이죠."

서동수가 잠자코 술잔을 들었다. 그렇다. 모든 것이 다 주고받는 것이다. 러시아의 대망은 짐작하고 있다. 대한민국은? 남북한 통일, 그리고 이 대세(大勢), 이 기운을 보라. 누가 대망을 이룰 것인가?

한랜드의 하바롭스크주(州) 통합 발표는 전 세계를 경악시켰다. '푸틴의 대결단' '러시아의 야망'이라고 표현한 언론도 있었지만 '동서(東西)동맹' '유라시아 제국' '제3제국'이라는 멋진 제목도 보였다. 세계가 러시아와 대한민국의 밀착에 촉각을 곤두세운 것이다. 통합 발표는 러시아에서 푸틴 대통령이 '특별성명'으로 먼저 했다. 오전 10시다. 그러고 나서 30분이 지난 한국 시간으로 오후 4시 반에 대한민국 대통령 겸 한랜드 장관 서동수가 발표를 한 것이다. 대한민국의 모든 방송 채널이 동시 방영을 했고 이어진 각 채널의 프로그램이 볼 만했다. 두 시간이 지난 뒤 SNS에서 가장 많이 통용되는 단어가 '광개토 대왕' '칭기즈 칸' '세계정복'이었으니 대한민국의 분위기를 짐작할 수 있었다. 종편 방송은 이미 아시아 동북부와 유라시아를 잇는 거대한 지역에다 대한민국의 영토임을 나타내는 태극기를 깔아 놨고 중국 동북 3성까지 덮었다. 그래서 주한중국 대사가 항의하는 소동까지 일어났다.

그날 저녁, 평양에 세워진 대한민국 대통령 관저에 손님 둘이 찾아왔다. 중국 손님으로 주석실 비서인 왕원과 보좌관 린린인데 전에 만난 적이 있다. 둘은 시진핑의 밀사 자격으로 서동수를 방문한 것이다. 대동강 변에 세워진 관저는 본래 김동일 부친의 7호 별장이었다. 서동수는 정부 예산으로 구입하려고 했지만 김동일이 무상으로 기증했다. 회의실에서 기다리던 둘은 서동수가 들어서자 자리에서 일어났다. 서동수는 연방 외교장관 유춘식과 안보특보 안종관을 대동하고 있다. 셋 모두 중국어에 능통했으므로 통역도 대동하지 않았다. 인사를 마치고 자리에 앉은 서동수가 웃음 띤 얼굴로 말했다.

"주한대사가 항의 성명을 발표하더니 이제는 밀사까지 보내셨네요?"

"아닙니다. 저는 다른 일로 왔습니다."

왕원이 정색한 얼굴로 서동수를 보았다. 그러나 빠르다. 오전·오후에 푸틴과 서동수가 하바롭스크주 통합 발표를 하고 나서 몇 시간 만에 밀사를 파견한 것이다. 이는 안보특보 안종관에게 왕원이 직접 연락해서 성사됐다. 전쟁이 일어났다고 해도 이렇게 빨리 만날 수는 없었을 것이다. 그만큼 시급한 안건인 것 같다. 서동수의 시선을 받은 왕원이 입을 열었다.

"시 주석께서는 남북연방, 즉, 대한민국의 기세(氣勢)를 인정한다고 말씀하셨습니다."

"잠깐."

서동수가 왕원의 말을 막았다.

"방금 기세라고 했습니까?"

"예, 그렇게 말씀하셨습니다."

서동수가 머리를 끄덕이자 왕원이 말을 이었다.

"불은 불로 끄겠다고 말씀하셨습니다."

"불은 불로 끄겠다고 말입니까?"

"예, 대통령 각하."

"어떻게 말이오?"

"한반도와 동북 3성을 관통하는 유라시아 로드를 만드는 데 적극 협조하겠다고 하셨습니다."

"……."

"시베리아로 돌아가지 않고 곧장 유라시아로 진출하는 것입니다. 그러면 우리 중국은 그 기운을 나눠 갖게 될 것이라고 하셨습니다."

"……."

"윈윈이죠. 대한민국이 반대하지 않을 것이라고도 하셨습니다."

"과연 불을 불로 끄시는군."

서동수가 안종관, 유춘식과 차례로 시선을 마주치고 나서 말했다.

"과연 시 주석다운 말씀이오."

"각하께서 린린을 초대하셨어요."

안종관이 말하자 유병선이 입맛부터 다셨다. 오후 7시 반, 대통령 관저 대기실에 유병선과 안종관, 둘이 앉아 있다. 대통령 비서실장을 맡은 유병선은 청사에 있다가 지금 도착했다.

"할 수 없지 뭐."

유병선이 힐끗 안종관에게 시선을 주고 나서 목소리를 낮췄다.

"요즘이 어떤 시대라고 미인계가 통하겠소? 분위기나 부드럽게 하는 역할이지요. 그리고 넘어가실 분도 아니고……."

"그래도 복상사라도 하시면……."

"에이, 여보쇼."

눈썹을 모은 유병선이 안종관을 보았다.

"말씀 삼가쇼. 가깝게 모실수록 더 존중해 드려야지. 그러다가……."

"그러다가 큰일 날 수가 있습니다."

안종관이 말을 뱉는 바람에 유병선이 숨을 들이켰다. 둘은 서동수의 심복이다. '좌병선 우종관'이라는 소문은 신의주 장관 시절부터 났으니 10년도 넘었다. 유병선이 정색하고 물었다.

"무슨 큰일이란 말이오? 복상사라기보다 여자 문제에 대해서 말씀드리려는 거요?"

"우리가 각하께 제대로 된 충고를 안 해드린 것 같지 않습니까?"

안종관이 지지 않고 되물었다. 유병선의 시선을 받은 안종관이 말을 이었다.

"난 오늘 작심하고 각하께 여자 문제를 말씀드릴 겁니다."

"아니, 오늘 같은 날……."

"글쎄, 오늘 같은 날 중국에서 보낸 밀사하고 어떻게 되신다면 분위기가 깨지는 것 아닙니까?"

"무슨 분위기 말이오?"

"왕원이 말합디다, 기세(氣勢)라고. 그 기세가 색향(色香)에 흐려질 것 같단 말입니다, 오늘은."

"안 특보가 모호한 말을 쓰기 시작하네."

투덜거린 유병선이 어깨를 늘어뜨렸다.

"어떻게 말씀드리려는 거요?"

"말 돌릴 것 없이 삼가시라고 할 거요."

"허어."

"그럼 아시겠지."

그때 심호흡을 한 유병선이 안종관을 보았다.

"그 뒤처리는 나한테 맡기시오. 내가 목을 걸고 안 특보를 보호해드리지요."

"지금 어디 계시지요?"

"8시에 파티가 시작되니까 서재에 계실 겁니다."

전화기를 집어 든 유병선이 말을 이었다.

"부속실 정 비서한테 안 특보가 들어가신다고 연락하겠습니다."

그러고는 10분 후에 안종관이 서재로 들어섰다. TV를 보고 있던 서동수가 머리를 들고 안종관에게 물었다.

"급한 일이라니, 뭐요?"

"여자 문제 때문입니다, 각하."

어깨를 부풀린 안종관이 똑바로 서동수를 보았다.

"중국이 린린을 보낸 것은 노골적인 미인계입니다. 각하, 멀리하셔야 합니다."

서동수는 시선만 주었고 안종관이 말을 이었다.

"여자를 좋아하시는 각하께 호의를 보인다는 의미도 있겠지만 주면 받지 않겠느냐는 비웃음도 포함돼 있을 것입니다."

"……."

"동북 3성을 개방하는 것은 역공입니다. 엄청난 인력자원으로 한랜드와 한반도, 유라시아 로드까지 물들이겠다는 작전입니다."

"그래서 빨려 들어간 척하는 것이 낫지 않을까?"

되물었던 서동수가 곧 길게 숨을 뱉더니 어깨를 늘어뜨렸다.

"그럼 참지 뭐, 안타깝지만."

2장 제3제국

다음 날 오전 10시, 중국 시간으로 오전 11시 정각 중국 관영통신인 CCTV에 외교부장 우린(吳林)이 등장했다. 미리 한국 방송에서 예고를 한 터라 대한민국 국민 대부분이 TV를 응시하고 있다. 어제는 한랜드의 하바롭스크주(州) 통합이 서동수와 푸틴의 연속 발표를 통해 전 세계를 충격에 빠뜨린 터라 오늘 시청자는 더 많아졌다. 한국 KMS의 시청률은 72%, 엄청난 기록이다. 거리의 차량 통행량이 10% 수준으로 줄어들었고 TV 앞에는 구름처럼 인파가 모였다. 중국 정부에서 '한반도 사태'에 대한 '특별성명'을 발표한다고만 예고한 터라 SNS에 온갖 소문이 난무했다. 어제 주한중국 대사가 동북 3성에 태극기를 덮은 '유라시아제국' 지도를 방영한 모 종편사에 대놓고 항의한 터라 소문은 대부분 그런 방향이다. 중국이 배가 아파서 대한민국 측에 경고 내지는 경제 압박 조치를 발표한다는 것이다. 중국이 신의주에 내란을 일으켜 한반도를 두 동강 낼 음모를 꾸몄다가 실패한 상황이다. 하바롭스크주까지 한랜드에 통합되면 동북 3성은 머리 위에 불덩이를 이고 있는 꼴이나 같다.

"자, 어디."

이응호가 전주시 덕진동 사무실에서 TV를 응시하며 말했다. 지금 화면에는 우린이 막 머리를 들고 이쪽을 응시하고 있다. 이응호 옆에 앉아 있던 변기성이 입맛을 다셨다.

"뻔허다니께, 저놈이 고춧가루 뿌리려는 거여. 아마 국경을 봉쇄한다든지 헐 것이다. 떼놈들."

그때 우린이 똑바로 변기성을 응시하고 말했다. 변기성은 물론 중국에서 사업을 했던 이응호도 중국어는 모른다. 그래서 말이 끝나고 밑에 자막이 펼쳐져야 알아들었다. 곧 자막이 펼쳐졌다.

"우리 중국 정부는 어제 대한민국과 한랜드를 잇는 하바롭스크주의 통합이 동북아 발전에 이바지하리라는 것에 의견의 일치를 보았다."

변기성이 숨만 들이켰을 때 우린의 말이 이어졌다.

"따라서 당 주석 시진핑 동지와 원로들은 동북아 상황을 숙고한 결과 다음과 같은 결정을 내렸고 이것을 대한민국 정부에 통보했다."

"뭐여?"

참다못한 변기성이 TV에 대고 물었다. 그러고는 물잔을 들었지만 비었다. 생수병이 멀리 떨어져 있었기 때문에 우린의 자막을 놓칠까 봐 일어나지 못했다. 그때 우린이 말했고 자막이 펼쳐졌다.

"중화민국 정부는 동북 3성인 랴오닝(遼寧), 지린(吉林), 헤이룽장(黑龍江)성을 관통하여 한랜드와 유라시아로 통하는 유라시아 로드를 건설하는 데 대한민국 정부와 적극 협조할 것이다."

"어."

외마디 외침이 변기성과 이응호 입에서 동시에 터졌다. 다시 우린의 말이 이어진다.

"또한 동북 3성 주민의 한랜드 출입에 제한을 두지 않을 계획이며 무관세, 무비자 지역이 되도록 대한민국 정부와 협의할 작정이다."

그러고는 우린이 번들거리는 눈으로 변기성과 이응호를 보았다.

"중화민국과 대한민국은 5000년간 형제국이었다. 양국의 새로운 미래를 위하여 중국 정부는 최선을 다할 것이다."

"어이구."

이응호가 신음을 뱉었다. 탄성 같은 신음이다. 숨을 고른 이응호가 머리를 돌려 변기성을 보았다. 그 순간 이응호는 숨을 굳혔다. 변기성의 눈에서 눈물이 흘러내리고 있었기 때문이다. 그것을 본 이응호의 눈에서도 눈물이 떨어졌다.

다시 한랜드로 날아왔다. 이제는 대한민국 대통령 신분이었으므로 의전이 까다롭다. 경호실의 경호도 어마어마한 데다 전용기의 격이 달라졌다. 연방정부, 즉 대한민국 연방정부의 각료 인선은 다 끝냈고 두 달 후에 연방법에 의하여 연방의원 선거, 남북한 지방의원 선거가 동시에 치러질 것이다. 현 상태로는 공생당이 압도적, 민족당과 민생당이 각각 10% 내외의 지지를 받게 될 것이었다. 연방법으로 남북한은 전(前) 국가수반인 대통령과 국방위원장이 각각 총리를 맡게 되었고 입법, 사법, 행정 제도는 그대로 유지하게 되었지만 연방의 통제를 받는 것이다.

이번에 서동수의 연방 각료 인선은 훌륭했다는 평가를 받았다. 민족당의 경쟁자였던 고정규까지도 인정을 한 것이다. 서동수는 각료 인선을 인사위원회에 맡기고 상관하지 않았다. 인사위원회에 민족당, 민생당 위원을 3할이나 끼워 넣고 전체의 3할 정도를 야당에 배분시켰기 때문이다. 그래서 각료 대부분이 서동수하고 밥 한 번 안 먹어본 사람들이었다. 한시티에 내려 곧장 푸틴의 별장으로 달려온 서동수에게 이제는 낯익은 비서실장 유리가 말했다.

"지금 기다리고 계십니다."

서동수의 시선을 받은 유리가 희미하게 웃었다.

"둘을 불렀습니다."

"오오."

감동한 서동수가 탄성을 뱉으면서 현관으로 들어섰다. 서동수도 혼자다. 유병선, 안종관이 함께 왔지만 이곳까지 따라오지는 않았다. 경호실장 박충건이 수행했을 뿐이다. 안쪽 홀로 들어서자 벌써부터 은은한 음악 소리가 울렸고 붉은 조명에 맛있는 냄새, 그리고 여자들 사이에 앉은 푸틴의 모습이 드러났다. 여자들은 둘, 푸틴이 유라시아클럽에 직접 지시를 해서 골라온 파티걸이다. 이제 푸틴은 유라시아클럽 강 사장을 제 직원처럼 부린다.

"여어, 운이 좋은 남자가 오셨군."

푸틴이 웃음 띤 얼굴로 서동수를 맞았다. 따라 웃으며 앞쪽에 앉은 서동수에게 푸틴이 물었다.

"시진핑의 수단은 손자병법에 있소?"

"그건 모르겠습니다만."

서동수가 술잔을 들며 말을 이었다.

"저한테 불은 불로 끈다는 말을 전했습니다."

"음, 불을 불로."

눈을 가늘게 뜬 푸틴이 옆에 앉은 러시아 미녀의 허리를 팔로 감아 안았다.

"내가 불인가?"

"불처럼 일어나는 기운이겠지요."

"대한민국은?"

"역시 불입니다."

"셋 중 하나가 꺼질까?"

"셋이 다 꺼질 수도, 다 함께 타오를 수도 있겠지요."

"하나만 남는 경우도 있을 거요, 서 대통령 각하."

한 손으로 술잔을 든 푸틴이 한입에 보드카를 삼켰다.

"내가 그 말씀을 드리려고 다시 온 겁니다, 대통령 각하."

"알겠습니다."

서동수가 옆에 앉은 미녀를 보았다. 금발의 러시아 미녀다. 시선이 마주치자 여자가 눈웃음을 쳤다. 그때 서동수가 말을 이었다.

"당분간은 선의(善意)대로 최선을 다할 것입니다. 그러면 시베리아가, 동북 3성이, 그리고 한랜드와 대한민국이 함께 번영을 이루겠지요."

그러자 푸틴이 만족한 표정으로 웃었다.

"그렇죠, 그렇게 만들면 기회가 오는 거요. 서둘거나 무리하면 안 돼요, 대통령."

부드럽다. 마냐의 몸이 그렇다. 부드럽고 탄력이 강하다. 꿈틀거리는 마냐의 사지가 그렇다. 탄력이 강한 데다 뜨겁다. 더운 숨결이 거침없이 뱉어지고 있다. 희고 윤기가 흐르는 피부, 숨구멍이 좁아서 대리석처럼 매끄럽고 솜털도 보이지 않는다. 그래서 조각처럼 미끈하다. 마냐의 다리를 들었을 때 볼이 좁은 발이 드러났다. 잘 다듬어진 발톱과 미끈한 발가락, 선홍빛을 띤 발톱 속살, 마냐는 신음을 크게 뱉지 않는다. 거친 숨결에 섞여 희미하게 앓는 소리가 흘러나온다. 그것이 더 자극적이다. 서동수의 움직임에 맞춰 짧고 희미하게 뱉는 숨결 속의 신음, 마냐의 얼굴은 붉게 상기되었고 매끈했던 피부가 번져 나온 땀에 번들거리고 있다. 서동수는 마냐의 두 다리를 어깨 위에 올려놓고 시선을 맞추었다. 반쯤 벌어진 입, 어지럽게 헝클어진 금발이 얼굴 한쪽과 어깨까지 덮었다. 키가 컸지만 마냐는 군살이 없는 몸매에 젖가슴은 풍만했다. 이윽고 마냐가 절정으로 솟아오르기 시작했다. 두 손을 뒤로 뻗어 의자를 짚고 있는 터라 몸의 중심이 골짜기에 집중된 셈이다. 서동수의 어깨 위에 걸쳐진 두 다리가 곧게 뻗는 것 같더니 마냐의 하반신이 들리면서 절정에 닿았다. 마냐가 입을 딱 벌리더니 눈을 감았다. 마냐의 몸은 이제 허공에 떠 있는 상태로 오직 두 손으로 의자 바닥을 짚고 있을 뿐이다. 몸이 서동수에게 꿰인 것 같다. 그 순간 서동수도 남성에 강력한 자극을 받으면서 함께 터졌다. 엄청난 압력이 몰려왔기 때문이다. 이윽고 마냐가 몸을 떨면서 엉덩이를 의자에 붙였고 서동수가 허리를 감아 안았다. 마냐의 숨결은 폐가 터질 것처럼 거칠었고 숨소리 끝이 비명처럼 울리고 있다.

"마냐, 너무 좋았다."

서동수가 마냐의 다리를 어깨에서 내리면서 입술에 가볍게 입을 맞췄다.

"너처럼 아름답고 섹시한 여자는 처음이다."

"고맙습니다, 각하."

수줍게 웃은 마냐가 일어서더니 서동수를 보았다.

"제가 씻겨 드릴까요?"

"아니, 난 탕에 들어가겠다."

서동수가 욕실로 들어가면서 말했다.

"그럼 저도 들어갈게요."

욕조는 더운물이 차 있었고 다섯 명도 들어갈 수 있을 만큼 넓다. 서동수가 들어가 앉았을 때 마냐가 머리에 캡을 쓰고는 옆으로 다가와 앉았다.

"너 클럽에 언제 온 거냐?"

서동수가 묻자 마냐는 얼굴을 펴고 웃었다. 파란 눈동자가 가슴이 서늘해질 정도로 맑다.

"전 모스크바에서 왔습니다."

"어, 그래? 유라시아클럽에는?"

"전 한랜드 주재 러시아 총영사관에 근무하고 있습니다."

"그렇군."

서동수가 팔을 뻗어 마냐의 허리를 당겨 안았다.

"직책은?"

"문화담당 영사입니다."

"네가 푸틴 대통령의 연락을 맡았구나, 그렇지?"

그러자 마냐가 수줍게 웃었다.

"그렇습니다, 각하."

"내 안보특보가 내 여자관계를 감시하고 있어. 오늘도 벼르고 있을 거야."

마냐를 끌어당겨 무릎 위에 앉히면서 서동수가 젖가슴을 주물렀다.

"그러니까 서로 조심하면서 만나자고."

왕원이 데려온 린린과 마냐하고는 상황이 다른 것이다. 마냐의 가쁜 숨소리를 들으면서 서동수는 린린을 떠올렸다.

아시아의 3강(强)은 당연히 중국, 일본, 그리고 러시아다. 러시아는 유럽에도 포함되지만 거대한 영토는 아시아 대륙의 북방을 뒤덮고 있다. 지금 아베는 아시아 대륙의 지도를 보는 중이다. 21세기에 진입하면서부터 아시아는 세계의 중심이 됐다. 첫째로 중국의 비약(飛躍), 일본의 재도약(再跳躍), 아시아의 약진(躍進) 때문이다. 그리고 둘째, 각국 지도자들이 장기간에 걸쳐 일사불란하게 정책을 집행했기 때문일 것이다. 시진핑이 10년, 아베 또한 10년을 바라보는 중이고 푸틴은 벌써 20년 가까이 된다. 지도에서 시선을 뗀 아베가 아소를 봤다. 오후 7시 반, 총리 관저에 오늘은 셋이 모였다. 아베, 아소, 그리고 총리실 부속 정보실장 도쿠가와다.

"한국이 러시아를 업고 아시아의 4강이 됐군요."

아소가 눈만 끔벅였으므로 아베가 시선을 도쿠가와에게 옮겼다. 도쿠가와는 무시할 위치가 아니다.

"예, 러시아 등에 업혔다는 말이 더 어울릴 것 같습니다, 각하."

"푸틴의 꿍꿍이가 무엇인 것 같나?"

아베가 이맛살을 찌푸리며 도쿠가와를 보았다.

"유라시아 로드? 시베리아 지역의 경제 발전? 그것뿐일까?"

"중국이야."

아소가 혼잣소리처럼 말했지만 두 사람이 시선을 아소에게 옮겼다. 쓴웃음을 지은 아소가 말을 이었다.

“그래서 중국이 미리 선수를 쳐서 동북 3성을 개방시킨 것 같습니다. 불은 불로 끄려고 말입니다.”

“잘못하다가 집을 홀랑 태울 수도 있지 않겠습니까?”

아베가 묻자 아소는 머리를 끄덕였다.

“그럴 수도 있겠지요. 하지만 닫고 있는 것보다는 유리하다고 생각했을 것입니다.”

“서동수가 곧 미국을 방문합니다.”

아베가 번들거리는 눈으로 아소를 봤다.

“트럼프는 서동수에게 호의적입니다. 이러다가 우리가 고립되지 않겠어요?”

아베가 이런 식으로 말할 수 있는 상대는 아소가 유일하다. 아소는 전에 총리도 지냈고 연상이며 정치 선배다. 경제부총리로 아베의 버팀목이 돼 주고 있다. 아소가 쓴웃음을 지었다.

“국가 간 이해가 걸리면 어제의 적이 오늘은 자연스럽게 친구가 됩니다. 우리는 이미 중국과 호흡을 맞추고 있지 않습니까?”

그리고 러시아와 한국이 손을 잡고 있다. 아시아의 4강이 둘씩 짝을 이루고 있는 셈이다.

“한국이 요즘 자꾸 대마도를 건드리고 있어 신경이 쓰입니다.”

아베가 화제를 바꿨다.

“무시했지만 오히려 더 기승을 부립니다. 문제를 만들려는 수작인데.”

아베가 도쿠가와를 봤다.

“도쿠가와, 대마도에서 시위한 한국인은 모두 추방했지?”

“예, 각하. 두 명만 남겨놓고 17명은 추방했습니다.”

도쿠가와가 말을 이었다.

"두 명은 재물을 부순 혐의가 있어서 재판을 받아야 합니다."

대마도에 온 한국 관광객들이 대마도는 한국령이라고 기습 시위를 한 것이다. 그중 두 명이 거리 표지판을 부순 혐의로 남아 있다. 아베의 시선을 받은 도쿠가와가 말을 이었다.

"거기에다 체포될 때 경찰을 폭행해서 둘이 부상했습니다. 그 죄목까지 추가해서 재판을 받아야 합니다."

아베가 헛기침을 했고 아소는 외면했다. 둘 다 진절머리가 난다는 표정이다.

·

태평양 상공을 날아가는 비행기 안, 대한민국 대통령 서동수가 탄 전용기다. 전용기라고 하지만 한국항공의 민항기를 임차해 내부만 조금 개조한 것이다. 앞쪽 대통령실에는 서동수와 외교장관 유춘식, 대통령실 홍보수석 하선옥까지 셋이 둘러앉았다. 회의를 마치고 다시 모인 셈이다. 서동수는 회의를 자주 안 하는 편이었지만 이야기하는 것을 좋아했다. 오늘은 유춘식이 할 이야기가 있다면서 대통령실로 들어왔다. 유춘식은 58세, 외교부에서 30년을 근무한 전문 외교관이다. 남한의 외교부 차관이었다가 이번에 대한민국의 외교장관이 됐다.

"각하, 트럼프 대통령이 언제 어떤 질문을 할지 예측하기가 힘듭니다."

유춘식이 조심스럽게 말을 꺼냈다.

"백악관의 측근들조차 자주 당혹하게 만드니까요."

트럼프가 즉흥적이고 다혈질이지만 치밀함도 갖췄다는 것은 이미 알려진 사실이다. 서동수 또한 순발력과 임기응변에 일가견이 있는 터여서 지금 전 세계가 한·미 정상회담을 주목하고 있다. 서동수는 트럼프와의 정상회담을 위해 날아가고 있는 것이다. 유춘식이 서동수를 보았다.

"각하, 트럼프 대통령이 핵 문제를 꺼낼 것입니다. 중국과 일본이 트럼프에게 여러 번 압력을 넣었습니다."

이미 답변을 준비하고 있는 터라 서동수가 머리만 끄덕였다. 그때 유춘식이 목소리를 낮췄다.

"일본과 중국이 밀착되는 상황에서 미국까지 연합하면 여러 가지로 불편합니다. 각하, 이것을 염두에 두시지요."

하선옥이 힐끗 서동수의 눈치를 보았다. 유춘식의 말투가 가르치려는 분위기였기 때문이다. 그러나 서동수는 정색하고 대답했다.

"당연하지. 국가라는 거대한 조직을 움직이는 것도 몇 사람이야. 따라서 지도자를 잘못 뽑으면 국가와 국민이 불행해지지."

"각하, 제가 외람된 말씀을 드렸는지 모르겠습니다."

"대통령이 장관보다 더 똑똑해야 한다면 대통령 될 놈은 하나도 없어요."

"예, 각하."

"외교 부문에선 유 장관이 나보다 나아야 돼요."

"예, 각하."

"내가 또 참고할 것이 있어요?"

"예, 그것이……."

손등으로 이마의 땀을 닦은 유춘식이 말을 이었다.

"주한미군 주둔비를 100% 부담하라는 요구를 할지 모릅니다. 그때는 상의해 보겠다고 하시지요."

"그러지요."

서동수가 머리를 끄덕였다.

"내가 민주주의 국가의 대통령이니까요."

"예, 각하."

"나는 그저 인사차 들른 것이고 결정은 하나도 못 한다고 할 겁니다."

"예, 각하."

유춘식이 시선을 내렸으므로 서동수가 입맛을 다셨다.

"유 장관."

"예, 각하."

"내가 그렇게 말했을 때는 '에이, 왜 그러십니까?' 하면서 웃으면 돼요."

머리를 돌린 서동수가 옆에 앉은 하선옥을 보았다.

"하 수석이 해봐요."

그때 하선옥이 기다렸다는 듯이 말했다.

"에이, 각하, 왜 그러세요?"

"옳지. 이렇게 말입니다."

서동수가 정색하고 유춘식에게 말했다.

"망한 나라는 모두 지도자와 측근들 사이에 대화나 소통이 단절됐습니다. 난 그렇게 안 할 겁니다."

캠프 데이비드 산장, 테라스에 트럼프와 서동수가 나란히 앉아 있다. 데이비드는 아이젠하워 대통령의 손자 이름이다. 오후 6시 반, 일찍 저녁을 마치고 둘은 커톡틴 산맥이 어둠 속에 묻히는 장면을 바라보는 중이다. 장관이다. 붉은 노을이 사방에 덮여 있는 것 같다. 그때 트럼프가 언더록 위스키 잔을 들면서 힐끗 뒤쪽을 보았다.

"각하."

서동수를 부르는 것이다. 트럼프는 70세, 서동수는 55세다. 뒤쪽에 아무도 없는 것을 확인한 트럼프가 서동수에게 물었다.

"오늘, 홍보수석하고 같이 잘 거요?"

"예, 각하."

서동수는 트럼프의 두 눈이 번들거리고 있는 것을 보았다. 캠프 데이비드 산장에 하선옥까지 데려온 것이다. 서동수가 술잔을 들고 말했다.

"뭐, 한두 번도 아니고, 국민도 다 알고 있을 겁니다."

"부럽군."

"감사합니다, 각하."

"유라시아클럽의 물이 좋다고 들었소."

"언제 오신다면 제가 특별히 모시지요."

"푸틴 씨는 자주 가지요?"

"그럼요. 제가 별장까지 지어 드렸는데요."

"나도 봤어요. 근사하더군."

"경치가 이곳만큼 장관입니다, 각하."

"기대가 되는데."

"기대에 어긋나지 않을 겁니다."

"푸틴의 야망이 무엇일 것 같습니까?"

다시 술잔을 든 트럼프가 물었으므로 서동수가 웃었다.

"글쎄요. 비행기 타고 올 적에 외무장관이 말을 함부로 하지 말라고 하더군요."

"각하의 꿈은 뭡니까?"

다시 트럼프가 묻자 서동수가 상반신을 세웠다. 이제 앞쪽 산맥은 어둠에 덮였다. 뒤쪽 별장 응접실은 불을 환하게 켜놓았고 테라스 양쪽 끝에 등이 켜졌다.

"제3제국입니다."

"제3제국."

긴장한 듯 트럼프도 똑바로 서동수를 보았다.

"구체적으로 말해 보시죠."

"한반도와 시베리아, 중국 3성까지 영향력 안에 둔 대한민국입니다."

"으음."

탄성만 뱉은 트럼프를 향해 서동수가 말을 이었다.

"국경은 의미가 없습니다. 현재는 경제 영향권으로 말씀드리는 것입니다, 각하."

"결국은 그것이 자연스럽게 국경이 되겠지요."

"제3제국은 미국과의 동맹을 유지해 나갈 것입니다."

머리를 끄덕인 트럼프가 다시 물었다.

"중국이 동북 3성을 개방한 이유는 무엇이라고 생각합니까?"

"자신감이 있기 때문이겠지요."

"한랜드와 대한민국이 흡수될 가능성도 있지 않겠습니까?"

"그럴 수도 있겠지요."

"그 반대의 경우도 가능하겠군요."

"글쎄요."

"제3제국의 중심은 대한민국이군요."

"그렇습니다."

어깨를 편 서동수가 트럼프의 시선을 정면으로 받았다.

“미국은 제3제국의 동맹국입니다.”

트럼프가 천천히 머리를 끄덕였다. 동맹은 필요에 따라 맺어진다. 남한이 미국과, 북한은 중국과 동맹국이며 일본은 미국과 군사동맹을 맺은 관계다. 이제 남북한이 통일된 대한민국은 아직 미·중과의 동맹을 유지하고 있는 상황이며 러시아와도 동맹을 맺었다. 그때 트럼프가 자리에서 일어서며 말했다.

“각하, 아시아가 대한민국을 중심으로 요동을 치고 있군요.”

따라 일어선 서동수를 향해 트럼프가 이를 드러내고 웃었다. 환한 웃음이다.

“부럽다고 하는군.”

서동수가 몸을 떼면서 말했다. 거친 숨소리가 방안을 메우고 있다. 밤 11시 반, 데이비드 산장의 방안이다. 서동수의 방으로 하선옥이 온 셈인데 부부용 침실이어서 가운까지 한 쌍으로 준비되어 있다. 하선옥이 몸을 돌려 서동수의 가슴에 볼을 붙였다. 따뜻한 아랫배가 닿았고 호흡할 때마다 부드러운 촉감이 느껴진다.

“누가 부럽다고 해요?”

“트럼프 대통령이.”

“뭐가 부럽다는 거죠.”

“너하고 같이 자는 거.”

“정말 그랬어요?”

“유라시아클럽도 가보고 싶다는데.”

“왜요?”

"거기 미인들 보려고."

"역시 멋쟁이야, 트럼프 씨는."

"푸틴 대통령이 자주 온다고 그랬지."

"룸살롱 비즈니스네."

부둥켜안은 채 이야기를 주고받으면서 둘은 서로의 몸을 만졌다. 둘은 물론 알몸이다. 부인 없이 미국을 국빈 방문한 터라 수행원 룸에서 고위급 인사인 하선옥이 언론의 주목을 받고 있다. NYT는 하선옥을 서동수의 숨겨진 여자 1호라고 기사를 냈지만 별로 주목을 받지 못했다. 서동수의 여자 관련 스캔들은 수없이 보도돼 면역이 되었기 때문이다. 한국에서는 검색 순위에도 들지 못한다. 그때 하선옥이 서동수의 허리를 껴안으면서 물었다.

"이제 결혼하시는 게 어때요?"

"갑자기 결혼은 왜?"

"제3제국을 세우시려면 아무래도 안정적인 분위기가 필요해요."

"더 불편해질 가능성이 많아."

서동수가 하선옥의 풍만한 젖가슴을 거칠게 주물렀다. 하선옥이 젖가슴을 맡긴 채 말을 이었다.

"한족계 부인을 맞으시는 것이 낫지 않을까요? 지난번처럼 그런 경우 말고요."

오래전이다. 서동수의 눈앞에 장치(江岐)의 얼굴과 몸이 떠올랐다. 중국 측에서는 그때부터 정략결혼을 추진했었다. 하선옥이 말을 이었다.

"중국은 예부터 정략결혼의 전통이 있어요. 도움이 될 건데요."

서동수가 하선옥의 엉덩이를 움켜쥐고 당겨 안았다.

"난 남편으로 부적격자야. 형편없는 놈이지."

"상대가 느끼는 관점은 다른 법입니다."

"지금 내 홍보를 하라는 게 아니야."

"가화만사성(家和萬事成) 따위의 말에 부담을 느끼지 마시란 말씀입니다."

하선옥의 목소리가 또렷해졌다. 서동수가 거칠게 허벅지 안쪽을 주물렀지만 하선옥이 말을 이었다.

"집안일과는 상관없이 밖에서 훌륭한 업적을 세운 사람들이 많습니다."

서동수가 하선옥의 젖가슴을 입안에 넣었다. 그때 하선옥이 서동수의 머리를 두 손으로 감싸 안았다.

"같이 있는 것만으로도 행복한 상대가 있을 겁니다, 각하."

"……."

"각하의 버릇을 이해해줄 사람도 있겠지요."

서동수가 상반신을 세우더니 다시 하선옥의 몸 위에 올랐다. 이미 서로의 몸에 익숙해져 있는 터라 하선옥이 잠자코 맞을 채비를 한다. 서동수가 자세를 잡으면서 하선옥을 내려다보았다. 시선이 마주치자 하선옥이 두 손으로 서동수의 팔을 감싸 쥐었다.

"빨리하세요."

그때 서동수가 물었다.

"나하고 결혼해줄 테냐?"

하선옥이 미처 대답하기 전에 서동수가 몸 안으로 깊숙이 들어가면서 다시 물었다.

"나도 노력은 하겠지만 국가를 위해서 희생해줄래? 지금 말한 것처럼 말이다."

서동수가 추구하는 제3제국은 자본주의와 국가사회주의를 모두 포용한 체제다. 미국 국빈 방문을 성공적으로 마친 대한민국 대통령 일행이 LA공항에 도착했을 때다. 외교장관 유춘식이 의전 행사를 마치고 트랩에 오르는 서동수의 뒤를 따르며 보고했다.

"각하, 일본 외무상한테서 연락이 왔습니다. 아베 총리가 귀국하시는 길에 들러 주시기를 바란다는데요."

시선만 준 서동수가 대통령실로 들어서면서 비서실장 유병선과 안보수석 안종관, 홍보수석 하선옥까지 불러들였다.

"어떻게 된 일이오?"

서동수가 물었다. 국가 정상이 뜨내기 장사꾼처럼 오며 가며 만나고 다닐 수는 없다. 비행기야 일본을 거치지만 일본의 결례다. 이쪽을 무시하는 행위로 보일 수도 있다. 그때 유춘식이 말했다.

"허락하신다면 아베 총리가 각하께 정식으로 방문 요청을 할 것이며 공항에 영접을 나오겠답니다."

그렇다면 결례는 아니다.

"무슨 일로 만나자는 것인가?"

서동수의 질문에 다시 유춘식이 대답했다.

"양국 간의 우의를 위해서라고 했습니다."

"피할 이유는 없지."

마침내 결심한 서동수가 주위를 둘러보았다.

"아베 총리의 적극적인 자세가 마음에 닿는군. 내가 선수를 빼앗긴 느낌이야."

"이번 미국 방문에 핵 문제가 언급되지 않은 것에 대해서 아베가 불쾌하게 여겼다는 언론 보도가 있었습니다."

안종관이 말을 이었다.

"대마도에서 체포된 한국인 두 명은 징역형을 받을 것 같습니다."

"그리고……."

유춘식이 망설이는 표정으로 말했다.

"이틀 전에 동해에서 어선 한 척이 일본 해안 경비정에 나포되었습니다."

서동수의 시선을 받은 유춘식이 말을 이었다.

"일본 영해를 침범했다고 합니다."

"어쨌든 갑시다."

서동수가 결론을 내렸고 곧 유병선이 비서관을 시켜 비행경로를 재편성하고 관계기관에 연락하느라고 전용기 안은 분주해졌다. 비행기가 다시 태평양 상공에 떠올랐을 때 서동수가 국방장관 강동필을 대통령실로 불러들였다. 강동필은 안보수석 안종관과 함께 왔는데 잔뜩 긴장한 표정이다. 둘이 앞에 앉았을 때 서동수가 강동필에게 물었다.

"장관님, 신성모라고 아시지요?"

"예? 영화배우 말씀입니까?"

되물었던 강동필이 이맛살을 모았다. 그때 서동수가 다시 물었다.

"6·25 때 국방장관 말입니다."

"아."

탄성을 뱉은 강동필이 똑바로 서동수를 보았다.

"압니다, 각하."

"그분을 어떻게 생각하십니까?"

"제 의견을 말씀드릴까요?"

어깨를 편 강동필의 눈빛이 강해졌다.

"저도 국방장관입니다만 전쟁 직전의 국방장관을 맡기에는 부족하신 분이었습니다."

"그런데 그분이 대마도는 병사 3000명으로 점령할 수 있다고 이승만 대통령께 보고했다는 기록을 읽은 적이 있어서요."

그 순간 강동필은 물론이고 안종관도 숨을 죽였다. 그때 서동수가 물었다.

"그때는 70년 전입니다만 지금은 어떻습니까? 가능합니까?"

그러자 서동수의 시선을 받은 강동필이 심호흡을 했다. 시선은 서동수에게서 떼지 않는다.

"기습 공격을 해야 합니다, 각하."

안종관이 침을 삼켰고 강동필이 말을 이었다.

"검토 후에 보고드리겠습니다, 각하."

강동필의 온몸에서 활기가 솟아오르는 것 같다.

아베는 공항에서 서동수를 맞았다. 최상급 대우로 영접한 것이다. 계단 밑에서 기다리던 아베가 서동수의 손을 잡고 말했다.

"잘 오셨습니다, 각하."

"감사합니다, 각하."

아베의 손은 따뜻했다. 아베의 수행원과 인사를 나눈 서동수가 이제는 의장대를 사열했다. 본래 공항에서 환영사와 답사 의식이 있을 예정이었지만 대한민국 측의 요청으로 생략하고 서동수는 아베와 함께 차에 올랐다. 둘이 뒷좌석에 나란히 앉은 것이다. 리무진의 앞쪽 마주보는 자리에 일본 외무상 다케시마와 대한민국 외교장관 유춘식이 앉았다. 이것도 양국이 합의해서 자리를 만든 것이다. 차가 출발했을 때 날씨 이야기를 마친 아베가 본론을 꺼냈다. 모두 영어를 사용하고 있다.

"대한민국의 발전을 기원합니다, 각하. 그리고 일·한 양국의 우호가 더욱 증진되기를 바랍니다."

"감사합니다."

서동수가 웃음 띤 얼굴로 아베를 보았다.

"그랬으면 오죽 좋겠습니까? 역사를 보면 양국이 잘되기를 바란 적이 한 번도 없었거든요. 그렇지 않습니까?"

준비된 말이 술술 나왔다.

"글쎄요."

아베의 얼굴에 쓴웃음이 번졌다. 서동수보다 연상인 데다 전후(戰後) 가장 강력한 지도자로 10년 가깝게 일본을 통치하고 있다. 더구나 아베의 가문은 명문으로 서동수와 비교도 되지 않는다. 아베가 말을 이었다.

"우리, 새 역사를 써야 하지 않겠습니까? 일본은 대한민국의 실체를 인정합니다. 그리고 동반자가 되기를 기대합니다."

"감사합니다."

머리를 끄덕인 서동수도 말을 이었다.

"과거사에 연연하지 않겠습니다. 앞으로 해야 할 일이 산적해 있으니까요."

"일본이 적극적으로 협조해 드리지요."

"감사합니다. 하지만 그러기 위해서는 현재 걸려 있는 문제를 처리하고 가야 하지 않겠습니까?"

"그것이 무엇이지요?"

둘의 대화가 통역 없이 진행되는 동안 앞쪽의 유춘식과 다케시마는 숨을 죽였다. 그리고 그들의 긴장감이 점점 높아졌다. 이제 서동수가 대답할 차례다. 서동수가 정색하고 아베를 보았다.

"대마도 반환입니다."

"그건 말도 안 되는 얘기입니다."

아베가 즉각 대답하더니 머리까지 저었다. 쓴웃음을 띤 얼굴로 아베가 서동수를 보았다.

"대마도가 일본령이란 것은 아마 한국 사람들도 다 알 것입니다. 그건 전쟁을 일으키려는 억지 주장이지요."

"그렇습니까?"

이맛살을 모은 서동수가 아베의 눈을 보았다.

"우리도 자료가 많은데요, 총리 각하. 일본 자료가 조작되었다는 증거도 있습니다. 대마도에 있는 자료를 소각했다는 증거도 있지요."

"각하, 지금 우리는 대마도 문제로 만나는 것이 아닙니다. 앞으로 대한민국과 일본이 아시아의 주도국으로서 함께 나아가자는 상의를 하려는 것입니다."

"그럼, 오늘 대마도 이야기는 그만 하겠습니다."

서동수가 말을 이었다.

"일본은 지금까지 수천 년 동안 한반도를 침탈했습니다. 수없이 한반도를 침략하고 점령하고 식민지로 삼았지요. 그런데 이런 동반자 제의는 처음인 것 같습니다."

서동수의 얼굴에 웃음이 떠올랐다.

"총리 각하, 격세지감이 느껴지는군요."

"서동수가 트럼프와 비밀 합의를 했을 가능성이 있어."

서동수를 숙소인 도쿄호텔까지 데려다주고 오는 길에 아베가 다케시마에게 말했다. 얼굴이 굳어 있다.

"트럼프와 서동수 둘만 아는 비밀로 말이야. 아니, 측근들은 알겠지."

이번 아베의 서동수 초청도 한·미 간의 밀월 분위기에 물타기를 하려는 의도도 있는 것이다. 아베가 불쑥 다케시마에게 물었다.

"다케시마 씨, 당신 생각은 어떤 합의일 것 같나? 만일 했다면 말이야."

"그것은."

어깨를 편 다케시마가 아베를 보았다.

"워싱턴의 정보를 종합해 보면 미·한 동맹의 확인일 것 같습니다, 각하."

"그거야 언론에도 계속 보도되는 일 아닌가?"

"제3제국 설이 떠돌고 있습니다."

"나도 들었어."

의자에 등을 붙인 아베가 얼굴을 찌푸렸다. 워싱턴뿐만 아니라 동남아, 유럽에도 떠도는 소문이다. 그건 대한민국이 제3제국을 표방하고 미·중 양강 체제에서 제3세력으로 부상한다는 내용이다. 그 제3제국의 후원자로 러시아가 도사리고 있다는 것이다. 곧 러시아가 대한민국을 내세워 제3제국을 도모하고 있다는 소문이다. 아베가 혼잣소리로 말했다.

"서동수가 만만치는 않은 놈이지. 하지만 이것이 시작이야."

"각하, 말씀드렸지만 한민족은 역사적으로 단합하지 못하는 민족입니다. 단 한 번도 내부 분란이 없었던 적이 없지 않습니까?"

다케시마가 열기 띤 얼굴로 아베를 보았다. 다케시마는 극우 보수 성향으로 아베와 뜻이 맞는다. 역사학에 일가견이 있어 의원들의 '역사

모임' 회장이기도 하다. 다케시마가 말을 이었다.

"두고 보십시오. 벌써부터 서동수의 견제 세력이 뭉치기 시작했고 북한으로 들어가려고 온갖 편법과 뇌물 사건이 일어나고 있지 않습니까?"

"……."

"수천 년 동안 내부 분열과 부패로 한 번도 한반도 밖으로 뻗어 나가지 못했던 한민족입니다. 이번에 운 좋게 러시아의 지원을 받아 한랜드가 한반도와 이어졌지만 그것이 대한민국이 주도한 것도 아니지 않습니까? 과대평가하시는 겁니다."

"다케시마 씨, 당신 말을 들으면 내가 조금 위로가 돼."

길게 숨을 뱉은 아베가 다케시마를 보았다.

"당신도 들었지? 서동수가 불쑥 대마도 반환 이야기를 꺼내는 것 말이야."

"예, 예의라고는 쥐뿔도 없는 천박한 놈이지요. 무시하셔도 됩니다."

"어쨌든 이번에 일·한 동맹 이야기로 서동수 분위기를 누그러뜨려야 돼."

"예, 제의했다는 것만으로도 효과가 있을 테니까요."

다케시마의 긴 얼굴에 웃음이 떠올랐다.

"한국 속담에 웃는 얼굴에 침 뱉지 못한다는 말이 있습니다."

"그런가?"

"예, 한국 책에서 읽었습니다."

"한국인들은 침을 많이 뱉어."

차 안에 잠깐 정적이 덮였다. 이번 서동수의 초청은 일·한 관계를 증진시키겠다는 의사를 세계에 보이려는 의도다. 그래서 거부당하더라도 일본이 한국에 동맹을 제의하려는 것이다. 일본이 평화를 바란다는 의도를 세상에 알려 놓고 시작한다. 그때 아베가 다시 혼잣소리처럼 말했다.

"참 나, 한국이 이렇게 될 줄이야……."

아베와 악수를 나누는 서동수는 웃는 얼굴이다. 지금 서동수는 아베와의 정상회담을 마치고 일본을 떠나고 있다.

"아베가 불안한 상태야."

리모컨으로 TV를 끈 푸틴이 앞에 앉은 메드베데프와 FSB 국장 체르넨코를 번갈아 보았다.

"하지만 노련하지. 서동수를 미국에서 귀국하는 길에 끌어들이는 것을 보라고."

"서동수가 거부할 명분은 없었습니다, 대통령 각하."

체르넨코가 대답했다. FSB는 러시아연방 정보국으로 전신(前身)이 KGB다. 푸틴도 FSB 국장 출신인 터라 측근을 기용하고 있다. 체르넨코가 말을 이었다.

"아베는 한·일 동맹을 제의했다면서 평화 분위기를 연출했지요. 서동수가 거부하더라도 주도권은 잡은 셈입니다, 대통령 각하."

푸틴과 메드베데프가 머리를 끄덕였다. 서동수는 기자들이 회담 내용을 묻는 질문에 심도 있는 대화를 나눴다는 말만 한 것이다. 그때 푸틴이 메드베데프에게 말했다.

"우리가 한랜드를 내놓은 것처럼 중국도 동북 3성을 내놓은 상황이야. 올인은 아니더라도 자신감이 없으면 그렇게 못 한다는 것은 알아야 돼."

"압니다, 각하."

정색한 메드베데프가 머리를 끄덕였다.

"중국도 동북 3성을 미끼로 한반도와 한랜드까지 넘볼 수도 있을 테니까요."

"중국은 오래전부터 한반도의 역사에까지 손을 대고 있었습니다."

체르넨코가 마른 얼굴을 들고 푸틴을 보았다.

"동북공정이라고 중국은 2002년부터 고대 한반도의 왕국이 동북 3성 지역까지 뻗어나갔던 역사를 지우려는 작업을 시작했지요."

"오, FSB 국장이 역사도 연구했군."

감탄한 푸틴이 정색했다.

"계속하라고, 국장."

"예, 그 동북공정은 중국의 국가 최고 학술기관인 사회과학원과 동북 3성이 모두 참여한 대규모 작업이고 지금도 계속되는 상황입니다."

"그 목적은 무엇인가?"

"당연히 한반도가 통일되었을 때 일어날 가능성이 있는 역사 분쟁을 미연에 방지한다는 것입니다."

"그런데 그 동북공정을 덮어두고 동북 3성을 한랜드에 개방시켰단 말이지?"

"예, 각하."

"어쩐지 으스스하군."

"대한민국 측에서 그것을 모를 리가 없습니다, 각하."

체르넨코가 차분한 시선으로 푸틴을 보았다.

"대한민국도 남한 정부 시절에 그에 대항하는 동북아역사재단이란 조직을 만들었으니까요."

머리를 끄덕인 푸틴이 다시 메드베데프와 체르넨코를 번갈아 보았다.

"우리가 대한민국과 연합하면서 동북아, 나아가서 아시아 대륙에 영향력을 행사하게 된 것은 사실이야. 한국과 우리 러시아의 윈윈이지."

어깨를 부풀린 푸틴이 말을 이었다.

"잘 알겠지만 대한민국하고는 당분간 함께 나아가야 돼. 거기에 중국이 끼어든 상황이니 동북아는 격변기를 겪으면서 발전할 거야."

푸틴의 두 눈이 번들거리고 있다.

"러시아, 대한민국, 중국의 3국 전쟁이야. 그리고 동북아의 패자는 아시아, 아니 세계의 패자가 될 거야."

심호흡을 한 푸틴이 다시 메드베데프를 보았다. 메드베데프는 후계자다.

"머릿속에 잘 새겨둬, 메드베데프."

"각하, 종교단체 설립도 당분간 제한할 작정입니다."

김동일이 대뜸 말했으므로 서동수가 풀썩 웃었다. 무슨 말인지 대번에 알았기 때문이다. 남북한 통일이 되고 나서 가장 적극적으로 북한 땅에 옮겨가려는 조직이 종교단체다. 처음에는 뭘 모르고 받아들였던 북한 정부는 순식간에 이쪽저쪽에서 솟아오르는 십자가를 보고 기절초풍을 했다. 한 달 만에 평양 시내에 솟아난 지붕 위의 십자가가 4985개나 되었던 것이다. 그것을 본 김동일이 벽력같은 호통을 쳤고 그 다음 날 십자가는 모조리 철거되었다. 목사들도 추방된 것은 물론이다. 그들로서는 온갖 물품을 교회에 쌓아놓고 있었던 터라 항의도 대단했다. 북한 주민들을 도와주려는 의도였지 십일조 따위는 생각지도 않았다고 항변했지만 북한 정부는 듣지 않았다. 그것으로 연방정부에 민원이 쏟아져 모두 골머리를 앓았다. 애꿎은 연방 관리들만 시달린 것이다. 김동일이 말을 이었다.

"북한도 본래부터 종교의 자유가 있었습니다. 바쁘니까 종교를 갖지 못하게 된 것이지요."

"아, 그럼요."

서동수가 웃음 띤 얼굴로 말을 받았다.

"연방정부도 민원이 쏟아지고 있지만 북한 자치정부에 맡기겠습니다."

"감사합니다, 각하."

긴장이 풀린 김동일의 얼굴에도 웃음이 떠올랐다.

"토지개혁이 끝날 때까지만이라도 제한할 작정입니다."

서동수가 머리를 끄덕였다. 김동일의 북한 정부는 연방의 지원을 받아 토지개혁을 준비하고 있는 것이다. 남한은 1950년 3월, 6·25전쟁이 일어나기 3개월 전에 농지개혁 법안이 확정되었다. 농지의 사유화다. 이 농지개혁으로 농민들의 소유 의식이 증폭되고 이것이 공산주의자들의 선동에 넘어가지 않게 된 원인이 되기도 했다. 그때 김동일이 말을 이었다.

"우리는 농지개혁을 70년 만에 하는군요."

"그러니 시행착오가 훨씬 줄어들 것입니다."

서동수가 위로했다. 이제 농지, 토지가 사유화되고 나서 남북한 주민의 본격적인 이주가 시작될 것이었다. 저녁 7시 반, 둘은 김동일의 별장에서 저녁 식사를 하고 옆방으로 자리를 옮겨 술을 마시는 중이다. 서동수는 어제 일본 방문을 마치고 곧장 평양으로 날아온 것이다. 그러고는 오늘 미국과 일본의 국빈 방문 내용을 김동일에게 먼저 이야기해 주었다. 서동수가 소주잔을 들면서 말을 이었다.

“아베 총리는 한·일 동맹과 평화에 대해서 제의를 했다고 발표했는데 나는 내일 기자회견을 할 겁니다.”

김동일의 시선을 받은 서동수가 빙그레 웃었다.

“나는 아베 총리한테 대마도 반환을 요구했다고 할 겁니다. 실제로 공항에서 같이 차를 타고 가면서 그 이야기를 했거든요.”

놀란 김동일이 숨을 들이켰고 서동수가 말을 이었다.

“아베 총리는 펄쩍 뛰었지만 말을 내놓는 것이 의미가 있습니다. 아베 총리가 평화를 내놓은 방법과 비슷하지요.”

“그렇군요.”

김동일의 두 눈에 생기가 돌았다.

“대마도를 우리가 탈환할 수 있지 않겠습니까? 명령만 내리시면 100만 명 동원도 가능합니다.”

그렇다. 지금 남북한군(軍) 개편이 이뤄지는 중이지만 100만 명 군 동원도 이틀이면 될 것이다. 대마도까지 군대를 몇 겹으로 세울 수도 있다. 그때 여자들이 다가왔다. 파티에 여자들이 빠질 수가 있는가? 여자는 둘이 들어섰다. 둘은 목례를 하더니 서동수와 김동일 옆으로 다가와 옆자리에 앉는다. 미리 정하고 온 것 같다. 김동일이 골라놓은 것이다. 김동일이 서동수의 눈치를 보더니 빙그레 웃었다.

“각하께선 포커 안 치시지요?”

“예, 안 칩니다.”

여자한테서 시선을 뗀 서동수가 대답하자 김동일이 머리를 끄덕였다.

"포커 치시면 돈 다 잃으시겠어요."

"왜 그렇습니까?"

"포커페이스가 안 되시니까요."

그제야 말뜻을 알아차린 서동수가 따라 웃었다.

"그렇군요. 너무 좋으면 감추기가 힘듭니다."

서동수가 머리를 돌려 여자를 보았다.

"천사처럼 순결하고 곱구나. 네 이름이 무엇이냐?"

"예, 박성녀라고 합니다."

"이름 같은 얼굴이다."

서동수가 머리를 조금 젖혀 여자를 보았다. 눈도 조금 가늘게 떠서 작은 글씨를 보려는 듯한 표정이다. 아름답다고 하는 것보다 곱다는 표현이 어울렸다. 부드럽고 따뜻하고 아늑한 분위기다. 쌍꺼풀이 없는 맑은 눈, 검은 눈동자, 눈초리는 살짝 솟았으며 곧은 콧날 밑의 입술은 작지도 크지도 않다. 윤기가 흐르는 피부, 웃음을 머금은 것 같은 눈과 입의 박성녀는 소매 없는 진주색 원피스를 입었는데 젖가슴의 볼륨이 컸다. 쭉 빠진 몸매, 긴 머리가 어깨를 덮었다. 그때 김동일이 말했다.

"우리 북한에서 날리던 악극단과 무용단, 서커스단이 모두 한랜드에서 명성을 떨치고 있지요."

"들었습니다."

서동수가 웃음 띤 얼굴로 박성녀의 허리를 당겨 안았다. 박성녀가 순순히 서동수의 품에 안긴다. 그렇다. 북한의 유명한 극단은 모두 한랜드의 유라시아클럽과 전속 계약을 맺고 거액의 계약금을 받은 것이다. 거기에다 북한 당국은 성과급제를 도입하여 극단의 구성원은 그 능력에 따라 엄청난 연봉을 받는다. 그러니 신바람이 안 일어날 수가 없다. 김동일의 시선이 박성녀에게로 옮아갔다.

“저 동무도 인재반 연수생입니다.”

“인재반 연수생이라니요?”

“남한의 TV 탤런트 연수생과 비슷하지요. 우린 국비로 양성해서 돈벌이를 시킵니다.”

“그렇군요.”

“지금은 반반씩 이익금을 나누는데 시간이 지나면 3대7쯤의 비율로 혜택을 더 줄 예정입니다.”

“잘하시는군요.”

“경쟁률이 1000 대 1이 넘습니다.”

머리를 끄덕인 서동수가 박성녀를 보았다. 박성녀는 이제 미래가 보장된 것 같다.

“네 특기가 뭐냐?”

서동수가 묻자 박성녀는 바로 대답했다.

“영어, 러시아어, 중국어를 합니다.”

“오, 대단하구나, 네 꿈은 뭐냐?”

“예, 유라시아클럽에 들어가 고급 손님을 모시는 것입니다.”

서동수가 숨만 들이켰을 때 김동일이 헛기침을 했다.

“노래나 춤, 서커스 등 연예나 체육 부문뿐만 아니라 어학이나 과학기술로 해외 진출을 시키는 것입니다. 인재반에는 외화벌이를 위해 수백 개 직종의 인재를 양성하고 있습니다.”

“과연…….”

박성녀는 유라시아클럽 취업을 목표로 양성하는 인재인 것이다. 서동수가 박성녀의 허리를 더 끌어안으면서 물었다.

"넌 3개 외국어 외에 또 무엇을 교육받고 있느냐?"

그때 박성녀가 선녀 같은 얼굴로 웃었다.

서동수야 대한민국 대통령이 되기 전부터 '천하의 잡놈' 아니었던가? 여자만 보면 사족을 못 쓰는 '탕남' 또는 '색마'로까지 불렸던 서동수다. 그러나 상황이 달라졌다. SNS의 발달로 비밀이 없어진 세상이 되면서 결점 없는 인간은 존재하지 않았다. 서동수는 결점을 숨기지 않았으며 변명도 안 했고 거짓말은 더욱 안 했다. 그것이 서동수를 '서민 대통령'으로 만든 원인도 될 것이다. 이제 서민 대통령 또는 잡놈 대통령 서동수는 대한민국의 축복이 되어가고 있다.

"아, 아, 아."

박성녀의 탄성이 천사의 노래처럼 들리는 방안, 깊은 밤, 김동일의 별장. 서동수는 머리를 옆으로 젖힌 채 신음하는 박성녀를 내려다보았다. 두 다리를 서동수의 어깨에 얹은 박성녀의 몸은 절반으로 꺾여 있다. 잠깐 움직임을 멈추자 박성녀가 머리를 돌려 서동수를 올려다보았다. 붉게 상기된 얼굴, 물기를 머금어서 번들거리는 눈, 흐린 눈동자는 먼 곳을 보는 것 같다. 서동수가 허리를 천천히 흔들면서 말했다.

"넌 명기다. 내가 빨려 들어가는 것 같구나."

그때 다시 입을 딱 벌린 박성녀가 앓는 소리를 뱉었다. 두 손으로 서동수의 팔목을 움켜쥔 박성녀의 얼굴이 바로 아래쪽이다. 서동수는 자신의 몸이 뜨겁고 끈적이며, 부드럽고 강하게 조여오는 동굴 안으로 빨려 들어가는 느낌을 받는다. 저절로 어금니를 문 서동수가 머리를 숙여 박성녀에게 입을 맞췄다. 그 순간 박성녀가 입을 열더니 혀를 내밀었다. 서동수의 입술이 뚜껑을 닫는 것처럼 덮이면서 박성녀의 혀를 빨았다. 놀란 듯 박성녀의 혀가 서동수의 입안에서 꿈틀거렸다. 다시 서동수의 몸이 거칠게 움직이기 시작했고 박성녀의 신음이 높아졌다. 다리를 추어올리면 깊게 삽입되기도 하지만 여자의 몸은 모두 다르다. 각도가 제각각인 것이다. 박성녀는 비스듬한 각도여서 서동수는 몸이 바닥까지 닿는 느낌을 받는다.

"아, 아, 아."

박성녀의 탄성이 더 높고 길어졌다. 팔을 움켜쥐었던 두 손이 서동수의 어깨를 쥐더니 턱을 치켜세웠다. 그 순간 동굴이 와락 좁혀졌으므로 서동수는 숨을 들이켰다. 온몸으로 전류가 흐르는 느낌을 받으면서 서동수가 폭발했고 동시에 박성녀가 터졌다. 참을 수가 없었던 것이다.

그러나 만족한 절정이다. 박성녀가 온몸을 새우처럼 굽힌 채 굳어졌으므로 서동수는 다리를 내려 주면서 빈틈없이 껴안았다. 박성녀의 긴 신음이 이어지고 있다. 서동수가 박성녀의 귀를 입안에 넣고 더운 숨을 불어넣으면서 말했다.

"좋구나."

박성녀가 두 손으로 서동수의 허리를 감싸 안았다. 그러나 가쁜 신음만 뱉은 채 입을 열지는 않는다. 몸이 꿈틀거리는 바람에 동굴의 움직임이 느껴졌다. 동굴 양쪽 벽을 두드리는 것 같은 진동이다. 맥박이 뛰는 것 같다. 아직 박성녀의 동굴도 강한 탄력으로 꿈틀거리고 있는 것이다.

"내가 유라시아클럽에 추천해주마."

김광도에게 말하면 당장에 모셔갈 것이다. 그때 박성녀가 가쁜 숨을 고르면서 말했다.

"한시티의 유라시아클럽에서 일하고 싶어요."

"알았다."

"제 부모님도 함께 가고 싶어요."

"내가 김 총리에게 부탁하면 될 거야."

아직도 단단하게 들어가 있는 남성을 느낀 서동수가 박성녀의 귀에 대고 말을 이었다.

"이만한 대가를 받아야지. 내가 내일 이주비용도 주마."

다음 날 오전 11시 정각, 평양 주석궁의 대회의실에서 대한민국 대통령 서동수의 기자회견이 열렸다. 미리 알린 터라 기자회견장에 기자들이 운집해 있다. 남북한 총리 조수만, 김동일도 참석할 예정이다. 조수만은 아침 일찍 서울에서 날아왔다. 이곳 주석궁은 김동일이 본관을 연방정부에 기증해 줘서 대한민국 연방청사로 손색이 없다. 이윽고 단상으로 서동수와 조수만, 김동일이 들어서자 회의장이 조용해졌다. 외국 통신사 기자들도 수십 명이다. 사회를 맡은 연방정부 대변인의 소개로 서동수가 연단에 섰고 뒷자리에 조수만과 김동일이 나란히 앉았다. 그들의 뒤쪽에는 대형 태극기가 벽에 붙어 있다.

서동수가 머리를 들고 정면을 봤다. 그 순간 서울역 대합실, 한시티 열차 터미널, 베이징의 공산당 청사, 일본 총리 관저에서도 화면에 나온 서동수를 응시하고 있다. 시간대는 각각 다르지만 생방송이다. 지금 서동수는 미국과 일본을 국빈 방문한 결과를 대한민국 국민에게 보고하려는 것이다. 외교장관 유춘식이 귀국 즉시 방문 결과를 보고했지만 서동수와 트럼프, 아베와의 단독 면담 내용은 제외했다. 대통령이 직접 발표한다고 한 것이다. 그래서 모두 긴장하고 있다. 서동수의 습성에 익숙한 언론은 온갖 추측을 내놨는데 오늘 하선옥과의 결혼을 발표할 것이라는 찌라시도 포함됐다. 그때 서동수가 입을 열었다.

"대한민국은 제3제국입니다. 미국과 중국이 양강(兩强)으로 자본주의와 국가사회주의 체제로 양분된 세계에서 대한민국은 제3세계를 표방합니다."

서동수가 시청자들을 응시했다.

"그러나 대한민국은 미국과 동맹국이며 러시아, 중국과도 곧 정식으로 군사동맹을 체결할 것입니다."

서동수의 어깨가 조금 부풀려진 것을 일부만 봤다. 그들 중에 세계 각국 정부의 고위층은 다 포함됐을 것이다. 그 의미는 자신감이다. 서동수의 말이 이어졌다.

"제3제국은 경제학적으로 구분될 뿐만 아니라 양강의 세계에 완충 역할을 하는 정치적·지리적 의미도 포함된 것입니다."

전주 덕진동 사무실에서 TV를 보던 이응호는 그것이 무슨 의미인지 알았다. 서동수가 처음 말을 꺼낼 때부터 이해한 것이다. 옆에 앉은 변기성도 마찬가지다. 연신 머리를 끄덕이고 있다. 서동수가 똑바로 이응호를 봤다.

"나는 이번에 미국 대통령 트럼프 각하를 만나 그것을 설명해 드렸습니다."

이응호는 숨을 죽였고 서동수의 말이 이어졌다.

"한·미 동맹은 모든 동맹의 우선이며 미국은 대한민국의 우방임을 다시 한 번 확인했습니다."

그러고는 서동수의 눈빛이 부드러워졌다. 발표가 끝난 것이다. 군더더기 없고 짧은 것이 서동수 연설의 특징이다. 연설문은 담당관과 머리를 맞대고 작성하는데 '말이 많으면 거짓말이 들어간다'는 서동수의 원칙이 배어 있다. 그때 대변인이 기자들의 질문을 받는다고 소개했다. 먼저 불린 기자는 문화일보 장인철 기자다.

"아베 총리와도 독대하셨지 않습니까? 일본 방문 이야기는 하지 않으셨는데요. 무슨 말씀을 하셨습니까?"

핵심이다. 제3제국에서 일본이 제외됐다. 미·러·중 동맹을 이야기했는데 일본만 빠졌다. 모두의 시선이 쏠렸고 이응호와 변기성은 숨까지 죽였다. 그때 서동수가 빙그레 웃었다.

"평화 공존에 대해서 의견을 나눴지요."

이화원 근처의 안가에 시진핑과 총리 저커장, 외교부장 우린, 그리고 산둥성 서기 리정산까지 넷이 둘러앉아 있다. 이들이 대한(對韓) 정책의 핵심이다. 그들은 방금 서동수의 대국민 발표를 들은 것이다. 시진핑이 찻잔을 들고 한 모금 녹차를 삼키고는 말했다.

"제3제국을 천명(闡明)했군."

"트럼프의 승인을 받았다는 말일까요?"

저커장이 묻자 시진핑은 쓴웃음을 지었다.

"미국으로서는 손해가 아니지. 태평양 서쪽에 중국을 차단한 제3제국이 성립될 테니까."

"일본의 위치가 불안해졌습니다."

리정산이 조심스럽게 끼어들었다.

"지금까지 미국의 태평양 방어선 역할로 안보에 무임승차를 해왔으니까 말입니다."

"주석 동지, 이것은 대한민국 외교부에서 흘러나온 정보입니다만……."

모두의 시선을 받은 우린이 말을 이었다.

“서동수 대통령이 아베 총리에게 대마도 반환을 요구했다는 것입니다.”

시진핑은 시선만 주었고 우린의 말이 이어졌다.

“한국 외교부 고위 관리한테서 나온 정보입니다.”

“그럴 만도 하지.”

마침내 시진핑이 말했고 저커장도 머리를 끄덕였다.

“우리에게 전하는 메시지 같습니다.”

“일본이 대마도의 이즈하라에 해병 1개 중대를 파견했습니다. 훈련 명목이지만 그것과 관계가 있는 것 같습니다.”

우린이 말하자 저커장이 쓴웃음을 지었다.

“1개 중대 병력으로 뭘 한다고? 대한민국에 남는 병사가 100만 명이오.”

시진핑이 가만히 있었으므로 저커장이 말을 이었다.

“400여 년 전 히데요시가 일본 통일 후에 남은 병력 20만 명으로 한반도를 침략했는데 이젠 그 몇 배 병력으로 일본이 당할지도 몰라요.”

“그럴 수가…….”

대놓고 반박하기는 불편했으므로 우린이 얼버무렸다. 그때 시진핑이 입을 열었다.

“조금 전 서동수의 인터뷰 요점이 바로 그것이오.”

세 쌍의 시선을 받은 시진핑이 말을 이었다.

“제3제국을 천명한 것과 일본에 대한 경고.”

시진핑의 얼굴에 희미하게 웃음이 떠올랐다.

“그리고 우리 중화민국에 대한 제의도 포함되어 있겠지.”

"무슨 제의 말씀입니까?"

저커장이 묻자 시진핑은 다시 찻잔을 들었다.

"일본과 같은 배를 타지 말고 제3제국과 함께 나가자는 제의."

셋은 입을 다물었다. 공감하는 눈치들이 아니다. 차 한 모금을 삼킨 시진핑이 정색했다.

"동북 3성에서 번진 우리 기운이 한랜드와 한반도로 번져나가야 됩니다. 우리 중화민국이 아시아 전체, 유라시아까지 석권할 절호의 기회인 것이오."

셋은 숨을 죽였고 시진핑의 목소리가 방을 울렸다.

"위기가 곧 기회인 것이오. 러시아와 대한민국이 합작한 제3제국은 임차인이 주인 노릇을 하는 것처럼 불안한 상태요. 이것은 기운(氣運)만 꺾이면 허물어질 가능성이 많습니다."

시진핑의 얼굴에 웃음이 떠올랐다.

"그때가 되면 누가 진정한 대륙의 주인인지 알게 될 것이오."

그때 셋이 일제히 머리를 끄덕였다. 동북 3성을 개방한 이유가 그것이다.

신의주에서 랴오닝(遼寧)성, 지린(吉林)성, 헤이룽장(黑龍江)성을 관통하고 한랜드의 한시티까지 닿는 1600㎞ 길이의 고속철은 5개월 후에 개통될 예정이었다. 신의주에서 한시티까지 5시간 반이면 닿는 것이다. 하바롭스크 지역이 한랜드와 통합됨으로써 헤이룽장성은 한랜드와 국경을 맞대게 되었고 무비자 지역이 된 후에 매일 수만 명이 왕래했다. 한랜드 관광객을 상대로 하는 장사꾼들이 대거 진출하는 바람에 헤이룽장성의 국경 마을 인구가 순식간에 몇 배씩 늘어났다. 한랜드에 가게를 차려놓고 밤에 중국으로 자러 오는 무리가 있는가 하면, 아예 이주해오는 가족도 수천 명씩 되었다. 한랜드는 급격하게 발전하고 있다. 그것이 모든 것을 빨아들이는 원인이다. 국경도, 이념도, 민족도, 경제 즉, 잘살겠다는 욕망 앞에서는 뒷전으로 밀린다. 한랜드가, 유라시아 로드가, 대한민국이 지금 '잘사는' 신바람 속에 들어가 있는 것이다.

오후 3시 반, 이제는 한랜드령이 된 블라고베시첸스크에서 중국 국경을 바라보고 선 도쿠가와가 혼잣소리처럼 말했다.

"내가 제3제국의 실체를 보는군."

도쿠가와의 시선은 한랜드로 건너오는 차량 대열로 향해 있다. 수백 대가 늘어서 있었는데 국경 검문소 앞을 천천히 통과하고 있다. 한랜드 세관원은 그저 서 있을 뿐이다. 도쿠가와가 말을 이었다.

"블랙홀처럼 빨아들이고 있어. 내가 늙어서 이런 장면까지 보게 되는군."

도쿠가와는 이제 60대 후반이다. 30년 가깝게 총리실에서 정보 역으로 근무했고 책임자가 된 지도 10여 년이다. 그때 옆에 선 요시모리가 말했다.

"실장님, 중국의 인해전술 같습니다."

"그런가?"

도쿠가와가 중국인들에게 시선을 둔 채 빙그레 웃었다. 요시모리는 40대 중반으로 중국사를 연구했다. 그래서 이번에 도쿠가와의 한랜드 현장 답사에 동행한 것이다. 요시모리가 말을 이었다.

"한랜드로 유입된 중국인이 벌써 300여만 명이 되었습니다. 한랜드 800만 인구 중에서 조선족, 고려인, 한국인을 합친 숫자와 비슷합니다."

도쿠가와가 머리만 끄덕였다. 나머지 200만 명이 러시아계인 것이다. 그리고 앞으로 중국계는 더 늘어난다. 영하 15도의 날씨였지만 햇살은 밝았고 바람이 없는 날씨여서 견딜 만했다. 도쿠가와가 입을 열었다.

“이곳이 1500년 전에 한반도 왕국의 영토였던가?”

“예, 고구려란 왕국의 영토였지요.”

요시모리가 도쿠가와의 역사 지식이 반갑다는 듯 얼굴에 웃음을 떠올렸다.

“중국의 동북 3성이 다 고구려의 영토에 포함되었지요.”

“그래서 동북공정을 서둘렀군.”

“하지만 남북한 통일과 한랜드로 대한민국이 위에서부터 압박해 오리라고는 예상하지 못했겠지요.”

“러시아가 허를 찌른 것이지.”

“대한민국의 기운을 눈여겨본 것이지요.”

“이 대륙의 패자는 누가 될까?”

“푸틴, 시진핑, 서동수 3자(者)의 운(運)이 작용할 것 같습니다.”

요시모리가 바로 대답하자 도쿠가와의 얼굴에 쓴웃음이 번졌다.

“정보원답지 않은 대답이군.”

“역사학자로 말씀드렸습니다.”

정색한 요시모리가 말을 이었다.

“현재까지의 기세를 보면 대한민국입니다, 실장님.”

요시모리가 똑바로 도쿠가와를 보았다.

“대한민국은 서동수가 없더라도 이 기운이 계속될 것 같거든요.”

"잘 부탁하네."

서동수가 말하자 김광도는 머리부터 깊게 숙였다.

"예, 각하. 염려하지 마십시오."

한시티의 유라시아그룹 회장실 안이다.

소파에는 대한민국 대통령 서동수와 유라시아그룹 회장 김광도, 그리고 여자 하나까지 셋이 앉아 있다. 여자는 바로 박성녀, 어제 가족과 함께 평양에서 한시티로 날아왔다. 평양에서 출발한 한랜드 항공편에는 박성녀와 부모, 그리고 남동생 둘에다 혼자 사는 이모까지 6명이 탑승했다. 대통령 서동수는 북한 지방 정부 총리 김동일에게 박성녀 가족을 보내달라는 부탁만 했다. 그래서 김동일은 여섯 명의 출국만 책임졌고 그때부터 나머지는 서동수가 맡은 것이다. 서동수가 힐끗 박성녀를 보고 나서 말을 이었다.

"나하고 하룻밤 잤지만 나만 바라보고 살 수는 없지 않겠는가? 이해하겠지?"

"예, 각하. 이해합니다."

대답은 했지만 김광도는 시선을 맞추지 못하고 있다. 박성녀는 어깨를 움츠린 채 방바닥만 내려다보는 중이다. 서동수가 말을 이었다.

"북한에서는 정부에서 인재반을 양성하고 있어. 한국의 고급 직업훈련원 같은 조직이야. 알고 있나?"

"예, 각하. 알고 있습니다."

"거기에서 훈련받은 여자들 데려왔나?"

"예, 각하."

"여기 박성녀도 거기 인재반 출신이야. 김 총리가 내 파트너로 보낼 정도니 초특급이지. 3개 국어를 해."

"예, 각하."

머리를 돌린 서동수가 박성녀를 보았다.

"김 회장이 너한테 일을 맡길 거다. 그러니까 열심히 일해서 돈 많이 벌어라."

"네, 각하."

몸을 굳히고 있던 박성녀가 겨우 대답했다. 서동수가 다시 김광도에게 물었다.

"클럽에 나가면 한 달 수입이 얼마나 될까? 저 애 말이네."

"예, 그것이……."

당황한 김광도가 힐끗 박성녀를 보았다. 박성녀가 굳어진 상태에서 얼굴도 빨개졌다. 평양에서 박성녀 가족을 데려온 사내는 자신을 동성그룹 기조실 과장이라고 소개했다. 대통령 비서실 직원이 아니었다. 대통령은 자신의 사적(私的) 업무로 처리하고 있다. 김광도가 입을 열었다.

"예, 한 달에 5000불은 보장될 것입니다. 특급이면 한 달에 몇만 불 받는 사람도 많습니다."

"열심히 일해야겠군, 그렇지?"

"예, 그렇습니다."

머리를 끄덕인 서동수가 박성녀를 보았다.

"들었지?"

"예, 각하."

"동성에서 네 가족이 살 집을 마련해 놓았다. 오늘 호텔에서 그곳으로 옮기도록 해라."

"감사합니다, 각하."

인사를 한 박성녀의 눈에서 주르르 눈물이 흘러내렸다. 그때 서동수가 김광도에게 물었다.

"이름이 박성녀인데 여기서는 이름을 바꾸는 것이 낫겠지? 좀 섹시하게 말이야."

"그, 그것은 나중에 상의를 해서……."

머리를 끄덕인 서동수가 주머니에서 봉투 하나를 꺼내 박성녀 앞에 놓았다.

"1만 불이다. 첫 월급 타기 전에 생활비로 써라. 선수금은 받지 않는 것이 낫다."

자리에서 일어선 서동수가 웃음 띤 얼굴로 김광도를 보았다.

"난 대통령 일할 때보다 이런 때가 더 흥이 나. 사람 냄새가 풀풀 나거든."

서동수의 시선이 박성녀에게로 옮아갔다.

그동안 한·중 양국 정부가 추진해왔던 정상회담 일정이 밝혀졌다. 서동수가 미국, 일본 방문을 마치고 돌아온 지 열흘 만에 다시 중국과 정상회담이 열리게 된 것이다. 그만큼 대한민국의 위상이 높아졌다는 증거이기도 했으므로 언론은 연일 정상회담 내용에 대한 추측 기사를 쏟아내었다. 베이징으로 출발하기 전날 밤 서동수가 평양 대통령 집무실에서 역사학자 고상호와 마주앉아 있다. 서동수 좌우에 이번 정상회담에 참석할 안보특보 안종관과 외교장관 유춘식이 앉았다.

오후 5시 반, 서동수는 자주 경제학자, 역사학자 또는 기업인들로부터 이야기를 듣는다. 어떤 때는 불쑥 서울이나 평양 시내로 밀행해서 한 시간이고 두 시간이고 서민들의 이야기를 들을 때도 있다. 보고도 대면 보고를 선호해서 장관이나 정책 입안자 이야기를 직접 듣고 묻는다. 서면 보고는 얼마든지 꾸며낼 수가 있다는 것이 서동수 생각이다. 대면해서 보고자와 이야기를 하려면 머릿속에 든 것이 있어야 가능한 법이다. 서동수는 그 수준에 맞추려고 끊임없이 노력했다. 모르면 묻고 또 물었다. 지금 고상호를 부른 것도 그런 맥락이다. 고상호가 입을 열었다.

“대한민국이 남북한 통일이 되고 한랜드로 이어지면서 가장 불안감을 느끼게 된 국가는 중국입니다.”

고상호는 60대 중반으로 중국에서 오래 공부했고 역사연구회 회장이기도 하다.

“한반도와 중국은 떼어 놓을 수가 없는 관계입니다. 중국이 기를 쓰고 남북한 통일을 막으려고 했던 것도 체제 위협을 느꼈기 때문입니다. 중국 입장에서는 정당한 자위책이었던 것입니다.”

고상호가 말을 이었다.

“이제 남북한 통일과 함께 한랜드로 이어지는 대한민국이 제3제국을 표방하자 중국은 동북 3성을 걸고 대한민국과 승부를 걸었습니다. 실로 중국다운 행동이고 불가피한 결단이었습니다.”

서동수가 심호흡을 했다. 중국은 동북 3성과 한랜드의 무비자, 무관세 정책을 선포하면서 ‘공동경제발전’을 대내외적으로 표명했다. 맞는 말이다. ‘국경 없는 경제발전’이라는 선전도 잘 어울렸다. 그때 서동수가 물었다.

“중국의 향후 대한(對韓) 정책은 어떠리라고 보십니까?”

“중국의 인구는 14억에 육박합니다. 미국은 3억, 러시아는 1억5000만 정도입니다, 각하.”

남북한은 7500만이다. 고상호가 말을 이었다.

"중국은 한랜드로 중국인을 대거 이주시킬 것입니다. 신의주특구에도 중국인 이주가 계속되겠지요. 이것은 이미 시작되었고 막기에는 늦었습니다."

"……."

"한랜드에 중국인 비율이 80% 이상이 되는 것은 금방입니다."

그때 안종관이 나섰다.

"5년 후라고 예측되고 있습니다."

"신의주에는 이미 중국인이 40%를 차지하고 있지요. 그곳도 5년쯤 후에는……."

다시 안종관이 말했다.

"5년 후에 신의주의 중국인 비율이 65%가 될 것입니다."

그때 머리를 든 고상호가 서동수를 보았다.

"각하, 몽골은 10만의 기마군으로 중국 대륙을, 그리고 세계의 절반을 정복했습니다. 인구가 200만 명이었던 여진은 청(淸) 왕조를 세워 중국 대륙을 지배했지요."

고상호의 두 눈이 번들거렸다.

"중국은 다민족 국가입니다. 시 주석이 고구려 후손인지도 모르지요."

만났다. 항저우(杭州)에 있는 시후(西湖) 국빈관, 신생(新生) 대한민국 대통령과 중국 주석 시진핑이 두 시간 반에 걸친 정식 정상회담을 마쳤다. 정치, 경제, 사회 전반에 걸친 공식회담이 끝난 것이다. 그리고 30분 후인 오후 4시 반, 두 정상은 측근 두 명, 통역관까지 세 명씩만 배석시키고 밀실로 옮겨 비공개 회담에 들어갔다. 이것이 이번 정상회담의 하이라이트다. 세계의 이목이 집중되었지만 밀실의 문이 딱 닫히고 나서 여덟이 둘러앉았다. 중국인은 숫자 여덟을 좋아한다. 8(八)은 돈을 번다는 의미인 발(發)과 발음이 비슷하기 때문이다. 그래서 아예 베이징올림픽도 2008년 8월 8일 오후 8시에 개막하지 않았던가? 자, 여덟이 서로 마주보고 앉았을 때 시진핑이 웃음 띤 얼굴로 서동수를 보았다.

"대한민국이 일취월장(日就月將)하는군요. 축하드립니다."

"감사합니다. 모두 주석님과 중국 인민들의 후원 때문입니다."

서동수가 통역을 통해 말했다. 중국 측은 총리 저커장과 외교부장 우린이 좌우에 앉아 있다. 시진핑이 말을 이었다.

"한랜드와 동북 3성의 공동 번영을 바라마지 않습니다. 이로써 중·한·러의 3국 관계도 더욱 돈독해질 것입니다."

"푸틴 대통령도 그렇게 말했습니다, 주석 각하."

"그렇지요. 3국 공동 번영이지요."

시진핑이 머리를 끄덕이며 덧붙였다.

"한랜드가 푸틴 대통령의 도움이 없었다면 설립되지 않았지요."

맞는 말이다. 러시아령인 한랜드는 푸틴의 '시베리아 개발' 계획으로 탄생되었다. 서동수가 시진핑을 보았다.

"주석 각하, 한랜드를 포함한 대한민국은 제3제국입니다. 우리는 어느 쪽에도 치우치지 않는 중립을 추구할 것이고 지난번 미국 대통령께도 말씀드렸습니다."

시진핑이 시선만 주었고 서동수가 말을 이었다.

"트럼프 대통령은 제3제국을 인정했습니다."

"다행입니다."

방안은 조용하다. 모두 숨을 죽이고 있다. 시진핑의 목소리가 이어졌다.

"우리는 한랜드와 대한민국의 발전에 적극 참여하고 동반자로 협조할 것입니다. 나는 중국을 대표해서 그 말씀을 드리려고 합니다."

"감사합니다."

"우리 정부도 대한민국이 제3제국임을 인정할 것입니다."

"감사합니다."

서동수가 소리 죽여 숨을 뱉었다. 그렇다. 대세(大勢)다. 이제는 한랜드, 대한민국의 부상(浮上)은 누구도 막을 수 없다. 인정할 수밖에 없는 현실이 되었다. 그러나 앞으로도 첩첩산중이다. 잠시라도 소홀하면 다 잃는다.

"격세지감(隔世之感)을 느끼게 됩니다."

시진핑이 자리를 고쳐 앉으면서 서동수를 보았다. 시선이 부드러워져 있다.

"세상이 빠르게 변합니다. 대한민국이 10년 사이에 동북아시아의 거대한 세력이 될 줄은 누구도 예상하지 못했을 것입니다."

한 마디씩 또박또박 말한 시진핑이 통역의 말이 끝나기를 기다렸다가 말을 이었다. 두 눈이 열기를 띠었다.

"한반도가 중국에 순망치한(脣亡齒寒)의 존재였다고 말한 사람도 있었지만 벌써 옛이야기가 되었지요. 지금은 한반도가 또 하나의 몸통 아닙니까?"

시진핑의 얼굴에 웃음이 떠올랐다. 서동수는 심호흡했다. 열강에 둘러싸여 입술 노릇, 징검다리 노릇을 한 지 수천 년, 이제 제대로 된 몸통을 갖게 되었는가?

3장 대마도

TV를 응시한 채 김광도가 움직이지 않았으므로 문아현은 조심스럽게 옆자리에 앉았다. 오후 9시 반, 유라시아클럽의 룸시티 안이다. TV에서는 어제 끝난 한·중 정상회담에 관한 해설이 이어지고 있었는데 모두 긍정적이다. 정부 측이나 야당, 반(反)정부 성향이 강한 노조도 마찬가지다. 한랜드는 동북 3성만큼 광대한 면적이지만 인구는 10분의 1도 안 된다. 얼마든지 주민을 받아들일 수 있는 것이다. 이윽고 화면이 바뀌었으므로 김광도가 머리를 돌려 문아현을 보았다.

"넌 어떻게 생각해? 한랜드로 중국 자본, 주민이 쏟아져 들어오는 것 말이다."

"좋아요."

문아현이 기다렸다는 듯이 대답했다. 두 눈에 생기가 돌고 표정이 밝다. 25세, 한시티 외곽에 위치한 유라시아클럽 제4룸시티의 관리부대리 직책을 맡고 있다. 서울에서 제일대를 졸업하고 여행사에서 1년

반 근무한 뒤 유라시아클럽으로 왔다. 문아현은 미모에 몸매도 좋아서 영업부로도 갈 수 있었지만 관리부에 지원한 것이다. 김광도의 시선을 받은 문아현이 말을 이었다.

“클럽의 손님 30%가 중국인이 되었어요. 그리고 점점 더 늘어나는 추세예요.”

그렇다. 그래서 클럽 영업직 아가씨의 30%가 중국계 한족으로 채워졌고 그 비율도 늘어나는 추세다.

“노동 인력도 늘어나지만 중국 자본도 급격하게 증가하고 있거든요. 윈윈이죠.”

“윈윈이라.”

김광도의 얼굴에 쓴웃음이 떠올랐다. 서동수한테서 진정한 윈윈의 자세를 배웠기 때문이다. 서로 양보하는 자세가 그 기본이다. 서로 상대를 배려해야만 윈윈이 성립된다. 양쪽이 다 만족한다는 것은 말장난이라고 했다. 문득 김광도는 이번 한·중 정상회담에서 서동수와 시진핑이 무엇을 주고받았는지 궁금해졌다. 그때 문아현이 물었다.

“회장님, 술 한 잔 따라드려요?”

“응.”

정신을 차린 김광도가 문아현을 보았다. 아름답다. 이곳 제4룸시티는 김광도가 회의나 휴식 장소로 자주 사용하는 터라 지배인은 문아현을 당번으로 지정했다. 그러나 벌써 석 달 동안 10번 가깝게 시중을 들었어도 김광도는 손도 잡지 않았다. 회장의 당번이 되라는 지배인의 지시를 받고 다 줄 각오를 하고 나왔던 문아현이다. 그래서 처음에는 실망했다가 차츰 익숙해지는 중이다. 술을 채운 잔을 받은 김광도가 단번에 삼키고는 물었다.

"참, 너, 애인 있다고 했지?"

"애인이라고는 안 했는데요. 사귄다고 했지."

문아현이 부끄러운 듯 몸을 비틀었다. 소파 옆쪽에 앉아 있어서 은근한 향내도 느껴졌다. 이곳은 응접실 구조인 데다 넓다. 옆쪽 유리문 밖으로 시베리아의 야경이 펼쳐져 있다. 문아현이 말을 이었다.

"식품부에 근무하는 사람이었는데 누구한테선가 제가 회장님 당번이란 말을 들었나 봐요. 세 번 만나고 끝났어요."

"저런, 내가 너한테 손도 안 댔다고 말하지 그랬어? 내가 말해줄까?"

"아유, 회장님도."

문아현이 눈을 흘기는 시늉을 했다.

"그 말 누가 믿겠어요? 그리고 그런 남자, 저, 싫어요."

"그럼 어떤 남자가 좋아?"

"지금은 회장님뿐이에요."

"이놈 좀 봐. 나, 여자 많은 거 알지?"

"서 대통령 좀 보세요. 그리고 회장님은 서 대통령 후계자라고 하던데요?"

"내가? 이거 큰일 났다."

김광도가 지그시 문아현을 보았다.

"나는 좀 다르다."

김광도가 낮게 말했지만 문아현은 들었다. 정색한 문아현이 김광도를 보았다. 조금 상기된 얼굴, 웃으면 보조개가 파인다. 김광도가 말을 이었다.

"난 전에는 안 그랬는데 요즘은 아끼는 편이야. 보면서 즐겨."

"……."

"꽃을 바로 꺾기 싫은 거야. 꺾으면 시들거든."

"……."

"대통령은 바로 꺾는 스타일이지. 내가 알아. 그 대가는 꼭 주시고. 아예 거래 관계로 끝내시는 거야."

문아현이 긴장한 채 김광도를 보았다. 대통령 서동수와 김광도의 관계는 세상 사람이 다 안다. 사업에 실패하고 한랜드로 온 김광도는 컨테이너 박스로 만든 룸카페 하나로 사업을 시작했다. 그 김광도를 이렇게 대기업 총수로 성장시킨 사람이 바로 서동수다. 지금도 김광도의 유라시아그룹의 실제 주인이 서동수라는 소문이 돌아다니지만 공식적으로 인터넷에 뜨지는 못한다. 몇 년 전 김광도의 고발로 수만 명이 벌금형을 받았기 때문이다. 벌금이 수십억 원이나 됐는데 김광도는 그 돈을 모두 한랜드 고속철 공사비로 기부했다.

"내가 그 경지에 닿으려면 멀었다."

김광도가 웃음 띤 얼굴로 문아현에게 말했다. 그때 문아현이 김광도 옆으로 다가앉았다.

"오늘 해요."

"……."

"부담되니까 오늘 해주세요."

문아현이 자신의 손바닥을 김광도의 허벅지 위에 올려놨다.

"저, 잘 할 줄 몰라요. 지금까지 섹스한 횟수도 10번 미만일 거예요. 남자는 둘, 그것도 대학 때 한 명, 작년에 한국에서 한 명. 그 뒤에는 안 했어요."

"얘가 기네스북감이군."

"남자들이 빨리 끝냈기 때문인 것 같아요. 둘 다 3분 미만이었거든요.”

“저런.”

김광도의 얼굴에 웃음이 떠올랐다.

“네가 나한테 자신감을 불어넣어 주는구나.”

“자위는 많이 했으니까 성감(性感)은 충분히 느낄 수 있어요.”

어느새 문아현의 손이 김광도의 사타구니를 주무르고 있다. 김광도가 손을 뻗어 문아현의 원피스를 들추고 팬티를 끌어내렸다. 문아현이 엉덩이를 들어 주었으므로 팬티가 금방 벗겨졌다.

“아끼실 것 없어요.”

문아현이 김광도의 가운을 젖히더니 팬티를 끌어내렸다. 그 순간 발기된 남성이 용수철처럼 튀어 올랐으므로 문아현이 김광도 앞에 무릎을 꿇고 앉았다. 그때 김광도가 문아현의 원피스를 거꾸로 당겨 벗겼다. 눈부신 문아현의 알몸이 드러났다. 브래지어도 하지 않았기 때문이다. 알몸을 본 김광도의 입에서 옅은 탄성이 터졌다. 대리석처럼 윤기가 흐르는 피부, 풍만한 젖가슴이 출렁거렸고 상기된 얼굴, 두 눈은 반들거리고 있다. 그때 문아현이 두 손으로 김광도의 남성을 감싸 쥐더니 입에 넣었다. 김광도가 문아현의 머리카락을 두 손으로 움켜쥐었고 곧 머리가 흔들렸다.

“이제 그만.”

얼마 되지 않았을 때 김광도가 말하자 문아현이 몸을 일으켰다. 문아현의 짙은 숲과 진홍색 동굴이 눈앞에 펼쳐졌다. 물기가 배어난 동굴이다. 김광도는 문아현의 엉덩이를 감아 안아 앞으로 끌어당기고는 골짜기에 입술을 붙였다. 이제는 문아현이 김광도의 머리칼을 움켜쥐더니 커다랗게 신음했다. 그러고는 골짜기를 더욱 밀착시키면서 흔들었다.

다음 날 아침, 눈을 뜬 김광도는 침대 옆자리가 비어 있는 것을 보았다. 창밖이 밝다. 김광도가 머리를 들었을 때 방안으로 문아현이 들어섰다. 손에 든 쟁반에 커피 잔이 놓여 있다.

"커피 드시겠어요?"

"어, 그래."

상반신을 일으켜 앉은 김광도에게 커피 잔을 건네주면서 문아현이 말했다.

"오늘 아침 뉴스에 일본 정부가 한국 관광객들의 대마도 출입을 금지시켰다는군요."

"대마도 반환 운동이 일어나니까 불안해진 모양이다."

건성으로 대답한 김광도가 앞에 선 문아현을 보았다. 문아현은 헐렁한 분홍색 원피스 차림이다. 민얼굴에 머리는 뒤로 묶었고 맨발에 슬리퍼도 신지 않았다.

"이번에 대마도에 입국했던 한국 관광객 47명이 현지에서 체포되었다는데요."

"47명이나?"

커피 잔을 든 김광도가 심드렁한 얼굴로 물었다.

"왜 체포한 거야? 또 데모했나?"

"일행 중 네 명이 폭발물을 갖고 있었다는군요. 경찰서와 군부대에 폭발물을 설치한다는 계획서도 압수했답니다."

"이런."

"일본 당국은 그들의 배후를 캐고 있다고 합니다."

김광도가 심호흡을 했다. 그 전에도 대마도에서 소동이 있었기는 했다. 문아현이 말을 이었다.

“일본 정부는 그들이 조직적으로 행동했고 폭발물이 군용(軍用)인 데다 반입 경위도 수상하다고 발표했습니다.”

“대마도는 한국령이야.”

김광도가 자리에서 일어서며 말했다.

“이제는 되찾을 때가 되었어.”

대마도 문제로 한·일 간 신경전이 있었지만 이제 사건이 본격적으로 터진 것 같다. 그리고 이것은 누가 봐도 한국 측에서 문제를 일으킨 것이다. 오전 10시 반이다. 욕실로 다가가던 김광도가 전화벨 소리를 들었다. 몸을 돌린 김광도가 탁자 위의 핸드폰을 집었다. 기획실장 고영일이다. 김광도가 핸드폰을 귀에 붙였다.

“예, 무슨 일입니까?”

“대마도 뉴스 들으셨지요?”

고영일이 대뜸 물었으므로 김광도가 소파에 앉았다.

“예, 방금. 그런데 왜요?”

“일경에 체포된 47명 중에 회장님 가족들이 계십니다.”

숨을 들이켠 김광도의 귀에 고영일의 목소리가 울렸다.

“단체관광이어서 부모님, 형님 부부, 그리고 조카 둘까지 여섯이 포함되어 있습니다.”

“아니, 도대체.”

아연한 김광도가 말을 잇지 못했다.

“대마도에는 왜?”

“여동생 분한테 연락을 해 보시지요.”

“알았습니다.”

"그동안 저희들이 상황을 체크해 놓겠습니다, 회장님."

정신없이 통화를 끝낸 김광도가 다시 버튼을 눌러 여동생 김명희에게 연락을 했다. 김명희는 이제 남편 함봉만과 함께 한랜드 아래쪽 순천시에서 아웃렛을 경영하고 있다. 김광도가 차려준 것이다.

"난데, 너 어머니, 아버지 지금 어디 계신지 알아?"

전화 연결이 되었을 때 대뜸 김광도가 묻자 김명희가 되물었다.

"대전에 계시지 않아?"

"이런, 너 언제 연락했는데?"

"일주일쯤 되었나? 근데 왜? 무슨 일 있어?"

김광도가 숨을 들이켰다. 큰일났다.

"김광도 가족이?"

서동수가 비서실장 유병선을 보았다. 평양의 연방 대통령 집무실 안, 유병선이 다가섰다.

"예, 김 회장 부모와 형 가족까지 여섯이 억류된 47명에 끼어 있습니다."

"이럴 수가."

서동수가 입맛을 다셨다.

"별일 없겠지? 그분들은 폭발물하고 관계가 없을 것 아닌가?"

그때 잠자코 있던 안종관이 나섰다.

"그런데 폭발물을 소지했던 넷 중 하나가 김 회장의 형을 이용한 것 같습니다. 형에게 폭발물 일부를 운반시킨 것이지요. 그래서 형도 주모자 넷에 포함되어 있습니다."

"저런."

서동수가 찌푸린 얼굴로 물었다.

"김 회장도 알고 있겠지?"

"예, 지금쯤 알고 있을 겁니다."

"그자들이 김 회장 형인 줄 알고 이용한 것일까?"

"셋 중 한 명인 이형남과 김 회장의 형 김명도는 군대 동기로 자주 만나는 사이입니다. 이형남은 그동안 대마도를 여섯 번 다녀온 기록이 있습니다."

안종관이 말하자 유병선이 거들었다.

"김 회장 부모와 형수, 조카 둘은 곧 풀려나겠지만 형은 시간이 좀 걸릴 것 같습니다."

"대마도 문제가 현실적으로 우리 주변에 닥쳐오는군."

혼잣소리로 말한 서동수가 안종관에게 지시했다.

"대마도 반환에 대한 구체적인 대안을 준비해 봐요."

긴장한 안종관의 시선을 받은 서동수가 말을 이었다.

"꼭 필요한 인물만 골라서 당분간은 극비로 운용하도록."

"예, 각하."

긴장한 안종관이 방을 나갔다. 이것으로 대마도 반환에 대한 정부의 첫 비공식 조치가 이루어졌다. 지금까지는 산발적으로 각 지자체에서 일어났던 대마도 반환 운동이 정부 차원에서 작동하게 된 것이다. 그때 방으로 의전실 비서가 들어와 말했다.

"각하, 김 총리가 오셨습니다."

김동일과 만나기로 한 것이다. 서동수가 머리를 끄덕이자 곧 방으로 김동일이 들어섰다. 김동일은 당 비서 겸 선전선동부장에서 조직개편 후에 비서실장이 된 박경수를 대동하고 있다.

“어서 오시오.”

김동일을 맞은 서동수가 곧 집무실 소파에 자리를 잡고 앉았다. 김동일은 수시로 연방 대통령 집무실을 방문하는 바람에 ‘김 비서’라는 별명이 붙었다. 물론 연방 대통령 비서실 측에서 부르는 애정 어린 별명이다. 오늘은 서동수가 김동일을 오라고 했다. 약간 긴장한 김동일이 서동수를 보았다. 서동수가 현안에 대해서 상의하자고만 했지 구체적인 내용은 말해주지 않았기 때문이다. 서동수가 입을 열었다.

“김 총리, 이번 토지개혁에서 자꾸 규제를 하지 않는 것이 나아요. 가만두라는 이야기를 하려고 불렀습니다.”

김동일이 숨을 들이켜는 소리를 내면서 얼굴이 굳어졌다. 박경수의 얼굴은 아예 시퍼렇게 되었다. 서동수가 아이들 가르치는 것처럼 말했기 때문이다. 그때 서동수가 빙그레 웃었다.

“조 총리하고도 합의했어요. 내 뒤를 이을 대한민국 대통령은 김 총리가 맡을 테니까 하는 말이에요.”

서동수가 말을 이었다.

“내 후계자에게 하는 충고로 들으세요.”

북한이 통일 대한민국에 통합되면서 가장 시급한 과제가 바로 토지개혁, 즉 농지개혁이었다. 남한은 6·25가 일어나기 3개월 전인 1950년 3월에 농지개혁 법안이 입안되었으니 북한은 70년 만에 시행되는 셈이었다. 그래서 전(前) 농지개혁의 시행착오나 단점을 보완한 법안이 만들어졌다. 남북한 학자, 관리들이 총동원돼 만든 법안이다. 이제 북한은 본격적인 토지 사유화 시대가 열리는 것이다. 그런데 법안이 시행되자마자 온갖 사건이 다 일어났다. 그것은 대부분 분양받은 토지를 팔고 사는 사기 사건이다. 물론 주범은 남한의 사기범들이다. 그들은 기상천

외한 방법으로 분양받은 땅을 매입했는데 그 수법이 수천 가지여서 밝히지 못한 것이 90%라고 했다. 그래서 김동일 북한 정부에서 온갖 규제를 내놓았는데 지금 서동수가 그 규제를 말한 것이다. 서동수가 말을 이었다.

"김 총리, 내일 고사총으로 부동산 사범 넷을 처형한다고 들었는데 그러지 마시오."

박경수가 숨을 들이켰을 때 김동일이 머리를 끄덕였다.

"알겠습니다, 각하. 법에 따라 교수형을 시행하지요."

"그만하면 규제는 충분하니까 더 이상 만들지 맙시다. 완벽한 법은 없습니다."

"알겠습니다."

"요즘 북한에 돈이 쏟아지면서 다 풍족해졌습니다. 그것이 무엇 때문인지 아시지요?"

"예, 부동산 자금 때문이지요."

김동일이 바로 대답하고는 쓴웃음을 지었다. 그렇다. 북한 주민에게 유상 분배한 토지는 소유권은 그대로 둔 채 이미 30% 정도가 남한 사람들에게 넘어갔다는 비공식 통계가 나왔다. 지금 그 자금이 북한 전역에 퍼져 있는 것이다. 내일 사형당할 넷 중 둘은 북한 주민이다. 함경북도 산골짜기의 밭 1만 평을 분양받은 김모 씨는 갑자기 면허증도 없이 벤츠를 타고 다니다가 적발되었다. 알고 보니 남한 업자에게 5년 후에 땅을 넘기기로 하고 벤츠와 3억 원을 받았던 것이다. 또 하나는 뇌물을 받고 분양 토지를 늘려준 토지국 관리다. 따라 웃은 서동수가 말을 이었다.

"이제 토지 분양이 끝나고 남한인 이주가 시작되면 더 혼탁해질 것입니다. 김 총리가 5년 동안 겪은 경험이 나중에 도움이 될 거요."

"각하께서 도와주셔야 합니다."

정색한 김동일이 서동수를 보았다.

"저한테 그런 말씀을 해줄 수 있는 분은 각하뿐이십니다."

"그럼 안 됩니다."

이번에는 서동수가 정색했다.

"각료가, 비서가, 우연히 만난 시민이 조언이나 충고를 할 수 있는 분위기를 만들어야 합니다. 그러기 위해서는 듣는 자세가 중요하지요."

"……."

"각료를 잘 선정하고 선정한 후에는 믿고 맡기세요. 전권을 주고 공을 세우도록 하세요. 절대로 각료의 공을 가로채지 마세요. 가만있으면 저절로 그 공이 내 발밑에 쌓이게 됩니다."

서동수가 빙그레 웃었다.

"내가 연방 대통령이 된 비결이 뭔지 압니까?"

김동일은 시선만 주었고 서동수의 말이 이어졌다.

"내가 큰 그림을 그린다고요? 천만에요. 그저 분위기만 조성했을 뿐이지요. 뭔가 된다는 분위기, 그래서 모두 그 그림 조각을 맞추고 대세를 만든 겁니다."

그렇게 대세가 이뤄지면 이렇게 된다.

푸틴이 웃음 띤 얼굴로 브린스키를 보았다. 이곳은 모스크바의 크렘린 궁, 접견실에는 푸틴과 총리 메드베데프, 시베리아 주둔군 사령관 소브차크, 푸틴 비서실장 유리 안드로포프, 그리고 하바롭스크 주지사인 브린스키까지 다섯이 둘러앉아 있다.

"브린스키, 하바롭스크 지역이 한랜드에 포함되었지만 전과 다른 점이 있다면 한랜드 정부를 한 번 더 거치는 것뿐이야, 그렇지 않은가?"

"예, 그렇긴 합니다."

대답한 브린스키는 푸틴의 보좌관 출신으로 40대 후반, 잘생긴 얼굴에 단단한 체격이어서 푸틴의 40대를 연상케 하는 인물이다. 어깨를 부풀렸다가 내린 브린스키가 푸틴을 보았다.

"존경하는 블라디미르 블라디미로비치 각하, 하바롭스크 지역에 중국인 입국자가 100만 명 가깝게 되었습니다. 어느 선에서 제한을 해야 되지 않겠습니까?"

브린스키는 하바롭스크 지역이 한랜드에 포함되면서 서동수의 한랜드 정부 통제를 받게 되었다. 그러나 지방자치 식으로 하바롭스크주 정부는 그대로 존속되었고 러시아 정부와의 관계도 유지하고 있다. 그때 푸틴이 심호흡을 하고 나서 브린스키를 보았다.

"이보게, 이고르 브린스키."

"예, 블라디미르 블라디미로비치 각하."

"내가 연도는 잊었지만 소련 연방이 해체되기 전에 동서 냉전시대라는 것이 있었네, 아는가?"

"예, 각하. 압니다."

"동서, 곧 미국과 소련 연방의 양강(兩强)이 세계의 패권을 다투는 시기였지. 그때가 우리 러시아, 아니 소련의 위대한 시기였다는 생각이 안 드나?"

"그렇습니다, 블라디미르 블라디미로비치 각하."

"미국은 소련을 견제하려고 중국을 전폭적으로 지원했지. 닉슨부터 역대 대통령 모두가 엄청난 지원과 관세 특혜를 주었고 개방 정책으로 그것을 받아들인 중국은 40년간 연 10%의 성장을 했단 말이네."
푸틴의 얼굴에 쓴웃음이 떠올랐다.
"그 사이에 소련 연방이 분해되어 러시아가 된 데다 연방국들까지 제각기 독립해 나갔지 않은가?"
브린스키는 잔뜩 긴장한 채 숨도 죽이고 있다. 푸틴이 말을 이었다.
"이제 세계는 미국과 중국의 양강 체제가 되었네. 소련을 견제하려고 중국을 키웠던 미국이 이제는 중국을 견제하려고 야단법석이지."
머리를 든 푸틴이 브린스키를, 메드베데프와 안드로포프까지 차례로 보았다. 그러고는 브린스키에게 물었다.
"브린스키, 느끼는 점 없나?"
"예, 블라디미르 블라디미로비치 각하."
"말해보게."
"각하께선 대한민국을 지원해서 중국, 나아가 미국을 견제하려고 하십니다."
푸틴의 시선이 메드베데프 등과 다시 마주쳤다. 브린스키의 얼굴이 상기되었고 목소리가 떨렸다.
"대한민국의 제3세계는 러시아의 배후 지원을 받아 형성된 것입니다."
"그 정도면 됐네, 브린스키."
푸틴의 푸른 눈동자가 똑바로 브린스키를 응시했다.
"중국인 이주를 그대로 받아들이게. 중국도 속셈이 있어. 한랜드와 대한민국까지 흡수하겠다는 대망을 품고 있겠지만."
심호흡을 한 푸틴이 말을 이었다.
"한반도에 박혀 있던 한민족의 기세와 부딪치면 어떻게 될지 아무도 모르네. 지금 러시아는 대한민국의 대세에 편승하고 있는 셈이야.”

“네 형은 재판을 받아야 한단다.”

어머니가 말하고는 손등으로 눈물을 닦았다. 아버지는 외면한 채 입을 열지 않는다. 부산 해운대, 힐러리텔호텔의 특실이다. 한랜드에서 날아온 김광도가 방금 부산에 도착한 부모, 형수와 두 조카를 만나고 있다. 다만 형 김명도만 대마도에서 일본 본토로 압송되었다.

“그놈, 이형남이란 놈이 네 형을 끌고 들어간 거여.”

“곧 풀려날 겁니다, 어머니.”

김광도가 달래듯이 말했다.

“제가 이곳저곳에다 손을 다 써 놓았으니까요.”

“어쩐지 그놈이 우리 일행에 끼겠다는 것이 이상했다.”

아버지 김진봉이 입을 열었다.

“우리들은 식구들끼리 가는 팀이었는디 말이여, 그놈이 우리를 이용헌 거여.”

“언제 풀려 나온다냐?”

어머니 심연숙의 얼굴은 눈물범벅이 되어 있다. 한국에서 경찰서에 가는 것보다 외국에서 그런 경우를 당하는 것이 더 겁나는 법이다. 일행 47명은 모두 잡혀가 하루 반나절이나 경찰서 유치장에 갇혀 조사를 받았다. 유치장에서 풀려난 후에도 모두 대마도에 억류된 채 이틀 동안 신원 확인이 끝난 후에야 귀국 조치가 된 것이다. 그때 옆방에서 아이들을 재우고 나온 형수가 김광도에게 다가와 물었다.

“서방님, 별일 없겠지요? 태기 아빠는 배낭에 든 물건이 무엇인지도 몰랐어요. 저도 보았지만 그것이…….”

"아, 시끄럽다."

어머니가 머리까지 흔들며 말을 막았다.

"그 소리 듣기만 해도 끔찍하다."

"일본 놈들이 수없이 말해도 믿지를 않아요. 억울해 죽겠어요."

어머니가 막았어도 형수 양기숙이 발까지 구르면서 울었다.

"그놈, 이형남이 태기 아빠는 아무것도 모른다고 했는데도 일본 놈들이 막무가내로 잡아갔어요."

"그 폭탄으로 경찰서하고 부대 담장을 폭파하려고 했다더라."

아버지가 생각이 난다는 표정을 짓고 말을 이었다.

"이형남이 경찰서에서 네 형한테 그랬다는 거다. 사람을 죽일 생각은 없었다고……."

그때 김광도는 주머니에 든 핸드폰의 진동을 듣고 꺼내 보았다. 기획실장 고영일이다. 고영일도 같이 한국에 왔다.

"예, 어떻게 되었습니까?"

대뜸 김광도가 묻자 고영일이 대답했다.

"재판을 받아야 할 것 같습니다. 이형남 진술의 신빙성이 없다는 겁니다. 동료 하나를 빼내려는 것으로 믿는다는군요."

"……."

"변호사를 선임해서 대처해야 될 것 같습니다."

"이놈들이."

김광도가 이 사이로 말하고는 몸을 돌렸다. 가족들의 시선이 몰려 있었기 때문이다. 이제 끌고 들어간 이형남 일당보다 일본이 더 미워졌다. 대마도는 우리 땅 아니었던가? 역사가 증명한다. 오키나와가 일본 땅인 것처럼 대마도는 대한민국 영토다.

"어떻게 되었다냐?"

조바심이 난 어머니가 뒤에서 물었으므로 김광도가 심호흡을 하고 나서 몸을 돌렸다.

"최선을 다하고 있답니다."

눈을 치켜뜬 김광도가 아버지, 어머니, 형수를 차례로 보았다. 융통성 없는 형은 지금도 수학 강사다. 물론 김광도가 학원 건물을 하나 사줘서 원장을 겸하고는 있다. 김광도가 말을 이었다.

"제가 대통령한테라도 부탁할 테니까요."

아베에게 '대마도 소동'은 대한민국 정부의 도발이었다. 전 세계의 언론이 차츰 대마도 소동을 심도 있게 보도하는 것도 대한민국 측의 '작전'이었다. 서동수가 대한민국의 기세에 편승해 도전을 한 것이다. 서동수와 찰떡궁합이 되어 있는 북한총리 김동일이 '명령만 내리시면' 100만 군(軍)을 투입할 수 있다고 호언했다. 물론 내부 회의 중에 한 발언이지만 전 세계 언론에 보도가 되었다. 의도적이다. 대마도 반환이라니? 다케시마까지 가져간 놈들이 적반하장이다.

"이건 대한민국이 일·미 동맹 체제를 시험하려는 의도요."

아소 다로 부총리가 단언하듯 말했다. 작은 체구였지만 어깨를 편 아소의 태도는 관록이 묻어난다. 총리관저 안. 오늘은 관방장관 스가 요시히데와 총리실 정보실장 도쿠가와까지 넷이 모였다. 극비 회동이다. 아소가 말을 이었다.

"대한민국이 러시아를 업고 제3국으로 중국을 견제할 테니 우리 일본은 가치가 폭락한 것이지."

아베와 스가는 묵묵히 듣고만 있고 도쿠가와는 나설 위치가 아니다. 대한민국 정부는 어제 대마도에 대한 영토 심판을 국제사법재판소에 정식 청구하겠다고 발표했다. 대마도가 한국령이라는 전제를 붙인 심판이다. 전 세계에 대마도를 회복하겠다는 의지를 밝힌 것이다. 그때 아베가 머리를 들고 스가를 보았다.

"스가 씨, 어떻게 대처하는 것이 낫겠소? 강하게 비난 성명을 내놓을까?"

"무시하지요."

스가가 정색하고 아베를 보았다.

"일고의 가치가 없는 사안이라고 제가 내외신 기자회견을 통해 발표하겠습니다."

"그게 낫겠군."

아소가 머리를 끄덕였다.

"비난하고 증거를 대는 소동을 일으키면 한국 놈들에게 말려드는 셈이 될 거요."

말석에 앉은 도쿠가와가 머리를 끄덕였지만 입을 열지는 않았다. 아베가 다시 스가에게 물었다.

"이번에 대마도 폭파미수범 중에 한랜드의 유라시아그룹 회장 형이 끼어 있다는데 무슨 음모가 있는 게 아닐까?"

"그런 건 없는 것 같습니다."

"그 미친놈들이 별짓을 다 하는군."

"유라시아그룹 회장 김광도가 이곳저곳을 다니면서 불씨를 일으키고 있습니다."

사건이 일어난 지 열흘이 되면서 김명도의 구명 운동이 '대마도 반환' 운동으로 변질이 되었다. 정식으로 재판을 받게 되면 폭파미수범

들은 최고 10년형은 받게 될 것이었다. 아베가 이번에는 도쿠가와를 보았다.

"도쿠가와, 대마도 사건에 대한 전망을 말해보게."

"한국 측에 맞서면 일본 여론이 들끓고 반한 감정이 폭증할 것입니다."

도쿠가와의 차분한 목소리가 이어졌다.

"험한 분위기가 되어서 재일조선인에 대한 시비나 폭행 또는 다른 사건이 터질 가능성이 많습니다."

듣는 셋의 표정이 어두워졌다. 그다음을 모두 연상했기 때문이다. 그래서인지 도쿠가와가 입을 다물었고 방안에 정적이 덮였다. 만일 그런 사건이 일어난다면 대한민국은 예전의 한국이 아닌 것이다. 그것을 핑계로 무슨 짓을 하게 될지도 모른다. 셋의 머릿속에 똑같이 김동일의 모습이 떠올랐다. 김동일의 뒤로는 군인들이 보였다. 100만 대군이다. 북한에는 100만 군인이 남아돈다. 그때 아베가 말했다.

"대륙의 끝에 붙어서 대륙과 해양 세력의 먹이 구실만 하던 한반도가 이제는 양쪽을 갖고 노는군."

그 대륙과 해양 세력이란 중국과 일본인가?

해양 세력의 중심은 물론 미국이다. 그 미국이 대륙 세력의 패자(覇者)로 부상하는 중국을 견제하려고 제3제국인 대한민국과 밀착했다. 대한민국의 배후는 한때 미국의 경쟁자였던 러시아다. 이렇게 세상은 변한다. 구소련, 중국이 대륙 세력의 패자였을 때 일본은 그들을 견제하는 방파제 역할이었던 것이다.

이곳은 서동수의 집무실, 평양이다. 서동수가 소파에 둘러앉은 김동일과 유병선, 안종관과 하선옥을 보았다. 오후 2시 반, 이곳도 대마도 사태에 대한 간담회 자리다.

"일본이 무대응 전략으로 나오는 것 같군. 관방장관이 그냥 무시하면서 넘어가버렸어."

조금 전에 스가 관방장관이 대한민국의 대마도 소송은 일고의 가치도 없는 사안이라면서 기자들의 질문을 받지도 않은 것이다. 그때 김동일이 말했다.

"저도 대마도가 한국령이라는 자료를 읽었는데 한국령이 분명합니다. 증거를 국제사법재판소에 제출하고 나서 바로 대마도를 승복 받도록 하지요."

서동수의 시선을 받은 김동일이 빙그레 웃었다.

"기습 점령을 하는 것입니다. 저희 북한군에 맡기시면 하루면 충분합니다."

안종관이 심호흡을 하는 바람에 숨 들이켜는 소리가 났다. 유병선과 하선옥은 숨을 참는 것 같다. 그때 김동일이 말을 이었다.

"밤에 부산 근처에서 수백 척의 배로 나눠 타고 대마도에 상륙하는 것입니다. 배로 한 시간밖에 걸리지 않는 데다 소형 어선이나 모터보트를 이용해서 상륙만 하면 됩니다. 500척 중 절반이 침몰해도 250척이 군대를 싣고 가는 것입니다."

김동일의 두 눈이 번들거렸고 목소리에 열기가 올랐다.

"1000척도 동원할 수 있지요. 남한이 배만 도와준다면 3000척도 되지 않겠습니까? 배로 바다를 메우는 것입니다."

"……."

"가서 대마도 주민들을 인질로 삼고 있으면 됩니다. 일본군이 쳐들어오면 아예 본토로 들어가지요."

"……."

"제3제국에 일본도 포함시켜 주지요. 일본이 일제강점기에 우리한테 했던 것처럼 일본 이름도 한국식으로 바꾸고 한국말만 하도록 만들지요."

"……."

"일본인들도 그렇게 당해봐야 압니다."

그때 서동수가 머리를 들고 하선옥을 보았다.

"언론에 대마도가 한국령이었다는 자료와 증거를 내보내도록 해."

"예, 각하."

하선옥이 서둘러 메모했다. 서동수의 시선이 김동일에게로 옮겨졌다.

"김 총리께서 북한 총리의 입장으로 대마도에 대한 내외신 기자회견을 해 보시지요. 스가 관방장관이 한 것처럼 말이오."

"알겠습니다."

김동일의 얼굴에 웃음이 떠올랐다.

"일본이 무시하고 넘길 수는 없도록 만들겠습니다, 각하."

김동일이 오늘 한 이야기를 기자회견 때 그대로 내놓는다면 난리가 날 것이다. 그때 안종관이 입을 열었다.

"일본은 대마도 문제로 국내에 혐한 분위기가 일어나는 것을 우려하고 있을 것입니다. 그리고 미국도 한·일 간 갈등에 일본 편을 들어주지만은 않을 테니까요."

그렇다. 일본으로 대륙을 막는다는 구상은 이미 제3국에 의해 막혔으니까.

"드릴 말씀이 있습니다."

회의를 마치고 김동일과 함께 집무실을 나갔던 참석자 중 유병선과 안종관이 다시 방으로 들어왔다. 전에 서울의 청와대란 대통령궁(宮)은 본관, 비서동, 관저가 따로따로 있었다. 그래서 대통령이 관저에 박혀 있는지 본관에 있는지 모르는 보좌관이 자전거를 타고 이쪽저쪽으로 달리는 상황이 벌어졌다. 배가 침몰한 사건이었다. 1700년 전 한성 백제 시대의 왕궁에서도 있을 수 없었던 어이없는 일이다. 그때도 김동일이 북한을 통치하고 있었는데 나중에야 그 말을 듣고 혀를 차며 안타까워했다는 것이다. 그때 북한군을 남침시켰다면 보좌관이나 수석들이 청와대 안에서 자전거를 타고 대통령을 찾아 헤매는 사이에 일을 끝냈을 것이라고 생각했을까? 서동수의 시선을 받은 유병선이 말을 이었다.

"중국에서 밀사가 왔습니다. 지난번에 왔던 린린이 시 주석의 지시를 받고……."

"호오."

눈을 크게 뜬 서동수의 얼굴에 웃음이 떠올랐다.

"린린이."

그것을 본 유병선과 안종관이 서로의 얼굴을 보았다. 헛기침을 한 유병선이 말을 이었다.

"각하, 이번에는 주석실 비서 왕원도 오지 않았습니다. 린린이 혼자 밀사 자격으로 온 것입니다."

"혼자 밀사로 말이지?"

서동수가 숨을 들이켜더니 벽시계를 보았다. 오후 4시가 되어가고 있다.

"지금 어디 있나?"

"제9호 안가로 안내했습니다."

"가봐야겠군."

서동수가 엉덩이를 들었을 때 안종관이 헛기침을 했다.

"각하, 이 시기에 시 주석이 린린을 급파한 이유가 있을 것입니다."

"아, 있겠지."

할 수 없다는 듯이 다시 자리에 앉은 서동수가 입맛을 다셨다.

"그래, 할 말이 뭔가?"

"린린을 혼자 보낸 것은 미인계를 쓰는 것입니다."

"당연하지. 하지만 얼마나 낭만적인가?"

서동수가 되묻자 둘이 또 마주보았다.

"각하, 린린은 밀서도 소지하지 않았습니다. 구두 전언을 가져왔다고 합니다."

"그것 봐."

서동수의 얼굴에 웃음이 떠올랐다.

"SNS 시대에도 이런 낭만이 끼어들면 여유가 생기는 거야. 물론 대통령 궁에서 자전거를 타고 대통령 찾으러 다녔다는 이야기는 빼고 말이지."

"오늘 주무실 겁니까?"

유병선이 물었는데 비장한 표정이다. 마치 영영 주무실 것이냐고 묻는 것 같다.

"아, 그럼 자야지."

서동수가 이맛살을 찌푸리며 대답했다. 이것은 밤에 잠을 자는 건 당연한데 왜 묻느냐는 표정이다. 그때 안종관이 말했다.

"각하, 국정원의 보고에 의하면 린린은 전문 정보원입니다. 특수 훈련을 마스터한 최고 수준의 요원이라는 것입니다."

"허어."

서동수가 감동한 얼굴로 물었다.

"특별하겠군. 그렇지?"

"그렇습니다. 주무실 때 어떤 일이 일어날 가능성도 있습니다."

"그게 무슨 말이야?"

"예, 그것이……."

난처한 표정이 된 안종관이 심호흡을 했을 때 유병선이 거들었다.

"예, 섹스하실 때 그것이……."

"그것이 안에 들어가서 잘린다든가……."

우주에서 대통령과 비서실장, 안보특보가 이런 대화를 나누는 나라가 있겠는가?

"오오, 린린."

응접실로 들어선 서동수가 두 팔을 벌리면서 린린에게 다가갔다. 뒤를 따르는 안종관이 입을 꾹 다물었지만 콧구멍이 조금 벌름거렸다. 숨을 연거푸 들이켰기 때문이다.

"대통령 각하."

기다리고 서 있던 린린이 한국식으로 허리를 꺾어 절을 했다. 긴 머리가 출렁거리며 어깨에서 늘어졌다가 올라갔다.

"여전히 아름답구나."

다가선 서동수가 린린의 손을 두 손으로 움켜쥐었다. 보드랍고 섬세한 손이다. 옅은 살색 매니큐어를 바른 손톱이 반짝이고 있다.

"네 생각을 많이 했어. 특히 섹스를 할 때 말이다."

서동수의 중국어는 유창하다. 손을 잡힌 채 린린의 얼굴이 붉은 감처럼 상기되었지만 눈동자는 그대로 서동수에게 향해 있다.

"감사합니다, 각하."

"뒤에 서 있는 사람한테 신경 쓰지 마라. 중국어를 인사만 할 정도다."

"네, 각하."

천만의 말씀이다. 안종관의 중국어는 서동수보다 낫다. 이태백의 시를 줄줄 외울 정도지만 안종관은 시치미를 뚝 떼고 서 있다. 소파에 자리 잡고 앉았을 때 서동수가 그때야 안종관을 소개했다.

"지난번 보았지? 내 안보특보다."

"안녕하십니까? 특보 각하."

"반갑습니다."

둘이 중국어로 인사를 나눴을 때 서동수가 정색하고 영어로 말했다.

"자, 우선 영어로 용건을 이야기하자. 안 특보가 함께 들어야 할 테니까 말이다. 너 하고 둘이 있을 때는 물론 중국어로 해야겠지, 린린."

"예, 각하."

린린이 두 손을 무릎 위에 가지런히 올려놓더니 서동수를 보았다. 그 순간 서동수가 숨을 들이켰다. 가슴이 미어지는 느낌이 들었기 때문이다. 감동이다. 욕정일 수도 있다. 분홍빛 투피스 차림으로 다리를 드러낸 모습이 고귀하면서도 청초하게 보였다. 저 드러난 종아리 하나만으로도 온갖 상상이 일어난다. 그때 린린이 유창한 영어로 말했다.

"주석 동지께서는 중·한·러 3국의 불가침 조약과 군사동맹을 제의하셨습니다. 그래서 지금쯤 주석 동지의 밀사가 러시아 푸틴 대통령도 만나고 있을 것입니다."

"오오."

서동수가 감동한 표정으로 머리를 끄덕였다.

"대한민국이 미국과 동맹국인 것을 알고도 그것을 제의하셨던 말이지?"

"그렇습니다, 각하."

"동맹국인 미국과 상의를 해야 한다는 사실도 알고 제의하셨겠지?"

"그렇습니다, 각하."

서동수가 머리를 돌려 안종관을 보았다.

"제3제국의 3국 동맹이야, 안 특보."

영어다. 그때 안종관이 영어로 대답했다.

"제3제국을 인정해주신 것입니다."

중국은 북한과 동맹국 관계였고 대한민국으로 통일된 후에도 동맹국 관계는 유지되어 왔다. 남한과 미국과도 마찬가지다. 그러나 러시아까지 포함한 3국 동맹이 성립되면 일본이 고립된다. 서동수가 린린을 보았다.

"주석께서 일본에 대한 언급은 없으셨나?"

그때 린린이 입술 끝을 올리면서 웃었다. 눈이 초승달 모양이 되더니 눈 끝에 교태가 매달린 것 같다.

"대마도가 일본의 시험대가 될 것이라는 말씀만 하셨습니다."

대마도다. 서동수와 안종관이 긴장했다. 린린이 전언을 마쳤을 때는 오후 9시 반이 되어갈 무렵이다. 헛기침을 한 서동수가 안종관을 보았다.

"안 특보는 좀 염치가 있어야 돼."

놀란 안종관이 긴장했을 때 서동수의 한국말이 이어졌다.

"눈치가 없으면 염치도 없어져. 지금쯤 일어날 때가 되지 않았나?"

"아, 예."

서둘러 일어서던 안종관이 메모하던 수첩을 떨어뜨렸다. 그 순간 투박한 얼굴이 붉어졌다. 시선을 내린 안종관에게 서동수가 투덜거리듯 말했다.

"내가 다 알아. 나 약 올리려고 꾸물거리면서 안 일어난 것."

"아, 아닙니다."

안종관이 손까지 저었을 때 서동수가 말을 이었다.

"자꾸 필요 없는 말만 물어보고 말이야……."

"저, 그럼 실례하겠습니다."

몸을 돌린 안종관의 등에 대고 서동수가 말했다.

"농담이야, 이 사람아. 하지만 난 좀 급해. 이런 경우는 참 오랜만이야."

안종관이 몸을 돌리지도 않고 방을 나갔을 때 서동수가 미소 띤 얼굴로 린린을 보았다. 어느덧 얼굴에 웃음이 떠올랐다.

"나, 오늘 너하고 같이 있어도 되지?"

"네, 각하."

린린도 웃음 띤 얼굴로 시선을 받는다.

"각하께선 참 정직하세요."

"정직하다고 칭찬받는 세상이 되면 안 되는 거다."

"아세요? 각하의 시선을 받으면 몸이 뜨거워져요."

"음, 너하고 호흡이 맞는 것 같구나. 난 네가 숨 쉬는 것만 봐도 열이 난다."

"거짓말."

"금방 정직하다고 했지 않느냐?"

"과장이 심하세요."

"아니다, 린린."

서동수가 지그시 린린을 보았다. 9호 안가도 역시 김동일한테서 양도받은 연방 대통령 숙소 중 하나다. 연방정부는 미안해서 북한 정부에 임차료를 지불하고 있다. 본채에다 경호동, 직원 숙소동, 수영장과 헬기장까지 갖춘 완벽한 구조다. 이곳은 본채 응접실이다. 금방 안종관을 쫓아냈으므로 본채 안에는 둘뿐이다. 그때 린린이 물었다.

"각하, 제가 옆으로 갈까요?"

"아니, 잠깐만."

호흡을 고른 서동수가 린린을 보았다.

"그대로 있어 줄래? 너하고 이렇게 보면서 이야기를 하고 싶다."

"좋으실 대로 하세요, 각하."

"목소리가 곱구나, 린린."

"목소리는 본래 타고났지요. 꾸미지 않았습니다."

"다른 건 꾸몄단 말이냐?"

"몸매, 행동, 머릿속의 지식까지 다 배우고 단련시키고 꾸몄지요."

"그렇구나."

"침대에서의 기교도 배웠습니다."

"배운 것을 써먹어 보았느냐?"

"한 번 썼습니다."

"그렇구나."

"각하께서 원하신다면 저에게 두 번째 남자가 되십니다."

"영광이다."

"이런 말씀은 처음 드려요."

"네가 최고급 전문가라고 들었다."

"저도 정직하려고 노력하고 있습니다."

"정직이 최고의 수단이지."

그때 린린이 심호흡을 하고 나서 물었다.

"각하, 저 벗어도 될까요? 말을 하다 보니 더워졌어요."

"오, 그럼 벗어야지."

자리에서 일어선 린린이 차분한 동작으로 옷을 벗기 시작했다. 침대에 누운 린린의 알몸을 내려다보던 서동수가 옷을 벗는다. 침실은 조용하다. 침실 벽에 붙은 TV는 음소거를 해서 그림만 번쩍이고 있을 뿐이다. 서동수의 시선을 받은 린린이 몸을 비틀고 웅크리는 자세를 취했지만 시트로 가리지는 않았다. 순식간에 옷을 벗은 서동수가 침대로 올라 린린의 어깨를 당겨 안았다. 린린이 서동수의 가슴에 볼을 붙였다. 서동수가 린린의 엉덩이를 움켜쥐고 바짝 몸에 붙였다.

"이것이 현대판 미인계다."

린린은 서동수의 등을 감아 안았지만 대답하지 않았다. 서동수가 린린의 등과 옆구리, 손이 뻗쳐 닿는 허벅지까지를 부드럽게 쓸었다.

"이렇게 안고 있으면 가슴에 품은 이야기도 나오는 법이지."

린린의 숨결이 서동수의 목과 어깨를 스치고 지나갔다. 부드럽고 더운 숨결의 향내도 맡아졌다. 막 우유를 삼킨 갓난아이의 입 냄새다. 그때 린린이 서동수의 남성을 두 손으로 감싸 쥐면서 말했다.

"몸이 뜨거워졌어요."

"그렇구나."

손바닥으로 린린의 허벅지 안쪽을 쓸어 올린 서동수가 감탄했다. 손끝이 숲에 닿았을 때 이미 젖어 있었기 때문이다. 물기를 머금은 골짜기는 금방 비에 젖은 숲 같다.

"반응이 빠르구나."

"민감한 편입니다."

서동수가 고분고분 대답하는 린린의 말을 막으려는 듯이 입술을 빨았다. 린린이 가쁜 숨을 뱉으면서 입을 벌리더니 혀를 내놓았다. 서동수가 린린의 꿈틀거리는 혀를 빨았다. 그사이에 손이 린린의 동굴을 휘젓고 있다. 한쪽 다리를 들어 올려 서동수의 몸 위에 걸쳐둔 린린의 사지가 꿈틀거리기 시작했다. 뜨거운 뱀이다. 몸에 엉켰다가 풀리기를 반복했지만 걸리지 않고 매끄럽다. 서동수의 입술이 린린의 목으로 내려왔고 곧 젖가슴을 가득 물었다. 혀끝에 닿는 린린의 젖꼭지는 단단해져 있다. 린린이 서동수의 어깨를 움켜쥐더니 허리를 불끈 추어올렸다가 내렸다. 입에서 옅은 탄성이 노래처럼 뱉어지고 있다. 고음이면서 짧은 노래다. 서동수의 입이 젖가슴에서 아랫배로 내려간다. 땀이 배어 나온 아랫배가 가쁜 호흡에 맞춰 들썩였고 두 다리는 잔뜩 벌어졌다. 잠깐 머리를 든 서동수가 린린을 내려다보았다. 반쯤 눈을 감은 린린의 눈동자가 번들거리고 있다. 흐린 눈동자다. 상기된 얼굴, 벌어진 입에서 가쁜 숨과 함께 신음이 새어 나오고 있다. 그 순간 서동수의 심장박동이 빨라졌다. 두 팔을 반쯤 치켜든 채 사지를 벌리고 누워 있던 린린이 두 손을 뻗어 서동수의 어깨를 움켜쥐었다. 그때 서동수가 자세를 잡고 린린에게 몸을 붙였다. 남성이 골짜기 끝부분에 닿은 순간 긴장한 린린이 서동수의 어깨를 더 세게 쥐었다. 다음 순간 린린이 입을 딱 벌리면서 긴 신음을 뱉었다. 몸이 합쳐졌기 때문이다. 서동수는 자신의 몸이 뜨거운 동굴 안으로 미끄러져 들어가는 느낌을 받고는 이를 악물었다. 깊고 좁은 동굴, 사면이 매끄럽고 탄력이 강한 동굴이다. 이윽고 동굴의 끝에 닿았을 때 린린이 턱을 치켜들었다. 그 순간 동굴이 강하게 좁혀졌으므로 서동수는 숨을 들이켰다. 동굴이 움직이고 있다. 서동수의 남성이 빠져나오는 순간 린린이 비명과 같은 탄성을 뱉었다. 머리칼이 솟는 느낌을 받으면서 서동수는 다시 어금니를 물었다. 이것이 바로 쾌락이다. 인간만이 이 순간을 길게 즐길 수가 있다고 했던가? 린린이 비명을 지른 것은 동굴이 금방 채워졌기 때문이다.

"지난번 중국이 일본과 연합해서 신의주특구를 친중 세력이 장악하도록 폭동을 기획했었다."

린린을 안은 채 서동수가 귀에 대고 말했다. 방안은 비린 애액의 냄새로 가득 차 있다. 더운 열기도 아직 식지 않았고 숨만 겨우 고르는 중이다. 린린은 서동수의 가슴에 볼을 붙인 채 움직이지 않는다.

"다행히 폭동은 사전에 진압되었지만 그것으로써 한랜드로 이어지는 대한민국에 대한 중·일의 자세를 알 수 있었다."

"……."

"이제 한반도는 세계의 중심이 되었어."

서동수가 아직도 더운 린린의 알몸을 두 팔로 감싸 안았다.

"중국이 세계 제2의 강국으로 부상하면서 세계가 해양 세력인 미국과 대륙 세력인 중국이 패권을 다투는 때에 말이야."

서동수의 목소리에 웃음기가 띠어졌다.

"그 중심에 한반도, 대한민국이 위치하게 된 것이지, 그렇지 않으냐?"

린린이 볼을 서동수의 가슴에 비비는 것으로 대답을 대신했다. 영리

하다. 듣고 있다는 표시만 낸 것이다.

“통일된 한반도가 미국 편에만 붙으면 중국은 태평양으로 진출할 수가 없을 뿐만 아니라 앞마당으로 여겼던 서해까지 불안한 상태가 될 테니까.”

“…….”

“러시아가 대한민국에 한랜드를 내놓고 함께 제3세계를 구성, 중국을 견제하려는 것은 당연하다. 러시아는 30년 전만 해도 미국과 함께 세계 양강(兩强)인 대국이었으니까.”

“…….”

“이제 대한민국은 한반도와 한랜드를 통해 동북아의 기반을 굳히게 되었어. 한반도의 한민족은 대세를 탄 셈이야.”

서동수가 린린의 엉덩이를 움켜쥐었다.

“중국이 한랜드에 동북 3성을 개방해서 이주민이 쏟아져 들어오는 것에 대해 우려하는 사람이 많지만 난 전혀 그렇지 않아.”

“…….”

“나는 시 주석의 통 큰 결단을 존경하고 있어. 한랜드가 중국령이 되면 어떠냐? 주민들은 잘살 수 있는 곳으로 옮겨가면 되는 거다.”

“…….”

“이제 일본은 미국의 방파제 역할을 못 하게 된 것이지.”

서동수가 화제를 바꾸었고 움직이지 않았던 린린이 두 손으로 남성을 주무르기 시작했다.

“1950년부터 미국의 태평양 방어선 역할로 온갖 혜택을 받았던 일본이 대한민국의 등장으로 절박해졌다.”

“…….”

"더 이상 미국의 등에 업혀 지낼 수가 없게 되었다는 사실을 내가 이번에 증명해 보이려고 한다."

"……."

"대마도를 수복할 거다."

그때 린린이 남성을 주무르던 손을 멈췄다. 그러고는 숨을 죽인 채 다음 말을 기다렸다. 서동수가 이미 단단해진 남성을 린린의 몸에 밀어붙이면서 말했다.

"대마도는 역사적으로도 엄연한 한국령이야. 일본은 대마도 반환에 물타기를 하려고 독도 영유권을 주장해왔어."

"……."

"1950년 6월 북한의 남침이 없었다면 당시 남한 이승만 대통령에 의해서 대마도는 한국에 반환되었을 거다."

"……."

"이번에 대마도를 수복하면서 동북아의 질서를 확립시키려고 한다. 미국과 중국, 그리고 제3세계인 대한민국과 러시아, 그렇게 나눠지겠지."

이것이 미인계다.

"앉으시오."

인사를 마친 안종관과 강동필에게 트럼프가 자리를 권했다. 백악관의 집무실 안, 트럼프는 이번 한·미 안보회의에 참석한 대한민국 대통령의 안보특보 안종관과 국방장관 강동필의 방문을 받은 것이다. 트럼프는 안보수석 레빈스키와 국무장관 존슨, 비서실장 서렌든을 동석시켰다. 오전 10시 40분이다. 트럼프는 평온한 기색이지만 심사가 불편한 상태다. 안종관과 강동필이 대통령 지시라면서 긴급 비밀 면담을 요청했기 때문이다. 한국과는 동맹국 관계인 데다 면담을 거부할 명분도 없다. 그러나 미묘한 시기여서 찜찜한 것이다. 더욱이 한국은 현재 일본과 대마도 문제로 긴장 상태여서 같은 동맹국인 일본이 촉각을 곤두세우고 있을 터였다. 그래서 트럼프는 안종관과의 비밀 면담 사실을 일본 측에 귀띔해주는 것으로 찜찜함을 해결했다. 면담이 끝난 후에 내용을 흘려주면 기분이 더 개운해질 것이었다. 자리를 잡고 앉았을 때 트럼프가 손목시계를 보는 시늉을 했다. 바쁘다는 만인 공통의 제스처였지만 의전상 실례다. 그러나 트럼프는 직설적 성품이라 가끔 이런다. 그때 안종관이 똑바로 트럼프를 보았다. 대한민국 대통령 서동수의 최측근, 할 소리는 한다는 인물.

"각하, 대한민국이 대마도를 수복할 계획입니다."

그 순간 방안이 조용해졌다. 모두 숨만 들이켰기 때문이다. 트럼프도 눈을 가늘게 뜨고 안종관을 보았다. 무슨 말인지 못 들은 것 같다. 다시 안종관이 말을 이었다.

"대마도로 진입, 저항하는 일본군을 사살하고 영토를 수복할 것입니다."

"무슨 말인지."

이맛살을 찌푸린 트럼프가 의자에 등을 붙이더니 국무장관 존슨을 보았다. 존슨은 오랜 친구다.

"존슨, 들었나?"

"들었습니다, 각하."

"뭐라고 한 거야?"

안종관을 무시하는 태도다. 그때 존슨이 안종관을 보았다.

"그걸 왜 우리한테 말합니까?"

"동맹국에 예의상 말씀드리는 것이지요."

정색한 안종관이 어깨를 폈다.

"승인을 받는 것이 아닙니다. 그러니까 부담 느끼실 필요 없습니다."

"아니, 이것 보세요."

이번에는 안보수석 레빈스키가 나섰다. 안종관과는 꽤 친한 사이였지만 레빈스키의 얼굴은 굳어져 있다.

"다른 나라를 침략한다는 통보를 하는 겁니까? 그것도 미국의 동맹국을요. 더구나 미국 대통령 앞에서!"

레빈스키가 눈을 부릅떴다.

"당신, 제정신입니까?"

"예, 그렇습니다, 레빈스키 씨."

심호흡을 한 안종관이 다시 트럼프를 보았다. 반듯한 자세다.

"말씀드리지 않으려고도 검토했습니다만 이렇게 미친놈 취급을 받더라도 말씀을 드려야겠다고 결정한 것입니다."

내용이 정중한 데다 듣고 보니 일리도 있다. 그래서 말이 태도에 따라서 다르게 받아들여지는 것이다. 안종관이 말을 이었다.

"저희 대통령께서는 이것이 한국과 일본 문제라고 하셨습니다. 중국도, 미국도 당사국이 아니라고 하셨습니다."

그때 강동필이 한마디 했다.

"예전의 한반도는 일본의 침략만 받아왔지요. 그래서 다 빼앗겼던 것입니다."

트럼프가 숨을 들이켰다. 중국 이야기를 들으니까 정신이 난 것이다. 중국은 어떻게 받아들일까? 우리하고 같은 입장인가? 안종관과 강동필이 떠난 후에 집무실에는 다시 넷이 모여 앉았다. 11시 반에 회의가 있었지만 트럼프는 오후로 연기시켰다.

"할까?"

불쑥 트럼프가 묻자 먼저 레빈스키가 대답했다.

"할 것 같습니다."

트럼프의 시선을 받은 존슨이 이어서 대답했다.

"서동수의 성격상, 합니다."

그때 비서실장 서렌든이 말했다.

"각하, 일본 대사를 불러 이 사실을 알려 주시지요."

"젠장."

투덜거린 트럼프가 의자에 등을 붙였다.

"이거 한국 놈들한테 말려든 것 같군."

"서동수가 이것도 예상했을 것입니다."

레빈스키가 말을 이었다.

"일본 정부가 대마도 방어에 적극적으로 나설 것까지 말입니다."

"그래도 대마도를 수복한단 말이지?"

"전쟁 분위기를 조성하는 것이지요."

트럼프가 숨을 들이켰다. 그렇다면 일본은 전력(全力)을 동원하지 않겠는가? 아베는 자위대를 국군화(國軍化)해서 전력(戰力)을 대폭 증강했다. 그때 트럼프의 심중을 읽은 존슨이 말했다.

"일본이 현대전 전력을 대폭 증강하고 있지만 남북한군(軍)에 비하면 열세입니다. 자위대 병력이 22만5000명 정도니까 남북한군 현재 전력의 10분의 1 정도가 되겠군요."

모두 입을 다물었고 존슨의 말이 이어졌다.

"현재 북한군 60만이 예편 대기 중이고 남북한군을 합하면 100만 가까운 병력이 남습니다."

"……."

"엄청난 잉여 병력이지요. 그것을 일본도 잘 압니다."

"……."

"얼마 전 일본 신문에서 한국이 침략전쟁을 벌일지 모른다는 예상 기사를 썼지요. 16세기 말, 그러니까 지금부터 400여 년 전 일본군이 한국을 침략했던 역사와 비교했더군요."

"……."

"그때도 일본의 한 장수가 일본을 통일하고 남은 군사를 한국 정벌군으로 보냈다는 것입니다. 약 14만 명이었다고 하는군요."

존슨의 목소리에 활기가 넘쳤다.

"그런데 지금은 역전된 겁니다. 그것도 엄청나게요. 한국의 남은 병력이 100만도 넘습니다. 그래서 이번에는 일본이 당할지도 모른다고 신문에 썼더군요."

"그럼 놔둬야겠군."

트럼프가 짜증 난 얼굴로 말했다.

"저희들끼리 주고받게 말이야. 아까 그놈 말대로 우리는 당사국이 아니니까 상관하지 말고."

"어쨌든."

존슨이 심호흡을 하고 나서 트럼프를 보았다.

"각하, 제가 일본 대사를 불러 이야기해볼까요?"

"그렇게 해."

머리를 끄덕인 트럼프가 비서실장 서렌든을 보았다.

"안보회의를 소집해. 저놈들이 진짜로 일을 일으킬지 모르니까 말이야."

"예, 각하"

"지도를 보니까 대마도가 한국에 훨씬 가깝더군. 일본이 빼앗아간 것이 맞는 것 같던데."

트럼프가 주위를 둘러보며 말했지만 아무도 대답하지 않았다. 그래도 트럼프가 덧붙였다.

"이젠 우리도 남의 전쟁에는 손 뗄 거야."

"한국이 일본을 침공해?"

놀란 로니 다그린스가 소리치듯 물었다. 오후 3시, CNN이 긴급속보로 방송하고 있는 중이다.

"조용히!"

옆자리의 제임스 코튼이 손을 흔들었다. 이곳은 뉴욕 맨해튼의 '제러미클럽'의 라운지, 라운지에 모인 30여 명의 시선이 TV 화면에 집중되었다. 앵커가 열띤 목소리로 말을 이었다.

"오전에 트럼프 대통령을 예방한 대한민국 서동수 대통령의 특사 일행은 한국군의 대마도 수복을 통보하고 갔다는 것입니다."

그러고는 화면에 한국과 일본 사이에 있는 대마도 지도가 비쳤다. 실제보다 세배쯤 부풀려진 그림이다. 다시 금발 미녀인 앵커가 말을 이었다.

"트럼프 대통령은 일언지하에 통보받기를 거부하고 미국은 동맹국의 안전을 위협하는 어떤 행위도 용납하지 않을 것이라고 선언했습니다."

"저런."

골프 코치인 로니가 떠들썩한 목소리로 다시 끼어들었다.

"거봐, 내가 뭐랬어? 한국이 마침내 일을 저지른다니까!"

로니는 주한 미8군에서 2년 동안 근무했고 한국에서 골프 코치도 한 터라 한국통이다. 그때 앵커의 목소리가 울렸다.

"국무부에서 곧 이에 대한 성명을 발표할 것입니다."

"터뜨렸군."

태평양 위에 떠 있는 전용기 안에서 TV를 보던 안종관이 말했다. 옆자리에 앉은 강동필은 무표정한 얼굴이다.

"백악관에서 발표할 줄 알았는데 국무부로 내려갔군."

그때 앞좌석에 앉은 보좌관 이필성이 말했다.

"빠릅니다. 4시간 만에 언론사에서 보도하게 만들었습니다. 특보님께서 나오시고 나서 바로 회의를 소집한 후에 공개하기로 결정한 것입니다."

"일본 측에도 통보했겠지."

안종관이 머리를 끄덕였을 때 강동필이 머리를 들었다. 77세, 강골이다.

"아마 저 뉴스도 일본에서 보고 있을 것입니다."

일본은 현재 오전 5시다. 그때 앵커가 말했다.

"현재 대한민국과 일본의 전력(戰力)은 큰 차이가 납니다. 일본은 이지스함 등 최신 무기를 갖췄지만 병력면에서는 10 대 1, 예비군까지 포함하면 50 대 1의 엄청난 전력 차이가 나는 데다……."

금발의 앵커가 어깨를 추어올렸다가 내렸다. 아름답다.

"대한민국은 핵으로 무장하고 있습니다. 북한이 보유했던 다량의 핵무기를 전력화해 놓은 것입니다."

"제법 공부를 했군."

강동필이 머리를 끄덕이며 말했다. 그때 안종관이 리모컨으로 채널을 바꾸자 이번에는 ABC가 나왔다.

"이것은 간접적인 선전포고나 같습니다."

이곳은 남자 앵커가 큰 목소리로 말했다. 운동선수 출신 같다. 눈을 치켜뜬 앵커가 소리치듯 말을 이었다.

"미확인 보도에 의하면 한국군 50만 명이 이미 출동 준비를 마친 상태라는 것입니다. 참고로 일본군 전체 병력은 22만 명밖에 안 됩니다."

앵커가 안종관을 노려보았다.

"현재 한국군은 남북한군 포함해서 200만 명입니다. 연방으로 통일된 후에 아직 예편이 다 되지 않았습니다."

그러더니 앵커가 손짓까지 했다.

"그래서 한국 정부가 예편될 병력을 일본 본토에다 쏟아붓는다는 것입니다."

오전 8시, 총리 관저에서 긴급 안보회의가 열렸다. 모두 새벽에 미국 방송들을 본 데다 보고까지 받은 터라 상황 설명은 들을 필요도 없다. 아침 이른 시간이었지만 모두 옷차림이 단정했고 긴장된 모습이다. 아베가 입을 열었다.

"국군(國軍)의 대비 상황은?"

순간 회의실 안 분위기가 굳어졌다. 아베는 방금 국군이라고 한 것이다. 자위대가 아니다. 아베의 시선을 받은 방위상 이나다 도모미, 이제 모두의 시선뿐만 아니라 전 일본 국민의 주시를 받고 있다. 60세, 중의원 출신으로 아베의 최측근, 전부터 핵무장을 주장했으며 전범 재판의 당위성을 부인해 왔다. 전쟁의 책임도 부정했으며 매년 빠짐없이 야스쿠니 전범 묘지를 참배해 왔다. 강골(强骨), 그래서 아베의 눈에 들어 방위상이 된 것이다. 아베의 시선을 받은 이나다가 대답했다.

"예, 일본군은 천황 폐하를 위해 목숨을 바칠 준비가 되어 있습니다."

모두 숨을 죽였고 아베의 입이 조금 벌어졌다. 그때 이나다의 어깨가 솟아올랐고 눈빛이 강해졌다.

"아군의 최신예 이지스함과 해군력은 한국을 압도합니다. 명령만 내리시면 일거에 격멸할 수 있습니다."

아베가 벌렸던 입을 다물었고 동시에 둘러앉은 각료들의 어깨도 내려앉았다. 지금 양국의 전력 비교는 무의미한 것이다. 수없이 논의해서 말석에 앉은 기상청장 와타나베도 전투기가 몇 대인지 외울 정도였다. 그때 다시 이나다의 어깨가 솟았다.

"아군의 사기가 충천해 있습니다. 따라서……."

"그만."

손을 들어 이나다의 말을 막은 사람은 아소 다로 부총리다. 아소가 작은 체구를 들썩이듯이 긴 숨을 뱉고 나서 아베를 보았다.

"총리 각하, 이 정도면 됐습니다."

아베의 초점 없는 시선을 잡은 아소가 말을 이었다.

"방위상의 저런 기백이면 군과 국민의 사기도 오를 것입니다."

말이 잘리는 바람에 위축되었던 이나다가 고무돼 콧구멍을 벌름거렸다. 그때 아베의 눈동자에 초점이 잡혔다.

"미 국무부에서 발표한 이상 가만히 있을 수는 없어요."

아베가 옆에 앉은 관방장관 스가 요시히데를 보았다.

"스가 씨, 짧게 발표하세요."

"알겠습니다."

아베의 심중을 읽은 스가가 머리를 끄덕였다.

"일고의 가치도 없는 발언이라고 하겠습니다. 무시하는 것이 최선입니다."

"그렇지."

아소가 머리를 끄덕였다.

"맞대응하는 것은 조센진한테 말려드는 거요. 그놈들이 지금 장난을 치고 있는 겁니다."

모두에게 하는 말이다. 아베가 이나다에게 시선을 돌렸다.

"방위상은 기자회견 형식은 취하지 말고 사견임을 전제로 강경 발언을 해요. 너무 과격하게는 하지 말고."

"예, 총리 각하."

상기된 이나다의 콧구멍이 다시 벌름거렸다. 길게 숨을 뱉은 아베가 각료들을 둘러보았다.

"다케시마를 놔두었더니 이젠 쓰시마가 제 것이라고 우기는군, 도둑놈들."

"쓰시마를 놔두면 바로 아래쪽 이키섬도 제 것이라고 할 놈들입니다."

아소가 말을 받았다. 부산에서 쓰시마는 49.5㎞, 쓰시마에서 이키섬은 47.5㎞다. 일본 본토에서 쓰시마는 132㎞인 것이다.

오후 1시, 한국·일본 시간이다. 어제부터 예고한 대로 대한민국 TV

화면에 북한 총리 김동일이 등장했다. 지금 이 장면은 한국뿐만 아니라 일본은 물론 전 세계가 시청하고 있다. 왜냐하면 어제 오후에 일본 관방장관 스가 요시히데의 짧은 성명 발표, 이어서 방위상 이나다 도모미의 사견임을 전제로 한 방송에 대한 '대응 성명'의 성격을 띠고 있기 때문이다. 성명전(聲明戰)과 같다. 김동일이 등장한 화면의 아래쪽에는 '대마도 수복 총사령관'이라고 한글과 영어, 한자로 적혀 있다. 시청하고 있을 '세계인'에 대한 서비스인 것이다. 그때 김동일이 입을 열었다.

"대한민국은 빼앗긴 영토인 대마도를 기필코 수복하고야 말 것이다!"

김동일은 서동수로부터 여러 번 말투를 고치라는 충고를 받았지만 안 고쳤다. 지금도 그렇다. 말끝마다 반말을 하는 것이다. 김동일이 말을 이었다.

"일본은 지금까지 수천 년 동안 수천 번 한반도를 침략해 온갖 만행을 저질렀을 뿐만 아니라 영토를 탈취했다. 대한민국은 빼앗긴 국토를 되찾으려는 것이다."

평양 연방 대통령 집무실에서 TV를 보던 서동수는 김동일의 반말이 지금은 어울린다고 생각했다. 옆에 앉은 남한 총리 조수만은 머리를 끄덕이고 있다. 김동일이 똑바로 서동수를 보았다.

"따라서 연방 대통령 각하로부터 대마도 수복의 책임과 권한을 위임받은 나는 일본 정부에 통고하안다."

숨을 죽인 서동수, 조수만을 향해 김동일이 눈을 치켜떴다.

"대마도를 반환하라. 북한의 100만 대군은 대마도 수복을 위해 목숨을 버릴 각오가 되어 있는 거어시다."

어깨를 부풀린 김동일이 입을 꾹 다물었을 때 뒤쪽으로 대형 태극기가 펄럭이면서 우주에서 찍은 한반도 사진이 펼쳐졌다. 그 사진에 독도는 물론이고 대마도까지 포함돼 있는 것이다. 그때 북한 인민군 합창단의 우렁찬 애국가 합창이 울려 퍼지면서 김동일의 '성명'이 끝났다.

"음, 명연설입니다."

감동한 조수만이 심호흡을 하고 나서 말을 이었다.

"배경도 아주 좋았고 합창도 우렁차군요, 감동적입니다."

그때 비서가 전화기를 들고 다가왔다.

"각하, 푸틴 대통령님 전화입니다."

방안이 조용해졌고 모두의 시선이 서동수에게 모였다. 서동수가 웃음 띤 얼굴로 손을 내밀었다.

"김 총리의 성명 발표를 보신 모양이군."

한국 시간으로 오후 1시면 모스크바는 오전 7시다. 전화기를 귀에 붙인 서동수가 말했다.

"각하, 성명 발표를 보셨습니까?"

"동북아의 질서가 제대로 잡혀 가고 있는 것 같군요."

푸틴의 목소리에 웃음이 담겨 있다.

"이제 새 시대가 왔으니 시대의 흐름에 맡겨야겠지요."

"감사합니다, 각하."

"어제 일본은 방위상과 관방장관이 강온 양면책을 썼는데 현실 파악이 제대로 안 된 것 같습니다."

서동수가 숨을 죽였고 푸틴의 말이 이어졌다.

"아베와 그 측근들은 미국이 1950년에 설정한 아시아·태평양 방위선인 애치슨라인 시대에서 벗어나지 못하고 있어요."

애치슨라인은 미국의 태평양 방위선을 일본 열도로부터 그어 간 것을 말한다. 그때 서동수가 말했다.

"일본이 안보 무임승차를 할 동안 남북한은 죽을 고생을 했지요. 이젠 다릅니다."

"가능할까?"

시진핑이 묻자 주석실 비서 왕원이 상반신을 반듯이 세웠다.

"가능합니다, 주석 동지."

이화원 근처의 안가(安家) 안이다. 응접실에는 네 명이 둘러앉았는데 시진핑과 총리 저커장, 외교부장 우린 그리고 왕원이다. 왕원이 말을 이었다.

"김동일의 말은 허장성세가 아닌 것 같습니다, 주석 동지."

"아니라면?"

"실제로 각 군(軍)에 별동대를 편성하라고 지시를 내렸는데 그 규모가 50개 사단, 65만 명 정도입니다."

시진핑은 석상처럼 미동도 하지 않았고 왕원이 말을 이었다.

"특히 원산으로 서해 함대를 대폭 이동시키고 있습니다."

"……."

"별동대 중 30개 사단은 경보병 사단으로 산이 많은 대마도 지형에 투입하기 좋도록 편성했습니다."

"그, 김동일이."

마침내 시진핑이 왕원의 말을 자르고는 저커장을 보았다.

"서동수한테서 김동일이 전권을 위임받았을까?"

"쇼하는 겁니다."

저커장이 뱉듯이 말했다.

"한국 놈들 말에 '짜고 치는 고스톱'이란 말이 있지요, 그겁니다."

"짜고 치는 고스톱?"

"한국판 카드 놀음입니다, 각하."

왕원이 설명했을 때 기분이 나빠진 시진핑이 저커장을 나무랐다.

"동무는 쓸데없는 비유는 삼가시오."

"예, 주석 동지."

얼굴이 붉어진 저커장이 상반신을 조금 물렸을 때 시진핑의 시선이 우린에게 옮겨졌다.

"우리가 한·일 양국이 자중하길 바란다는 성명을 내야 하지 않을까?"

"예, 주석 동지."

토를 달 서열이 아닌 우린이 대답부터 했을 때 왕원이 다시 상반신을 세웠다.

"주석 동지, 김동일이 성명을 발표한 직후에 푸틴이 서동수에게 전화를 했습니다."

세 쌍의 시선을 받은 왕원이 말을 이었다.

"일본과 미국도 도청했을 것입니다. 그것을 예상하고 한 전화라고 봐야 할 것입니다."

"무슨 내용이야?"

"동북아에 새 질서가 세워져야 한다는 내용이었습니다. 이제 일본은 미국의 태평양 방위선 역할에서 효용가치가 없어졌다는 것을 푸틴과 서동수가 공감하고 있었습니다."

"망할 러시아 놈."

마침내 시진핑이 이 사이로 말했다.

"그놈이 장난을 치고 있어."

이제 왕원은 입을 다물었다. 그렇다. 세상이 또 변했다. 지금은 세계 제2위의 강대국으로 굳어지는 중국을 견제하려고 미국과 러시아가 제휴하는 상황이다. 서동수의 대한민국이 제3제국으로 부상한 근저에 러시아는 물론, 미국의 은근한 지원이 있었다고 봐도 될 것이다. 이렇게 변하는 것이다. 일본이 미국의 등에 업혀만 있었던 시기는 지났다. 중국을 견제하려고 미국은 일본의 국방력을 키웠지만 대한민국의 대세에 밀려 효용가치가 없어지고 있다. 이제 일본은 태평양 서쪽 끝의 섬일 뿐이다. 바로 그 서쪽에 100만 대군을 보유한 대한민국이 있다. 그때 시진핑이 말했다.

"성명서 발표는 보류하지."

시진핑이 시선만 주는 우린에게 말을 이었다.

"놔두자고. 섬나라는 섬으로 놔둬."

다가선 하선옥한테서 옅은 향내가 느껴졌다. 코에 익숙해진 향기다. 하선옥의 가슴에 얼굴을 묻으면 항상 체취가 섞인 이 냄새가 풍긴다. 서동수의 옆에 선 하선옥이 말했다.

"부산과 포항, 진해에 집결한 배가 모두 1만2000척입니다."

"저런."

입맛을 다신 서동수가 쓴웃음을 지었다.

"각 도(道)에서 경쟁적으로 보냈구먼."

"예, 각 도에서 수복군(軍)에 보낸 내역이 있으니까 그대로 보도해야 합니다."

하선옥의 얼굴에도 웃음이 떠올랐다. 평양의 연방 대통령 집무실 안이다. 오전 11시 반, 연방 대통령실 홍보수석 하선옥은 지금 대마도 수복군 사령부에서 임차한 선박 숫자를 보고했다. 수복군 사령부는 병사들을 싣고 갈 배를 연방의 각 도에 요청했는데 선박 소유주들이 자진해서 배를 제공했다. 물론 임대해준 것이다. 그 임대해준 배가 1만2000척이나 된다는 것이다. 옆에 선 하선옥이 서류를 읽었다.

"10톤 규모의 어선에서부터 관광선, 화물선 등 처음에는 2만 척이 넘게 모였는데 규정에 맞는 것만 선택해서 1만2000척으로 줄였습니다."

"그걸 다 어떻게 조종하나? 선장, 선원만 해도 수만 명이 될 것 아닌가?"

"북한 해군의 지원병이 3만입니다."

하선옥의 얼굴에 웃음이 떠올랐다.

"직접 배를 조종하겠다는 선주도 절반이 넘어서 겨우 돌려보냈습니다."

"이건 무슨 축제를 하는 것 같군."

"그렇습니다."

갑자기 정색한 하선옥이 서동수가 앉은 소파의 팔걸이에 바짝 몸을 붙였다.

"축제 분위기 같습니다, 각하."

그때 서동수가 손을 뻗어 하선옥의 스커트 밑으로 집어넣었다.

"왜 바짝 붙는 거야?"

서동수의 손이 재빨리 하선옥의 팬티를 들치고 숲에 닿았다. 하선옥이 몸을 비틀었지만 물러나지는 않았다.

"각하."

"아무도 들어오지 않는다는 걸 알잖아?"

"각하, 자제하시지요."

"좋아."

하선옥의 골짜기를 손끝으로 쓸어 올린 서동수가 길게 숨을 뱉으면서 손을 뺐다.

"대마도 숲이 더 울창해진 것 같군."

"죄송해요."

"계속해."

"예."

스커트를 펴는 시늉을 하고 나서 하선옥이 서류를 보았다.

"오늘 저녁 6시 뉴스로 부산과 포항, 진해 앞바다에 정박한 상륙선을 취재하도록 개방할 것입니다."

"오늘인가?"

"CNN, ABC 등 미국 방송사는 물론이고 중국, 러시아, 유럽 방송사, 그리고……."

숨을 고른 하선옥이 서동수를 보았다.

"일본 방송사도 보도할 것입니다."

"잘했어."

"각 항구 근처에 집결하고 있는 상륙군 일부도 취재하도록 했습니다."

서동수가 머리만 끄덕였다. 1만2000척의 배가 부산과 대마도 사이에 뜬다면 아마 바다가 보이지 않을지도 모른다. 49.5㎞ 거리에 일렬로 세운다면 뛰어서 건널 수도 있을 것 같다. 그렇다. 쇼다. 쇼인 것은 미국도, 중국도, 일본도 알 것이다. 그러나 오늘 실제로 보도된다면 당사국인 한국과 일본의 분위기는 달라질 것이다. 서동수가 다시 손을 뻗었다가 하선옥이 물러나는 바람에 헛손질이 되었다. 그때 하선옥이 눈을 흘겼다. 교태다.

4장 대통령

"난 어쩌다 보니까 대통령이 된 거야."

하선옥의 허리를 감아 안은 서동수가 혼잣소리처럼 말했다. 벽시계가 12시 반을 가리키고 있다. 대동강이 내려다보이는 대통령 관저의 침실은 아늑하다. 서동수가 말을 이었다.

"어렸을 때부터 대통령이 되겠다는 꿈을 키운 전(前) 대통령도 있지만 난 아냐."

"아마 다른 분들도 대부분 그러셨을 겁니다."

하선옥이 서동수의 가슴을 손끝으로 부드럽게 문지르며 말했다.

"대통령 직이 어디 회사처럼 대리, 과장, 부장, 이렇게 올라가는 것인가요?"

"내가 대통령이 된 건 운(運)이야. 운이 작용했다고."

"다 그렇죠."

서동수가 손을 뻗어 하선옥의 젖가슴을 움켜쥐었다. 아직도 탄력이 강한 젖가슴이다. 젖가슴을 주무르며 서동수가 말을 이었다.

“물론 그 운은 뜬금없이 오지는 않아. 적당한 분위기가 조성되었을 때 찾아오는 거야.”

“그렇죠.”

“내가 할 일은 대한민국 역사를 새롭게 세우는 거다. 이제 그 일이 남았어.”

하선옥은 서동수가 젖가슴을 마구 주무르는 바람에 숨이 가빠져서 대답도 하지 못했다. 그러나 서동수가 말을 이었다.

“왜곡된 부분을 바로잡고 누구나 인정하는 새 역사를 만드는 것이지.”

방안에 다시 열기가 덮이면서 하선옥의 숨소리가 높아졌다. 그렇다, 대통령은 통치자다. 대통령의 성격에 따라서 통치 방법이 달라지고 하다못해 비서실 분위기도 달라진다. 자고로 명군(名君) 소리를 들으려면 전 군주하고 다른 모습을 보여야 한다는 말이 전해져 왔다. 그것은 전 통치자에 대해 대부분이 싫증을 냈기 때문일 것이다. 싫증을 넘어 증오했던 경우도 많다. 그래서 다른 짓을 하다가 대부분 군주가 듣는 소리가 무엇이었나? 구관(舊官)이 명관(名官)이라는 소리다. 서동수가 다시 하선옥의 몸 위에 오르면서 말했다.

“정직해야 돼.”

“천천히요.”

다리를 벌리면서 하선옥이 말했다.

“저, 금방 할 테니까 천천히 하세요.”

“그게 무슨 소리야?”

“무리하지 마시라고요.”

하선옥이 서동수의 남성을 잡아 동굴 끝에 붙이면서 허덕였다.

"각하는 아직도 세세요."

"내가 누군데?"

"저것 봐."

"그렇지, 자만은 금물이지."

그 순간 서동수가 안으로 들어섰고 하선옥이 커다랗게 신음했다.

"아이고, 좋아."

"있는 그대로를 국민에게 보이려고 노력해 왔다."

서동수가 주문을 외우듯이 말했다. 하선옥의 동굴은 이미 흠뻑 젖어 있다. 탄력도 강해서 서동수는 머리끝이 솟는 느낌을 받는다.

"그리고 명예나 권력, 재물을 탐내지 않았어. 내가 뭘 더 바란단 말인가?"

"아이고, 아파. 각하, 천천히."

"통치자는 큰 틀만 만들어 놓고 능력이 있는 관리를 골라 맡기면 되는 거야."

"각하, 저 올라가요!"

"책임은 내가 지고 공(功)은 관리가 갖도록 하는 거다. 그래야 신이 나서 일해."

"아이고, 나 죽어!"

그 순간 하선옥이 하반신을 추어올리면서 절정에 오른다. 하선옥은 서동수가 대포를 발사하지 않은 것을 안다. 그래서 조금 쉬고 다시 올라갈 수가 있다.

긴자의 사쿠라 빌딩 옥상에 대형 TV가 설치되어 있다. 지상 10층 높이인 데다 가로 15m, 세로 5m의 규모여서 교차로의 행인들이 보기 좋은 위치다. 오후 7시, 교차로의 행인들이 신호가 바뀌었는데도 걸음을 멈추고 모여 서서 TV를 올려다보고 있다. 퇴근 시간이라 사람은 순식간에 불어났고 곧 사거리는 TV를 올려다보는 인파로 가득 찼다. 화면에는 바다를 뒤덮은 선박을 비추고 있다. 실제로 바다는 온갖 선박으로 덮여서 장관이다. 크기와 종류별로 배열시켜서 보기도 좋다. 화면 밑에 1만2500척이라는 글자가 떠 있다. 대한민국 남해상에 대기 중인 상륙선인 것이다. 그때 화면이 바뀌더니 군(軍)부대가 비쳤다. 부대에 집결한 병사들은 모두 무장 상태로 훈련 중이거나 대기 상황이다. 이어서 부대를 공중 촬영한 사진이 비쳤고 6개 부대가 차례로 나왔다. 다시 화면 밑에 글자가 나왔다. 25만5000명이다. '대마도 상륙군'인 것이다. 화면에 기자가 나와 병사를 인터뷰하는 장면으로 바뀌었다. 소리는 들리지 않고 밑에 자막으로 보여준다. CNN 기자가 병사에게 물었다.

"대마도를 점령하다가 목숨을 잃어도 됩니까?"

그러자 젊은 병사가 비웃는 표정으로 기자를 보았다.

"우리는 명령을 받으면 기쁘게 죽습니다. 이것이 군인의 의무이고 보람입니다."

자막 밑에 군인의 신상명세가 깔렸다. '북한군 제12특전대 이등중사 고복철'이다. 그것을 본 긴자의 인파들은 침묵했다. 탄성도, 분노의 외침도 일어나지 않는다. 다시 바다를 메울 듯이 떠 있는 배가 보였고 해설자의 말이 자막으로 떴을 때 인파들이 흩어지기 시작했다. 대부분이 무덤덤한 표정이다.

"어떻게 생각하나?"

인파 속에 끼어 있던 도쿠가와가 발을 떼며 묻자 옆을 따르던 사토가 대답했다.

"전의(戰意)가 일어나지 않습니다."

이맛살을 찌푸린 사토가 말을 이었다.

"솔직히 대한민국의 기세에 압도당한 분위기입니다."

도쿠가와는 발만 떼었다. 자신도 그것을 느끼고 있는 것이다. 대마도는 지금까지 일본 영토였고 그것이 당연하다고 믿어왔다. 따라서 난데없이 대한민국 측이 영토를 수복한다느니 하면서 저런 쇼를 벌이면 이쪽에서도 분개해 맞받아쳐야만 한다. 그런데 저 꼴이라니, 마치 늑대를 피하려는 양떼처럼 뿔뿔이 흩어지고 있다.

"그 이유는 뭘까?"

도쿠가와가 혼잣소리처럼 물었지만 사토가 대답했다.

"정부에서 지금도 일·미 방어 협정을 믿고 상황을 오판하고 있다는 분위기가 많습니다."

신호등에 멈춰선 도쿠가와에게 사토가 말을 이었다.

"국민은 일·한 전쟁이 벌어졌을 때 미국이 일본 편만 들어주지 않을 것이라고 생각합니다."

"……."

"더구나 중국도, 러시아도 우리에게 우호적이지 않습니다."

"……."

"조금 전 화면에서 보셨다시피 북한군은 굶주린 개떼들입니다. 대마도를 거쳐 이키섬, 그리고 본토까지 들어올 가능성이 있다고 지금 SNS에서는 별 소문이 다 떠도는 중입니다."

"서동수, 그놈."

마침내 도쿠가와가 이 사이로 말했다.

“그놈이 대통령이 되고 나서 대한민국의 운이 트였나?”
그 반대의 경우도 있을 것이다.

“아이구, 이놈아.”
달려든 어머니가 김명도를 부둥켜안았다. 김명도의 처 양기숙이, 이어서 아들과 딸이 감싸 안았으므로 한 덩어리가 되었다. 가족이 다 모인 터라 호텔 방은 사람들로 가득 찼다. 김명도를 데려온 김광도만 벽에 등을 붙이고 서 있다. 오늘 오후 2시에 김명도가 석방된 것이다. 김명도뿐만이 아니다. 함께 체포되었던 일당 셋까지 함께 추방 형식으로 한국에 보내진 것이다. 정식 재판을 거쳐 테러 혐의로 최소한 10년형을 받을 것이라는 예상을 뒤엎은 결과다. 일본 정부는 넷이 전과가 없는 데다 미수에 그쳤고 인명을 살상할 의도가 없었다는 등 구구한 이유를 붙였지만 모두가 안다. 기세에 밀린 것이다. 이제는 국가 간의 분쟁도 그 기세에 좌우된다는 것을 세계인 모두가 아는 것이다. 한바탕 소란이 끝났을 때 김광도가 아버지 김진봉에게 말했다.
“아버지, 저 그만 가볼게요.”
“오오.”
김진봉이 두 손을 벌리며 다가왔다.
“다 네 덕분이다.”
“아이구, 아버지도.”
“아녀, 네가 힘썼기 때문이여.”
어머니도 떠들썩한 목소리로 거들었다.
“네가 대통령한테까지 부탁을 한 덕분이다. 세상 사람들이 다 안다.”
신문에도 났다. 김광도가 서동수 대통령한테 형 김명도의 구명 운동을 했다는 것이다. 그러나 대통령실장 유병선이 전화를 한 번 해줬을 뿐 서동수와 통화도 하지 않았다. 이런 경우에는 그렇게 믿도록 가만있는 것이 낫다. 가족들의 인사를 받으며 김광도는 부산을 떠나 귀국길에 올랐다. 그동안 형 때문에 가족들이 모여 있는 부산을 오가느라고 한랜드 사업장을 많이 비웠기 때문이다. 부산 김해공항에서 한랜드 한시티행 비행편은 하루에 12회가 있다. 김광도는 기조실장 고영일과 함께 비행기에 올랐다. 오늘도 김광도는 이코노미를 이용했는데 옆자리에 젊은 여자가 앉아 있다. 창가 좌석에 앉아 있던 여자가 힐끗 김광도를 보더니 다시 들고 있던 소책자를 읽는다. 좌석벨트를 매던 김광도가 그 소책자가 '유라시아그룹' 안내서인 것을 보았다. 유라시아그룹에 입사한 직원이 읽어야 하는 필수 교재나 같다. 이륙한 비행기가 순항고도에 올라 떠 있는 것처럼 느껴졌을 때 김광도가 여자에게 물었다.

"유라시아그룹 어느 회사에 입사했습니까?"

놀란 여자가 안내서를 접더니 김광도를 보았다. 금방 얼굴이 빨개졌고 크게 뜬 눈이 반짝였다. 화장기가 없는 얼굴이었지만 윤기가 났고 갸름한 얼굴의 미인이다. 머리를 짧게 잘라서 맨 목이 드러났다. 잠깐 시선을 마주쳤던 여자가 외면하면서 말했다.

"한시티의 클럽단지에 있는 중학교 교사로 갑니다."

"그러시군요."

머리를 끄덕인 김광도가 다시 물었다.

"숙소는 구하셨습니까?"

"네, 우선 단지 안 클럽 기숙사에서 지내기로 했습니다."

유라시아클럽은 단지 내에 유아원부터 대학까지를 건설하고 있었는데 현재 중학교까지 완공되었다. 하지만 중학교 교원 숙소가 아직 완성

되지 않아서 클럽의 직원 기숙사를 이용하고 있다. 모두 사립이지만 최고의 시설과 교직원을 갖춘 교육기관이다. 김광도가 다시 물었다.

"안내서를 읽고 계셨는데 부족한 부분이 있습니까?"

여자가 머리를 저었다.

"아뇨, 이만하면 만족해요."

"그런데 혼자 가세요?"

김광도가 다시 묻자 여자는 머뭇거리다가 대답했다.

"네, 우선 저 혼자."

"가족은 나중에 오시는군요."

"네."

"언제부터 근무하십니까?"

"다음 주부터요."

머리를 끄덕인 김광도가 입을 열었다가 닫았다. 더 묻고 싶었지만 참은 것이다. 미인이라고 다 끌리는 것이 아니다. 주변과 자신의 상황에 따라서 달라지겠지만 전생(前生)의 인연이 있었던 것처럼 끌리는 상대가 있는 것이다. 숨을 들이켠 김광도가 통로 건너편에 앉은 고영일에게 머리를 돌렸다.

"유 실장께 고맙다는 인사는 드려야 할 것 같은데."

"도착해서 하시지요."

고영일이 낮은 목소리로 말했다. 오후 4시 반이다. 한랜드 시간은 오후 6시 반이 되어 있었으니 도착하면 밤이다.

"내일 아침에나 해야겠군."

혼잣소리처럼 말한 김광도가 상체를 바로 세웠을 때다. 조금 전 앞좌석에서 뒤쪽 화장실로 갔던 사내 하나가 돌아오더니 김광도 옆쪽에서 주춤거렸다. 고영일이 먼저 말을 걸려고 했지만 사내가 빨랐다. 김광도를 향해 허리를 꺾어서 절을 했다. 50대쯤의 사내다.

"회장님, 저 유라시아 중학교 교장인 이운혁이라고 합니다."

"아아, 예."

당황한 김광도의 왼쪽 볼이 굳어진 느낌을 받는다. 왼쪽에 앉은 여자 때문이다. 사내가 김광도를 향해 다시 열심히 말을 이었다.

"두 달 전에 발령을 받고 근무하고 있습니다. 이렇게 인사를 드릴 기회가 있어서 기쁩니다."

"저도 반갑습니다."

김광도도 어쩔 수 없이 말을 받았다.

"출장을 다녀오시는 모양이군요."

"저는 이번에 대마도 원정군에 차출된 제 동생을 면회하고 돌아가는 길입니다, 회장님."

"아, 그러세요?"

"그것보다 회장님 형님분이 이번에 무사히 풀려나오셔서 다행입니다. 축하드립니다."

"감사합니다."

오가는 사람들로 통로가 막혀 있었으므로 마침내 중학교 교장 이운혁이 정중하게 인사를 하고 올라갔다. 김광도가 심호흡을 했을 때 고영일이 위로하듯 말했다.

"유라시아 가족이 이제 3만 명이 넘습니다, 회장님."

쓴웃음을 지은 김광도가 머리만 끄덕였고 고영일이 말을 이었다.

"그래도 저 교장 선생은 회장님을 알아보는군요."

이제는 왼쪽 볼이 근질거리는 것 같았으므로 김광도가 손바닥으로 쓸었다. 고영일이 좌석에 등을 붙이고 바로 앉았을 때 왼쪽 여자가 움직이는 기척이 느껴졌다.

"회장님이세요?"

여자의 목소리는 낮고 말끝이 떨렸다. 숨을 들이켠 김광도가 여자를 보았다.

"내가 거북하게 만들어 드린 것 같네요."

"아녜요."

여자의 얼굴이 처음보다 더 빨개졌다. 아름답다. 이렇게 가슴에 와 닿는 여자가 있을 줄이야. 김광도의 가슴은 감사하는 마음으로 가득 찼다, 이 우연을 만들어준 모든 이에게, 조금 전 인사를 해서 여자에게 자신을 알려준 교장 선생에게도. 김광도가 여자에게 물었다.

"한랜드에 도착해서 식사나 할까요?"

"대통령은 국가의 얼굴이오."

서동수가 정색하고 김동일에게 말했다.

대동강 변의 연방 대통령 관저 안, 오늘도 북한 총리 김동일이 서동수를 찾아와 함께 저녁을 먹고 서울산 소주를 마시는 중이다. 오후 8시 반, 관저 베란다 창밖으로 대동강 건너편의 평양 시가지 야경이 눈부시다. 소주잔을 든 서동수가 말을 이었다.

"무시당하면 안 됩니다. 그럴 기색이 보이면 목숨을 버려서라도 국가의 체면을 세워야 됩니다."

김동일이 잠자코 서동수를 응시했다. 이제 서동수는 김동일에게 '형님'을 지나 '스승'과 같은 존재다. 진심으로 따르고 있다는 것이 눈빛에서도 드러난다. 피하지 않고 강한 것도 아닌 김동일의 시선은 서동수에게 빨려드는 것 같다. 서동수가 한입에 소주를 삼키고는 긴 숨을 뱉었다.

"난 어쩌다가 대통령이 되었어요."

김동일은 듣기만 한다. 맞장구도 치지 않는다.

"아주 말도 못할 잡놈, 머릿속이 빈 놈, 두 마디 이상 긴말은 해본 적이 없는 두서없는 놈, 인문학 소양이란 쥐뿔도 없는 놈이라는 말도 들었지요."

"……."

"맞아요."

서동수의 얼굴에 웃음이 떠올랐다.

"난 책을 거의 읽지 않았으니까, TV를 보면 공부가 돼요. 어떤 때는 현대 감각이 있다는 칭송까지 듣게 되더라니까."

"……."

"그렇게 해서 자신의 무지를 속일 수는 없어요. 그래서 나는 대통령이 되고 나서 맹렬하게 노력했지. 그야말로 목숨을 걸고, 목숨을 버릴 각오를 하고 말이오."

서동수의 얼굴이 딱딱하게 굳어졌다.

"난 지금이라도 국격(國格)을 위해서는 목숨을 버릴 각오가 되어 있습니다, 김 총리."

"……."

"타국(他國)에서 대한민국 대통령인 나를 무시한다면, 대통령인 내가 무시당할 짓을 했다면 난 스스로 목숨을 끊을 거요."

"……."

"그래서 국격을 세울 거요. 그것이 국민께 보답하는 길이라고 믿어요."

"그걸 느끼지 못하는 지도자도 있을지 모릅니다, 대통령 각하."

김동일이 정색하고 말을 이었다.

"바로 제가 그렇습니다. 그럴 때는 어떻게 해야 됩니까?"

"수시로 측근, 각료, 원로, 야당, 적(敵)의 말을 듣도록 해야 합니다. 소신은 분명하게 지니되 다 들어주세요."

"예, 각하."

"죽을 각오로 대통령 직을 수행하면 어떤 일도 다 감내할 수가 있는 법입니다."

"예, 각하."

"대통령 직을 누리려고 했던 대통령 대부분은 말로가 비참해졌지요."

다시 술잔을 든 서동수가 김동일을 보았다. 오늘 대마도 정벌에 대한 회의를 하고 나서 다시 둘은 만난 것이다.

"가장 나쁜 대통령이 누군지 아시오?"

"모릅니다, 각하."

"국민에게 부끄러움을 주는 대통령일 것이오."

"그렇군요."

"그보다 더욱 나쁜 대통령은 그것을 의식하지 못하거나 끝까지 부정하는 대통령일 것입니다."

"그런 대통령을 뽑은 국민이 문제 아닙니까?"

김동일이 묻자 서동수가 쓰게 웃었다.

"속임수에 넘어간 것이지만 다 속일 수는 없지요. 그것도 나라의 운(運)일지도 모릅니다."

오늘은 김동일과 대통령 이야기를 했다.

"하긴 100년, 200년 대통령을 하는 것도 아니고 5년, 길면 10년이야."

돌아가는 차 안에서 김동일이 앞좌석에 앉은 비서실장 박경수에게 말했다.

"10년 후에는 돌아갈 텐데 기를 쓰고 대통령이 되려는 이유는 무엇이라고 생각하나?"

"예, 그것은……."

박경수가 어깨를 부풀렸다가 내렸다. 김동일 앞에서 국가와 민족에 대한 애국심, 봉사, 조국의 미래에 대한 사명감, 참된 정치 체제 확립 등등을 연설한다면 듣지도 않을 것이다. 차라리 최고의 위치에 올라 다만 5년이라도 소신껏 국정을 운영해 본다는 것, 그리고 역사에 기록되고 싶다는 표현이 낫겠다. 그때 김동일이 혼잣소리처럼 말했다.

"각하께서 말씀하셨어. 목숨을 걸고 대통령 직을 수행해야 한다고 말이야."

숨을 죽인 박경수가 귀만 세웠고 김동일의 말이 이어졌다.

"그렇지. 죽을 용기가 있어야 돼."

"예?"

놀란 박경수가 머리를 돌렸고 김동일의 말이 이어졌다.

"대통령의 명예가 더럽혀졌다고 느껴졌을 때 몸을 던지는 용기."

"……."

"누구는 굴욕을 견디고 끝까지 버티는 것이 진정한 용기라고 하지만 그것은 비겁자의 변명이야."

김동일의 눈빛이 강해졌다.

"적어도 대통령이라면 말이다."

"……."

"대통령은 죽음으로 사죄해야 해. 각하께서도 그럴 각오이시고 나도 따르겠다."

"총리 각하."

박경수가 어깨를 부풀리며 말했다. 이쪽도 결사적인 분위기다.

"각하께서는 북남한의 통일과 한랜드로 이어지는 대한민국 건설에 가장 큰 공을 세운 분이십니다."

"그렇게 하지 않았다면 북조선 인민은 이미 다 굶어 죽었어."

"각하의 영명하심이 신의주특구에서 한랜드로 이어지는 한민족의 기세를 일으킨 것입니다."

"달다."

"예?"

"동무 말이 달콤하게 들린다."

한숨을 쉰 김동일이 말을 이었다.

"동무 말만 듣다가는 대통령 각하 말씀대로 내가 비참한 말로를 맞을 가능성이 많아."

숨을 죽인 박경수가 시선을 내렸고 김동일의 말이 이어졌다.

"내일 부산으로 갈 테니까 준비하라우."

"예, 각하."

예정보다 하루 빠르다. 오늘 대마도 수복 회의에서 김동일이 부산에서 지휘하기로 결정됐기 때문이다. 이미 전선(戰船)과 병력은 대기 중이었고 출동 시간만 정해지지 않았다. 이것은 대일(對日) 선전포고나 같다.

그때 김동일이 박경수의 뒷머리에 대고 말했다.

"이봐, 이번 대마도 수복은 내 대통령 자질에 대한 평가야."

박경수는 감히 머리도 돌리지 못했고 김동일의 말이 이어졌다.

"대통령 각하께서는 나에게 전권을 맡기시면서 차기(次期)에 대한 검증을 하시려는 거야."

"……."

"지금 대한민국 전 국민이 나를 주시하고 있어."

어느덧 김동일의 목소리는 열기에 차 있었고 눈빛이 강해졌다.

"그래서 나한테 오늘 그런 충고도 해 주신 것이지. 대통령의 명예, 생애까지 말이야."

이곳은 평양. 시가지는 휘황찬란하다. 소주잔을 든 김광도가 윤가영을 보았다. 한시티 중심부에 위치한 식당 안이다. 둘은 갈비 정식으로 저녁을 먹고 나서 소주를 마시고 있다. 오후 9시 반, 비행기에서 내리고 나서 바로 이곳에 온 것이다.

"기숙사 들어가기에는 늦었으니까 오늘밤은 내가 재워줄게."

김광도는 이제 반말을 했고 윤가영도 자연스럽게 받아들인다. 소주를 한 모금 삼킨 김광도가 윤가영을 보았다. 아름답다. 술기운이 번진 김광도의 머릿속이 후끈거렸고 심장 박동이 빨라졌다.

"괜찮아?"

김광도가 확인하듯 묻자 윤가영이 머리를 끄덕였다.

"네, 그럴게요."

"짐은 차에 실려 있으니까 내일 그대로 가져가면 돼."

"네, 회장님."

"내가 이런 말 하는 게 좀 어색하지만 내키지 않는다면 지금 가도 돼. 내가 기숙사에 연락해줄 테니까."

"아녜요."

윤가영의 얼굴에 희미하게 웃음이 떠올랐다. 소주를 한 병쯤 마신 윤가영의 얼굴도 조금 달아올라 있다.

"저도 이런 우연을 놓치고 싶지 않아요."

"그래?"

"솔직히 전 너무 막막했고 두려웠어요."

윤가영의 두 눈이 반짝였다. 눈동자가 똑바로 김광도를 향하고 있다. 25세. 일산의 중학교에서 임시교사로 6개월 일하다가 그만두고 1년 동안을 아르바이트생으로 살았다. 그러다 이번 유라시아 중학교원으로 채용됐다. 경쟁률이 5 대 1이나 되어서 처음에는 기뻤다가 떠날 시간이 다가오면서 불안해졌다. 희망의 땅, 대한민국의 새 에너지를 분출하는 땅이었지만 자신이 마치 적진으로 돌격하는 병사 같은 느낌이 들 정도였다. 그런데 유라시아그룹 회장을 만난 것이다.

"좋아, 그럼 시간은 많으니까 우리, 장소를 옮겨볼까?"

"어디로요?"

"내 클럽으로 가지, 클럽 이야기 들어봤지?"

"그럼요, 모르는 사람이 있겠어요?"

"거기 가서 술 한 잔 더 마시고 놀자. 지금 가면 쇼도 볼 수 있어."

김광도의 얼굴이 밝아졌고 목소리가 들떴다. 오늘은 형 김명도가 석방된 날이다. 목에 걸린 가시가 빠진 것 같다. 계산을 마친 김광도가 윤가영과 함께 가까운 유라시아클럽 특실로 들어가 앉을 때까지는 30분도 안 걸렸다. 클럽 분위기에 감동한 윤가영이 주위를 둘러보며 말했다.

"소문보다 더 크고 화려해요."

그리고 손님도 많다. 요즘은 미국과 유럽의 단체 관광객이 쏟아져 들어오고 있다. 한랜드의 주 수입원은 관광과 유흥, 도박이다. 온갖 관광 상품이 개발되었는데 김광도의 유라시아클럽이 그 선두주자다. 술과 안주가 놓였고 방안에 둘이 남았을 때 김광도가 옆에 앉은 윤가영의 허리를 당겨 안으면서 말했다.

"넌 솔직해서 좋아. 내가 고맙다."

"이런 기회를 놓칠 수가 있나요?"

웃음 띤 얼굴로 윤가영이 머리를 김광도의 어깨에 기대었다.

"유라시아 회장님 파트너가 되다니요?"

"여자가 다 너 같지는 않아."

"그렇겠죠."

김광도가 윤가영의 턱을 손끝으로 들어 올리고는 가볍게 입을 맞췄다. 입에서 연한 박하 향이 났다. 윤가영이 몸을 더 붙이면서 말했다.

"하지만 거부할 사람은 거의 없을걸요."

첫인상과는 전혀 다른 여자가 되어 있다.

"이게 도대체 말이나 되는 일입니까? 대통령 각하."

아베의 목소리가 높아졌다.

"아니, 21세기에, 이런 날강도 같은 행태가 일어날 수가 있단 말입니까?"

밤 11시, 도쿄 시간이다. 워싱턴은 오전 9시, 아베는 트럼프가 출근할 시간에 맞춰 통화 요청을 한 것이다. 트럼프가 가만있었으므로 아베는 쏟아붓듯 말을 이었다.

"한국은 부산 앞바다를 어선들로 뒤덮어 시위하더니 집결한 군인들을 계속 TV로 비추고 있습니다. 우리를 위협하는 거지요. 전쟁을 하겠다는 겁니다. 선전 포고도 없이 침략을 하겠다는 겁니다!"

"……."

"우리가 먼저 총 한 방이라도 쏘기를 기다린다는 보고도 받았습니다, 각하."

"그럼 안 되지요."

마침내 수화구에서 트럼프의 목소리가 울렸다. 스피커로 연결되어 있어서 총리 집무실에 앉아 있던 아소 부총리와 이나다 방위상, 정보실장 도쿠가와가 제각기 긴장했다. 그때 트럼프가 말을 이었다.

"그럼 한국 측 작전에 말려드는 겁니다, 총리 각하."

"대통령 각하, 한국은 지금 도발하고 있습니다. 이대로 놔둘 수는 없지 않겠습니까? 국민은 전쟁을 예상하고 있단 말씀입니다."

다시 트럼프가 침묵했고 아베의 목소리가 높아졌다.

"북한군 장성 하나는 어제 전쟁이 일어나면 핵을 써야 하지 않느냐고 말했습니다. 알고 계시지요?"

"들었습니다."

"그럴 수가 있는 겁니까?"

"……."

"모두 서동수가 만든 계획적 도발입니다, 대통령 각하."

"……."

"우리는 동맹국 미국이 대한민국에 강력한 경고를 해주기를 바라고 있습니다."

"……."

"이건 예전의 북한보다 더 저질인 불량 국가가 탄생한 것입니다."

"……."

"김동일이 내일 부산으로 내려오면 곧 대마도를 침공할 것이라고 합니다."

"……."

"그때는 부산에 집결한 50만 병력 중 30만은 수장될 것입니다."

매일 수많은 통계를 수없이 많은 조사 기관에서 보도하고 있다. 그것이 수많은 언론기관을 통해 발표되는 바람에 한·일 양측 국민은 전쟁이 일어났을 때부터 라면값의 시간별 동향까지 알 수 있을 정도다.

아베가 호흡을 조정했다. 한국군 30만을 수장시킨다는 통계도 나왔다. 그러나 대마도는 결국 점령된다. 대마도를 점령한 여세를 몰아 이키섬까지 한국군이 진출할 가능성은 96%, 거기서 규슈 본토까지 온다는 통계가 88%다. 거기까지 걸리는 시간은 36시간에서 52시간, 한국의 어느 조사기관은 일본 전역을 석권하는 데 걸리는 시간을 6일로 잡았다. 144시간이다. 자위대는 항복하고 일본 각 지자체는 '전쟁중지' 성명을 발표하며 '한·일 합방' 조약에 서명한다는 것이다. 아베도 많이 들어본 말이다. 그때 트럼프가 헛기침을 했다.

"총리 각하, 절대로 먼저 공격하면 안 됩니다. 알고 계시지요?"

"예, 하지만 지금 분위기가……."

"우리가 노력하고 있으니까 기다려 보시지요, 총리 각하."

"미국만 믿습니다, 대통령 각하."

"그럼 이만……."

통화가 끊겼을 때 아베가 혼잣말을 했다.

"우리가 어쩌다가 이렇게 되었지?"

"내가 취했어."

응접실로 들어선 김광도가 재킷을 벗어 던지면서 말했다.

"넌 아무데서나 자."

셔츠와 바지를 벗으면서 김광도가 안쪽 침실로 다가간다. 이곳은 클럽 소속의 별장, 밤 11시 반이 되어가고 있다. 클럽에서 곧장 별장으로 온 것이다. 침대로 다가간 김광도가 이제는 내의까지 벗어 던지고 나서 팬티 차림이 되었다. 별장에는 침실이 3개나 있다. 김광도가 응접실 쪽을 향해 소리쳤다.

"나, 술 많이 마셨어. 잘 자."

과연 그렇다. 소주를 두 병쯤 마신 데다 위스키를 한 병 혼자 마시다시피 한 것이다. 술기운이 퍼지면 몸이 늘어진다. 악착같이 성욕을 일으키는 성격도 아니어서 김광도는 침대에 누웠다. 그때 앞쪽에서 인기척이 났다. 윤가영이다. 흩어진 김광도의 옷가지를 주워온 윤가영이 옆쪽 의자에 놓더니 잠자코 옷을 벗기 시작했다. 숨을 들이켠 김광도가 윤가영에게 물었다.

"너, 뭐하는 거야?"

"술 마시면 안 돼요?"

윤가영이 바지부터 벗어 의자에 올려놓으면서 물었다.

"뭐가 안 돼?"

"안 서느냐고요."

"이런."

윤가영은 정색하고 물었지만 김광도는 풀썩 웃었다. 술이 절반쯤은 깬 것 같다.

"너, 하려고?"

상대방의 수준에 맞춰 물었더니 재킷을 벗어 놓으면서 윤가영이 커다랗게 머리를 끄덕였다.

"해요."

"하고 싶어?"

"하고 싶어요."

그 사이에 윤가영이 내복 바지를 벗었으므로 미끈한 하체가 드러났다. 흰 피부는 윤기가 난다. 모공이 좁은 대리석 같은 피부는 한국인에게만 있는 것 같다.

"너, 잘해?"

김광도는 입안이 마른 느낌이 들었으므로 침을 모아 삼켰다.

"좋아해요."

거침없이 대답한 윤가영이 이제 팬티를 벗었으므로 짙은 숲과 선홍빛 골짜기도 드러났다. 바로 1m쯤 앞이어서 동굴 위쪽 소음순까지 선명했다. 그때 브래지어까지 푼 윤가영이 김광도를 보았다. 시선이 김광도의 팬티로 옮겨가 있다.

"섰네."

그 사이에 김광도의 남성이 곤두서 있었던 것이다.

"그렇구나."

겨우 김광도가 말했을 때 침대 위로 오른 윤가영이 팬티를 끌어당겨 벗겼다.

"입으로 해드려요?"

"좋아하면 해."

순간 윤가영이 김광도의 아래쪽에 엎드리더니 남성을 입에 물었다. 김광도는 윤가영의 커다랗게 벌린 입과 크게 뜬 눈을 보았다.

"으음."

김광도가 신음했다. 술기운으로 무디어져 있었지만 성기에 전해진 감촉에 온몸에서 소름이 돋았다. 성기를 감싼 뜨거운 뱀이 꿈틀거리고 있다. 김광도가 손을 뻗어 윤가영의 머리칼을 움켜쥐었다. 머리칼이 헝클어진 윤가영이 두 손으로 김광도의 성기를 감싸 쥐면서 머리가 거칠게 움직였다.

"그만."

마침내 김광도가 소리치자 윤가영이 금방 머리를 들더니 헐떡이며 말했다.

"그냥 넣어줘요."

옆쪽에 누우면서 윤가영이 서둘렀다.

"빨리요, 세게 해줘요."

푸틴이 트럼프의 전화를 받았을 때는 오후 6시, 워싱턴은 오전 11시다. 트럼프는 아베의 전화를 받고 2시간 후에 전화를 한 셈이다.

"블라디미르 블라디미로비치 각하."

트럼프가 정중하게 불렀다.

"말씀드렸지만 한·일 문제를 우리가 조정해야 할 것 같습니다."

"존경하는 도널드 트럼프 각하."

푸틴의 목소리도 정중했다.

"심각한 상황입니다. 걱정이 많으실 것 같습니다."

푸틴이 옆에 앉은 메드베데프 총리와 비서실장 네프스키를 훑어보며 쓴웃음을 지어 보였다. 그때 트럼프도 옆에 앉은 안보수석 레빈스키와 국무장관 존슨, 비서실장 서렌든을 향해 입술을 비틀어 웃고 나서 말했다.

"블라디미르 블라디미로비치 각하께서 한국 측에 경고를 해주시지요. 제가 일본 아베 총리를 맡을 테니까요."

"무슨 말씀인지 알겠습니다, 각하."

푸틴이 말을 이었다.

"하지만 각하께서도 잘 아시겠지만 한국이 제 말을 잘 듣지를 않아요. 막무가내로 나가고 있습니다."

"이러다가는 일본이 중국과 연계할지도 모릅니다, 각하."

마침내 트럼프가 본론을 터뜨렸다. 지금 이 통화는 중국은 물론이고 일본, 대한민국, 유럽 각국이 도청한다고 봐야 한다. 미국만 도청 기술이 발달한 것이 아닌 것이다. 쥐, 소도 다 듣는다. 트럼프가 말을 이었다.

"미국과 러시아가 밀착해서 대한민국을 제3세계로 키워 중국을 견제한다는 소문이 퍼져 있지 않습니까? 그런 오해가 증폭될 수도 있습니다, 각하."

"다 저한테 불리하면 온갖 소문을 내고 오해를 하기 마련이지요, 각하."

푸틴이 위로하듯 말했다.

"솔직히 중국이 1980년대부터 지금까지 얼마나 미국의 도움을 받았습니까? 미국이 돕지 않았다면 지금 중국이 세계 양강(兩强)이라면서 어깨를 펴고 다니지 못할 겁니다."

트럼프는 가만있었고 푸틴의 말이 이어졌다.

"그것이 우리 러시아의 전신(前身)인 소비에트 연방을 견제하기 위해서라고 온갖 소문이 다 났지만 어디 우리가 미국 측에 항의라도 했던가요?"

"그, 그렇죠."

"세상이 변하면 그 세상에 순응해야 한다고 믿습니다, 도널드 트럼프 각하."

"지당하신 말씀입니다, 블라디미르 블라디미로비치 각하."

"일본도 이제는 무임승차를 그만 해야지요, 도널드 트럼프 각하."

숨만 쉬는 트럼프를 향해 푸틴이 말을 이었다.

"일본은 미국에 업혀 중국보다 더 긴 70년을 보냈지 않습니까? 우리 러시아를, 이어서 중국의 태평양 진출을 막는 방어선 역할을 맡기면서 말입니다."

"……."

"전범국으로 배상도 제대로 안 하고는 지금은 전범 책임도 부인하고 야스쿠니 신사를 총리가 참배하는 상황이 되었지 않습니까?"

"……."

"각하께서도 아시겠지만 전(全) 세계에서 이제야 일본이 패전국, 약소국의 아픔을 실감하게 되는 경험을 갖게 될 것이라고 생각하는 사람들이 많습니다."

그때 트럼프가 송화구를 손바닥으로 막더니 방안 측근들에게 말했다.

"푸틴이 말을 아주 잘해."

그 시간에 푸틴도 송화구를 막고 말했다.

"트럼프가 바라는 말이야, 이제."

"또?"

놀란 듯 윤가영이 눈을 크게 떴지만 곧 팔을 들어 김광도의 허리를 감싸 안았다. 두 다리가 적당히 펼쳐지면서 무릎은 옆으로 굽혀졌다. 김광도가 상반신을 세우고는 윤가영을 내려다보았다. 지금 남성은 윤가영의 골짜기에 붙어 있다.

"너, 왜 거짓말했어?"

그 자세로 김광도가 묻자 윤가영의 눈동자에 초점이 잡혔다.

"뭐가요?"

"섹스 잘한다는 말."

"내가요?"

윤가영이 눈웃음을 쳤다. 허리를 들어 올려 남성을 받아들이려는 몸짓을 했지만 미끄러졌다.

"내가 잘한다고 했어요? 좋아한다고 했는데."

"그게 그거지. 좋아하면 잘하게 되는 거다. 그런데 넌 서툴러."

"그래서 안 좋아요?"

윤가영이 이제는 정조준을 해서 허리를 들어 올리는 바람에 남성이 들어갔다. 그러나 김광도가 허리를 들어서 들어가다가 말았다.

"아이, 참."

윤가영이 눈을 흘겼다. 오전 3시 반, 잠깐 잠이 들었던 둘이 눈을 뜨고 다시 엉킨 참이다.

"빨리요."

윤가영이 김광도의 엉덩이를 움켜쥐었다. 이미 윤가영의 골짜기에서는 애액이 흘러나오고 있다. 분비량이 많은 체질이다. 그리고 쉽게 절정에 오르고 반응이 큰 편인데 또한 서툴고 수줍음이 많아서 자꾸 리듬이 깨진다. 경험이 많지 않다는 증거다. 그것이 김광도의 마음에 들었으므로 지금 세 번째 엉키고 있다. 김광도가 남성 위치를 잡고 나서 곧장 진입했으므로 윤가영이 턱을 추켜올리며 신음했다. 거침없는 탄성이다.

"아이고, 엄마."

김광도는 남성을 압박하는 탄력에 감동한다. 만나는 여자는 모두 새롭다. 지금 집에서 기다리는 장현주도 마찬가지다. 윤가영이 금방 절정으로 오르고 있어서 김광도는 상반신을 세웠다.

"뒤로 돌아."

이제는 윤가영이 고분고분 몸을 돌리더니 침대 위에 납작 엎드렸다. 엉덩이를 치켜들었고 가슴은 침대에 딱 붙인 자세다. 두 팔을 앞으로 쭉 뻗은 채 무릎을 꿇은 다리를 벌렸다. 뒤에 붙은 김광도가 먼저 윤가영의 등을 두 손바닥으로 부드럽게 쓸어내렸다. 그러고는 둥근 엉덩이를 손바닥으로 세게 치자 명쾌한 소리가 났다. 금방 엉덩이에 붉은 손바닥 자국이 드러났고 윤가영이 엉덩이를 흔들었다. 그 순간 김광도의 남성이 깊게 진입했다.

"아아유."

앞으로 뻗은 윤가영의 두 손이 침대 시트를 움켜쥐었다. 손등의 정맥이 튀어나왔고 한쪽 볼을 침대에 붙인 머리가 번쩍 들렸다가 내려왔다. 김광도는 거칠게 움직이기 시작했다. 윤가영의 골짜기는 조금 앞쪽이어서 후배위 자세일 때 깊게 삽입된다. 진입 각도가 높기 때문에 마찰도 더 강해지는 것이다.

"아이고, 나 죽어."

윤가영이 얼굴을 비비면서 소리쳤다. 어지럽게 헝클어진 머리칼이 볼과 입술까지 덮여 있다. 김광도의 움직임이 더 거칠어졌고 윤가영의 비명도 더 높아졌다. 이윽고 윤가영이 절정으로 오르기 시작했다. 어느

덧 김광도의 몸놀림에 익숙해져서 리듬이 맞는다. 이제는 좋아하면서 잘하는 몸이 되었다. 그때 윤가영이 또 폭발했고 김광도도 함께 터졌다. 만족한 폭발이다. 김광도가 윤가영의 등에 키스했다.

일요일 오전 10시, 평양 대동강 변의 대한민국 대통령관저 응접실, 벽 쪽에 장착된 대형 TV를 중심으로 대통령 서동수와 10여 명의 고위층 측근이 둘러앉았다. 그중 서너 명은 북한 측 인사다. 이윽고 화면에 김동일이 비쳤으므로 방안이 조용해졌다. '대마도 수복군 총사령관'이라는 긴 직함을 가진 '김동일 북한 총리'가 지금 부산에서 합동 기자회견을 시작한 것이다. 기자회견 명칭은 '출정보고' 회견이다. 김동일은 5년쯤 전부터 서동수의 권고를 받아 맹렬하게 다이어트와 운동을 계속 해왔기 때문에 지금은 체중 90kg의 날씬한 체격에 수려한 용모의 지도자가 되어있다. 최근에 중국 네티즌 200만 명이 투표한 '핸섬한 세계 지도자'에서 김동일이 1위를 차지하기도 했다. 서동수는 9위였다. 그때 화면에서 사회자의 인사말이 끝나고 곧 김동일의 얼굴이 비쳤다. 어깨를 부풀린 김동일이 차분한 표정으로 입을 열었다.

"대마도 수복군 52만5000명은 출동 준비를 마치고 이제 명령만 기다리고 있습니다. 나는 수복군 총사령관으로서 대마도 수복을 위하여 목숨을 바칠 것입니다."

김동일의 눈빛이 강해졌다.

"대한민국 대통령 각하의 명령을 받은 즉시 수복군은 대마도로 진입합니다. 대한민국은 빼앗겼던 영토를 회복하는 것입니다."

김동일의 목소리에 열기가 띠어졌다.

"나는 수복군 총사령관으로서 지금이라도 일본군이 대마도에서 철수해주기를 바라마지 않습니다. 총사령관 직권으로 일본군이 철수 일정만 밝혀준다면 진입을 연기할 수도 있습니다.”

어깨를 편 김동일이 똑바로 이쪽을 노려보았다.

“지금부터 5일, 120시간의 여유를 드립니다. 일본 정부의 성실한 답변을 기다립니다.”

오늘 ‘출정보고’의 요점은 이것이다. 일본 측에 결정할 시간을 준 것이다. 5일이다. 김동일이 발표를 마쳤을 때 기자들이 벌떼처럼 엉키더니 질문 소리가 벌통 안 같았다. 먼저 지명된 CNN 기자가 소리쳐 물었다.

“5일이 지나면 공격할 겁니까?”

“수복해야지요.”

간단하게 대답한 김동일이 다른 기자를 지명했다. 이번에는 문화일보 기자다.

“일본에서는 이것이 쇼라는 소문이 퍼져 있습니다. 정치권에서도 그렇게 주장하고 있고요. 어떻게 생각하십니까?”

그때 김동일이 빙그레 웃었다.

“400여 년 전에 우리 조상들도 그런 실수를 했었지요. 일본이 대군을 준비하고 있는데도 국론이 분열되어 있었습니다. 그러다가 7년 동안 국토를 유린당했지요.”

그때 화면에서 시선을 뗀 서동수가 주위를 둘러보며 말했다.

“김 총리가 순발력이 뛰어나.”

그 말을 들은 북한 측 고위관리들이 제각기 어깨를 추켜올리거나 콧구멍이 커졌다. 서동수가 다시 머리를 끄덕였다.

"임진왜란과 비유하다니, 절묘하군."

기자회견이 끝났을 때 서동수가 둘러앉은 측근들에게 말했다.

"전(前)에 어떤 분이 이런 말씀을 하셨어요. 한반도가 세계 최강 4개국에 둘러싸인 최악 조건의 반도라고 말이야."

모두 숨을 죽였다. 그렇다. 미국과 러시아, 중국과 일본, 이들은 모두 사자나 곰, 독수리나 뱀이다. 그래서 조선 시대부터 '밥'이 되어왔지 않은가? 서동수의 말이 이어졌다.

"그런 상황에서도 당파 싸움이나 하고 권력 투쟁으로 날을 세웠던 시대가 있었어."

그러나 지금은 어떤가? 제3제국을 만들고 있다. 이렇게 '출정보고'를 하면서.

"이건 내 생각인데."

서동수가 앞쪽에 앉은 유병선과 안종관, 하선옥을 번갈아 보면서 말했다. 베이징으로 날아가는 전용기 안이다. 오후 2시 반, 평양을 떠난 전용기는 지금 황해 상공에 떠 있다. 서동수가 말을 이었다.

"권위는 용기를 바탕으로 삼고, 용기는 자신감이 있어야 하겠지. 그리고……."

서동수의 얼굴에 웃음이 떠올랐다.

"그 자신감은 결국 다 버릴 수 있다는 희생정신이 따라야 하겠더군."

"공감이 갑니다."

유병선이 머리를 끄덕이더니 덧붙였다.

"각하께서 용기 있는 분이란 것은 세상 사람들이 다 압니다."

"오랜만에 듣는 칭찬이야."

서동수가 만족한 표정으로 의자에 등을 붙였다.

"권위는 자연스럽게 배어 나와야만 해. 난 그 경지에 닿으려면 멀었어."

모두 입을 다물었고 서동수의 말이 이어졌다.

"천박하고 절제하지 못하며, 물욕이 강한 데다 난잡한 여자관계로 얻은 점수를 다 까먹었지."

"그것이 오히려 장점으로 부각됐지 않습니까?"

안종관이 입을 열었다.

"정직하게 드러내신 그 용기가 결점을 상쇄시켰습니다, 각하."

이것은 모두 지난번 선거를 치르면서 여러 학자와 온갖 조사기관들이 연구하고 조사한 자료에서 나온 말이다. 그렇다. 서동수의 최대 장점은 정직함이다. 다 드러내고 심판받았다. 정직이 가장 기본이 되었고 이것이 대통령 서동수의 바탕이다. 그때 서동수의 시선이 하선옥에게 옮겨졌다.

"시 주석에게 드릴 선물 준비는 되었지?"

"예, 각하."

하선옥이 서동수의 가슴께에 시선을 준 채 대답했다. 둘만 있을 때는 눈을 똑바로 뜨는데 여럿이 있을 때는 이런다. 머리를 끄덕인 서동수의 눈짓을 받은 유병선이 자리에서 일어서자 모두 따른다. 오늘 베이징 방문은 시진핑의 초청을 받은 정상회담이지만 비공식이다. 이번 '대마도 수복' 사건에 대해서 중국 측이 조정을 하려는 것이라고 각국의 언론들이 추측하고 있다.

오후 6시, 베이징 이화원 근처의 안가(安家)에서 시진핑이 서동수를 맞는다. 시진핑의 둥근 얼굴이 웃음으로 활짝 펴졌다.

"어서 오십시오, 각하."

서동수의 손을 잡은 시진핑의 목소리도 은근했다. 시진핑은 총리 저커장과 산둥성 당서기 리정산, 주석실 비서 왕원까지 대동하고 있다. 곧 안쪽 회의실로 들어간 양측은 장방형 테이블에 둘러앉았다. 서동수 측은 비서실장 유병선, 안보특보 안종관, 홍보수석 하선옥에 연방 국방장관 강동필과 외교장관 유춘식이 배석했다.

"동북아에 그야말로 전운(戰雲)이 덮여 있습니다, 각하."

시진핑이 먼저 웃음 띤 얼굴로 말했다.

"전 세계가 동북아를 주시하고 있군요."

"심려를 끼쳐 죄송합니다, 각하."

서동수도 정중하게 사과했다.

"천년 우방인 중국을 걱정시켜 드리고 있습니다."

양측 배석자들은 모두 웃음 띤 얼굴로 두 정상의 대화를 듣고 있었지만 몸은 굳어 있다. 이번 대마도 사건에서 미국은 일본을 맡았고 중국은 대한민국을 맡았다. 러시아는 빠졌다. 미·중 양국 정부가 러시아도 대한민국을 설득하라고 요청했지만 푸틴은 거부했다. 그때 서동수가 말을 이었다.

"주석 각하께 선물을 가져왔습니다."

시진핑이 눈만 크게 떴을 때 서동수 측의 하선옥이 일어나 포장지에 싼 상자를 주석실 비서 왕원 앞에 놓았다. 그때 서동수가 말했다.

"난징(南京) 대학살 사건에 대한 다큐멘터리 필름입니다. 대한민국 영화사에서 제작한 것인데 꽤 오랫동안 정성을 들여서 만들었습니다."

숨을 들이마신 시진핑이 지그시 앞에 놓인 상자를 보았다. 물론 선물을 가져온다는 보고는 받았다. 국가 간 정상회담 자리에서 뜬금없이 뭘 내놓을 수는 없는 노릇이니까. 그런데 난징 대학살 다큐멘터리 제작 필름이라니, 시진핑 주위의 저커장, 리정산 등도 숨을 죽이고 있다. 난징 대학살, 1937년 12월 13일부터 1938년 2월에 걸쳐 발생했던 학살이다. 당시 중·일 전쟁에서 중화민국의 수도 난징을 점령한 일본군은 주민 30만 명을 학살했다. 1939년 4월부터는 일본군 1644부대가 주둔해 중국인들을 상대로 생체 실험을 했다. 일본은 지금도 그 학살이 터무니없다고 부정하고 있다. 이윽고 시진핑이 서동수를 향해 머리를 숙였다.

"고맙습니다. 잘 보겠습니다."

시진핑이 굳어진 얼굴로 말을 이었다.

"갑자기 할 말이 떠오르지 않는군요."

"난징 대학살이 일어나기 14년 전에도 대학살이 일어났지요."

불쑥 서동수가 말했으므로 모두의 시선이 모였다. 서동수가 유창한 중국어로 말을 이었다.

"1923년 9월 1일에 일본에서 대지진이 일어났습니다. 간토(關東) 대지진이라고, 들어 보셨지요?"

"아, 압니다."

시진핑이 머리를 끄덕였다.

"도쿄에서 일어난 대지진이었지요."

"그 지진에서 10만여 명이 사망했고 3만7000여 명이 실종되었습니다."

이제 시진핑은 머리만 끄덕였고 서동수의 말이 이어졌다.

"그 당시 간토 지역에는 조선인 거주자가 많았습니다. 그곳이 인구 밀집 지역이어서 가난한 조선인 노동자들이 몰려 있었거든요."

"……"

"지진이 일어나자 도쿄는 아수라장이 되었습니다."

그렇다. 도쿄 아래쪽 사가미만(相模灣)을 진원지로 한 규모 7.9에서 8.4까지의 강진이 1923년 9월 1일 오전 11시 58분부터 5분 간격으로 세 차례나 계속되었다. 그래서 도쿄는 도시의 75% 이상이 파괴, 소실되었다. 도시는 화염에 휩싸였고 간토 지역 전체가 아비규환 상태가 되었다. 지옥이다. 더구나 식량난이 가중되던 시기였고 정권에 대한 비판이 고조되던 상황에서 총리도 아직 취임을 못 하고 내각도 구성하지 못했다. 머리를 든 서동수가 시진핑을 보았다.

"그때 현장 책임자인 내무대신 미즈노 렌타로(水野鍊太郞)는 전(前) 조선 총독부 정무총감 출신이었고 경시총감 아카이케 마쓰시게(赤池松茂)는 전(前) 조선총독부 경무국장 출신입니다."

서동수의 얼굴에 일그러진 웃음이 떠올랐다.

"그들은 각 경찰서, 언론사에 긴급 공문을 발동합니다. '조선인이 폭동을 일으켰다. 부녀자를 상간하고 우물에 독을 뿌리고 있으니 적극 대처하라.'"

시진핑이 숨을 들이켰고 서동수의 말이 이어졌다.

"성난 민심을 조선인 탓으로 돌려 그때부터 일본 관헌, 일본 자경단의 조선인 대학살이 일어납니다. 그때 간토 지역에 거주하던 조선인 3만여 명 중 생존 확인자는 7000여 명뿐이었습니다."

"창 박사를 모셔 왔습니다, 주석 동지."

왕원이 데려온 창방(長邦)은 베이징대 역사학 교수다. 오후 10시 반, 서동수와 만찬을 끝내고 돌아온 시진핑이 관저인 중난하이(中南海)에서 창방을 맞았다. 술기운이 조금 오른 시진핑이 응접실 소파에 등을 붙이고 앉아 앞쪽의 창방에게 물었다.

"자, 간토(關東) 대학살 이야기를 자세히 들읍시다. 간토 대학살이 맞소?"

이것이 시진핑의 성품이다. 서동수한테서 간토 대학살 이야기를 듣고 충격을 받은 것이다. '간토 대지진'이라고만 알았는데 조선인이 대학살을 당했다는 말은 처음 듣는다. 이미 주석실 비서 왕원으로부터 내용을 들은 터라 창방이 허리를 폈다.

"예. 간토 대학살이 맞습니다, 주석 동지."

"조선인들만 학살했단 말이오?"

시진핑이 묻자 70대의 창방이 심호흡부터 했다.

"예. 지금도 자료가 많이 남아 있습니다, 주석 동지. 아주 참혹한 사진입니다."

창방이 준비해 온 사진을 탁자 위에 펼쳤는데 끔찍해서 시진핑은 보다가 말았다. 창방이 말을 이었다.

"일본 영토 내에서 자행된 대학살이라 언론을 철저히 통제했는데도 이런 자료가 아직도 많습니다."

"난징(南京) 대학살과 비교될 만한가?"

"예, 주석 동지. 간토 지역의 조선인들을 아예 몰살시키려고 했으니까요."

"과정을 설명해 보시오."

"당시의 일본 정부 총책인 내무대신 미즈노(水野)와 경시총감 아카이케(赤池)는 전(前)에 조선총독부에서 정무총감과 경무국장을 지내 손발이 맞는 사이였습니다."

"그건 들었어."

"둘은 조선에 있을 적에 3·1운동이라는 일본 배격 운동을 함께 진압한 전력이 있습니다."

"아, 3·1운동. 그것도 들었어."

"미즈노는 아카이케와 함께 아수라장이 돼서 폭동을 일으키려는 국민의 분노를 조선인에게로 돌린 것입니다. 실로 교묘하고 악랄했지만 그 음모는 대성공을 거뒀습니다."

창방의 목소리에 열기가 더했다.

"각 경찰서와 신문사에 조선인 폭도가 날뛴다는 경고를 보냅니다. 신문사들은 적극 협력해 호외를 뿌리고 폭동을 일으키려던 일본인들은 자경단을 조직해 조선인 사냥에 나섭니다."

창방이 주름진 얼굴을 들고 시진핑을 보았다.

"조선인 임신부의 배를 갈라 아이를 꺼내고 경찰서로 피신한 조선인들은 총알이 아깝다고 대못을 머리에 박아서 죽였습니다. 아이들까지 말입니다."

"……."

"신문은 끊임없이 호외를 내보냅니다."

창방이 들고 온 서류를 읽었다. 일본 신문사가 뿌린 호외 내용이었다.

"요코하마(橫濱) 방면에서 조선인 2000명이 내습하고 있다. 총, 칼, 폭탄을 휴대하고 있어서 군대가 출동했다. 조선인의 공격을 차단하라!"

숨을 돌린 창방이 또 읽는다.

"조선인들이 요코하마에서 부녀자 6명을 강간, 살해했다."

창방의 목소리가 떨렸다.

"이건 9월 2일 9시에 경시청에서 각 경찰서와 자경단에 보낸 전문입

니다."

"간토 각 지역에서 조선인들이 무리를 지어 부녀자를 강간, 살해하고 있다. 조선인을 보는 즉시 대응하라. 살상해도 좋다. 부녀자는 보호하고 우물물은 마시지 말 것. 과자에도 조선인이 독을 넣었다고 한다."

읽기를 마친 창방이 시진핑을 보았다.

"다 거짓말입니다."

베이징에서 돌아온 서동수가 평양 집무실에 앉아 TV에 비친 '대마도 수복군'의 위용을 보고 있다. 현장 기자는 2차 대전 시 연합군의 노르망디 상륙작전과 비교하고 있었는데 수복군의 규모가 더 컸다. 장관이다. 바다를 덮은 상륙정, 그것이 온갖 배들로 이루어진 선단(船團)이어서 저절로 눈이 둥그레졌고 숨을 들이켜게 되었다. 상륙정에서 모두 태극기가 펄럭이는 것도 그렇다. 바다가 태극기로 덮여 있는 것 같다. 오전 10시, 유병선이 다가와 전화기를 넘겨주었으므로 방에 있던 안종관이 리모컨으로 TV 음을 소거했다.

"여보세요."

서동수가 응답했다. 상대는 미국 대통령 트럼프, 워싱턴 시간은 오후 8시다.

"각하, 동북아 정세가 심각해졌군요."

트럼프가 남의 일처럼 느긋하게 말했으므로 서동수의 얼굴에 쓴웃음이 번졌다. 방안에서 트럼프의 전화를 기다리던 측근들은 여전히 굳어 있다. 통화는 스피커를 통해 그대로 들려온다. 그때 서동수가 대답했다.

"심려를 끼쳐 드려 죄송합니다. 미군과 미국인의 피해는 없을 것입

니다."

"일본이 공격을 받으면 미국이 자동 참전하게 되어 있어서요."

이제 그 말은 약효가 사라진 약이나 같다. 따지고 보면 한국도 미국과 70년간 동맹국이다. 미국 동맹국 간의 전쟁인 것이다. 트럼프는 남의 나라 전쟁에 끼어들지 않겠다는 사고를 가진 인간이다. 더구나 동맹국 간의 전쟁에다 미 국민의 95%가 참전에 반대한다. 그때 트럼프가 말을 이었다.

"부산에 내려간 미스터 김이 최후통첩을 했는데 기간을 좀 늘려주시지요, 각하."

"우리가 함께 협의를 더 해야 할 것 같습니다. 전쟁은 막아야지요."

스피커에서 트럼프의 한숨 소리가 나왔다. 의도적인 것 같지는 않다.

"제가 죽겠습니다. 이대로 가면 한·일 양국이 치명적인 피해를 당합니다."

"일본이 양보를 해야지요. 지금까지 미국의 등에 업혀 있기만 했으니까요."

"그런 면도 있었지요."

순순히 시인한 트럼프가 말을 이었다.

"언젠가는 일본이 고립될지도 모른다는 경고를 한 학자도 있었지요. 일본이 그동안 너무 오만했던 것 같습니다."

"각하, 이제 사흘 남았습니다."

"제가 제의를 드리려고 합니다, 각하."

잠깐 말을 멈췄던 트럼프가 물었다.

"아베 씨하고 정상회담이 어떻습니까? 저하고 시 주석까지 합해서 넷이 말입니다. 아베 씨는 찬성할 것이고 시 주석도 참석하지 않을까요?"

서동수가 전화기를 든 채 옆에 앉은 안종관, 국방장관 강동필, 홍보수석 하선옥까지를 차례로 보았다. 그때 안종관이 머리를 끄덕였다. 얼굴에 웃음기가 떠올라 있다. 예상했던 제의인 것이다. 전화기를 고쳐 쥔 서동수가 대답했다.

"러시아의 푸틴 대통령까지 참석시키지요, 각하."

"좋습니다."

그쪽도 예상하고 있었는지 트럼프가 동의했다.

"그럼 이틀 후가 어떻습니까? 장소는 어디가 좋을까요?"

"한랜드의 한시티로 하는 것이 어떻겠습니까?"

"좋습니다."

트럼프가 장소 따위는 상관없다는 분위기로 대답했다.

"제가 중재 역할로 각국에 통보하겠습니다. 이틀 후에 한시티에서 5개국 정상회담이 열리는 것입니다."

정상회담 주제는 '대마도 반환'이다.

"블라디미르 블라디미로비치 각하."

트럼프가 은근한 목소리로 푸틴을 불렀다. 모스크바 시간 오후 6시, 워싱턴은 오전 10시다. 전화기를 귀에 붙인 트럼프가 의자에 편히 앉았다. 백악관의 집무실 안, 주위에 비서실장 서렌든, 국무장관 존슨과 안보수석 레빈스키가 제각기 앉거나 서 있다.

"어제 대한민국 서동수 대통령하고 5개국 정상회담 합의를 했는데, 들으셨습니까?"

"예. 공문을 받았습니다, 각하."

푸틴의 목소리도 부드럽다. 트럼프가 미국 대통령이 되면서 러시아와의 관계가 좋아질 것이라는 소문이 돌았다. 그것은 중국을 러시아와 함께 견제하겠다는 말과 같다. 대한민국이 러시아의 응원을 받아 제3제국을 표방한 것도 같은 맥락이다. 대한민국이 중국 견제의 대세(大勢)를 탄 것이다. 미국의 극동방위선 역할로 70년간 러시아, 중국의 대양(大洋) 진출을 막는 역할을 했던 일본은 대한민국의 발흥(勃興)으로 위기를 맞았다.

700여 년 전인 1274년, 1281년에 여몽 연합군에 의해 본토가 함락될 뻔했던 일본이다. 두 번 다 태풍 덕분으로 침략을 면한 일본이 이번에는 견딜 것인가. 푸틴이 말을 이었다.

"각하, 이번에 동북아의 균형을 새롭게 편성하시지요."

"어떻게 말입니까?"

트럼프가 차분하게 물었지만 집무실 분위기가 굳어졌다. 일본의 고립은 러시아와 미국의 영향 때문이라고 해도 과언이 아니다. 엄밀히 말하면 러시아가 주도해서 대한민국을 중국과 일본의 대항마로 내세웠고 미국이 방관했다. 그때 푸틴이 대답했다.

"이대로 나가면 일본은 해체됩니다, 대통령 각하."

숨을 들이켠 트럼프가 듣기만 했고 푸틴의 말이 이어졌다.

"중국이 대한민국을 응원하게 될 것 같습니다, 각하. 제3제국으로 바로 옆에서 견제를 받더라도 일본보다는 바로 믿을 수 있는 상대라고 판단한 것 같습니다."

"……."

"이번 서 대통령의 비공식 중국 방문 시에 서로 난징 대학살과 간토 대학살 사건에 대한 대화가 있었다고 합니다."

"간토 대학살이라니요?"

이맛살을 찌푸린 트럼프가 측근들을 둘러보았지만 아무도 시선을 마주치지 않는다. 한숨을 쉰 트럼프가 물었다.

"그건 또 무슨 일입니까?"

"저도 어제야 듣고 알았는데 1923년 도쿄 대지진 때 한국인 수만 명을 일본인들이 학살한 사건입니다."

"이런."

혀를 찬 트럼프가 어깨를 늘어뜨리며 말했다.

"일본인들이 예의 바르고 겸손한 민족인 줄 알았는데 웬 학살을 그렇게 많이 했답니까?"

"악행이 더 많습니다."

"그렇다면……."

다시 집무실 안을 둘러본 트럼프가 눈동자의 초점을 잡고 말했다.

"내일 회담에서는 중국까지 3개국이 대한민국에 우호적으로 나오겠는데요."

"대한민국이 강경하게 나오면 방법이 별로 없습니다."

"일본은 대마도를 양보하지 않을 것 같은데요, 블라디미르 블라디미로비치 각하."

"아베의 자업자득입니다."

"그럴까요?"

"미국도 등에서 아베를 내려놓을 때가 되었습니다, 대통령 각하."

푸틴의 목소리가 굳어졌고 트럼프는 다시 길게 숨을 뱉었다.

"린린이 기다리고 있는데요."

유병선이 낮게 말했지만 옆쪽의 하선옥에게 들렸을 것이다. 밤 9시 반. 관저의 응접실에 안종관까지 넷이 둘러앉아 있다. 회의실에서 정상회담에 대비한 점검을 마치고 다시 측근들이 모여 검토하는 중이다. 서동수가 머리를 끄덕여 보이고는 셋을 둘러보았다.

“긴급 전갈인 것 같군.”

“긴밀한 말씀인 것 같습니다.”

안종관이 정정했다. 시진핑이 긴급하게 린린을 파견한 것이다. 그것은 시진핑의 밀사다. 더구나 이런 상황에서 시진핑의 급한 전갈을 가져온 것이 틀림없다. 한시티의 정상회담은 내일 오후 4시다. 각국 정상들은 오후 3시쯤에 모두 도착할 것이고 주최국 대통령인 서동수는 10시쯤 출발한다. 조금 전에 끝난 회의에서는 ‘대마도 수복’을 양보하지 못한다고 결론이 났다. 그래서 1년을 최장 양도 기간으로 삼는다는 조건까지 결정했다. 1년 후에 일본국이 대마도에서 철수한다는 조건이다.

“그럼, 마무리는 해야지. 내가 이야기를 들을 테니까 내일 오전 8시에 이곳에서 다시 회의를 합시다.”

자리에서 일어선 서동수가 말하자 모두 서둘러 일어나 방을 나갔다. 서동수가 안쪽 복도 끝의 침실 옆 거실로 들어섰을 때 소파에 앉아 있던 린린이 일어섰다.

“각하, 안녕하셨습니까?”

진홍빛 원피스를 입은 린린은 요염했다. 린린의 인사를 받은 서동수가 웃음 띤 얼굴로 다가가 허리를 당겨 안았다.

“시 주석은 풍류를 아시는 분이야.”

린린의 볼에 입술을 붙인 서동수가 엉덩이를 손으로 움켜쥐었다가 놓았다.

"시 주석의 전갈을 침대에서 듣는 것이 낫지 않겠느냐?"

"각하 뜻대로 하시지요."

린린의 숨결에서 옅은 박하 향이 느껴졌다. 서동수가 린린의 원피스 위로 젖가슴부터 아랫배까지 손바닥으로 쓸어내리면서 말했다.

"하루 종일 회의를 해서 피곤하다."

"제가 마사지해 드릴게요."

"좋지."

린린의 허리를 안고 침대로 다가간 서동수가 옷을 벗었다. 린린이 옷을 받아 옆쪽 의자 위에 가지런히 접어놓는다. 이윽고 알몸의 서동수가 침대에 오르자 곧 린린도 알몸이 되었다. 침대에 누운 서동수의 입에서 탄성이 울렸다.

"린린, 이리 와."

린린이 웃음 띤 얼굴로 침대 위로 오르더니 서동수의 허리를 감아 안았다. 그러고는 한 손으로 남성을 부드럽게 문지르기 시작했다. 서동수의 손이 린린의 젖가슴을 주무르다가 아랫배로 내려갔다. 린린이 꿈틀거리면서 두 다리를 벌렸다.

"각하, 내일 정상회담에서 중국은 일본에 난징 대학살에 대한 보상금 및 만주 점령에서부터 시작된 일제의 만행과 착취에 대한 변상을 요구할 것입니다."

린린이 더운 숨을 뱉으며 서동수의 귀에 대고 속삭였다. 그러나 손은 열심히 서동수의 남성을 문지르는 중이다. 서동수의 손도 이미 린린의 골짜기에서 흘러나온 애액에 젖어 있다.

"제가 위에서 해드려요?"

가쁜 숨을 뱉으면서 린린이 물었으므로 서동수가 머리를 끄덕였다.

"알았다."

대답은 그렇게 나왔다. 그때 린린이 몸을 일으키더니 서동수의 몸 위에 앉았다. 그러나 등을 보이고 앉아 서동수의 남성을 동굴에 붙인다. 서동수는 린린의 허리를 두 손으로 움켜쥐었다. 그 순간 린린이 엉덩이를 들었다가 내리면서 긴 신음을 뱉었다. 서동수는 숨을 들이켰다.

"광개토 대왕은 중국 대륙의 절반을 점령혔어."

어깨를 편 이응호가 소리치듯 말했다. 전주 덕진동의 사무실 안이다. 사무실에는 동창회 총무 변기성과 지나다가 들른 동창 세 명까지 다섯 명이 둘러앉아 있다. 이응호가 말을 이었다.

"근디 광개토 대왕이 여론조사를 허고 나서 군사들을 이끌고 점령허러 댕겼냐?"

"그기 무슨 새똥 빠진 소리여?"

지나다가 들른 동창 이규정이 물었다.

"그때 무신 여론조사를 혔다고?"

"이 자식은 꽉 막혀서."

눈을 흘긴 이응호가 동창들을 둘러보았다. 오후 3시 반, 점심을 먹고 사무실로 돌아왔다가 동창들이 찾아오자 소주를 마시는 중이다. 내일 한시티에서 열리는 정상회담 이야기를 하다가 말이 광개토 대왕으로 샌 것이다. 술잔을 든 이응호가 동창들을 보았다.

"광개토 대왕이나 서동수 대통령이나 지도자, 통치자는 마찬가지 아니냐?"

"그렇지."

자주 싸우지만 손발도 맞는 변기성이 대답했다.

"광개토 대왕도 대통령이나 같지."

"그러니까 말여."

이응호가 붉어진 얼굴로 말을 이었다.

"소신껏 국가를 제 의지로 이끌어 가야 헌단 말이다. 그런 지도자가 결국은 국가를 발전시켰고 나중에 역사에 남았단 말이여. 여론에 휘둘리면 안 돼."

"맞다."

변기성이 머리를 끄덕였다.

"제 소신이 있어야지. 주관은 뚜렷해야 된단 말이여."

"통일되기 전의 남한 대선은 가관이었지. 표만 된다면 별놈의 공약을 다 내놓았으니까."

이응호가 거들었더니 이제 이규정이 나섰다.

"내가 보기에도 개판이었다. 선거 때 만들어진 법 때문에 나라가 망할 것 같더라니께."

"다 지난 일이지."

변기성이 정리했다.

"대통령도 국민이 맹그는 거다. 국민 수준이 바로 대통령 수준이여."

"그렇지."

동창 하나가 맞장구를 쳤다.

"서동수가 바로 우리들의 얼굴이지."

"대한민국의 얼굴이여."

이응호가 감동한 얼굴로 동창을 보았다.

"너 말 잘헌다."

"내가 요즘 살맛이 난다. TV를 보면 벌떡벌떡 기운이 나."

"뭐? 어디가 벌떡거려?"

이규정이 나섰다가 동창의 표정을 보고는 어깨를 늘어뜨렸다. 수십 년 동창 사이에는 '임자'가 있는 법이다. 드세다고 소문이 난 놈도 웬일인지 꼼짝 못하는 상대가 있다. 강아지를 어릴 적에 길들이는 이치하고 똑같다. 그때 변기성이 나섰다.

"서동수가 오입질하는 버릇이 흠이 아녀 이제는."

"뭐여 그럼? 그게 잘허는 짓이냐? 상을 줄 일이냐고?"

술기운에 달아오른 얼굴로 이규정이 묻자 대답을 동창이 했다. 회사 중역으로 명퇴한 박양수다.

"인간적인 매력이 되는 거지. 남자들의 로망, 돈 벌어서 놀고 싶다는 꿈, 그런 것들을 채워주는 역할을 한 거다."

"흥, 콩깍지들이 씌어서."

"다 그렇게 사는 거여, 인마."

그때 흥을 참지 못한 이응호가 말했다.

"야, 내가 한 잔 살팅게 노래방 가자."

요즘은 장사가 잘되어서 노래방 골목에 가면 도우미 여자들이 떼로 몰려다닌다. 전쟁 직전인데도 그렇다.

한시티의 유라시아클럽에서 관리하는 룸시티는 이제 세계적인 관광 명소가 됐다. 룸시티는 유흥업소의 집합체와 같다. 룸시티 안에 들어오면 꿈같은 세상이 펼쳐진다. '가진 것의 10배'만큼 만족시킨다고 룸시티가 선전하고 있는 것이다. 한시티 서북방의 7번 룸시티 안. 오후 4시 반, 전 세계의 TV는 룸시티의 전경과 시설, 주변 풍경까지 비춰 줬는데 그것만으로도 수십억 달러 가치의 한랜드, 룸시티의 선전 효과가 일어났다. 이제 기자들의 출입을 금지한 회의장 원탁에 5개국 정상이 둘러 앉았다. 그 뒤쪽으로 각국의 수행단이 배석했는데 그 숫자가 100명 가깝게 됐다. 그러나 분위기는 무겁고 기침 소리도 들리지 않는다. 회의가 시작되고 나서 이번 정상회의에 사회국으로 선임된 미국 대통령 트럼프가 정숙을 요구했기 때문이다. 트럼프가 각국 정상들을 둘러보며 웃었다.

"어쨌든 오늘 회의는 역사에 남을 겁니다. 이런 기회를 만들어 주신 대한민국 대통령께 감사 인사를 드려야겠군요."

미국 수행원 일부가 소리 내어 웃었다가 곧 그쳤다. 일본과 대한민국은 말할 것도 없고 중국 측도 굳어 있었기 때문이다. 그때 헛기침을 한 트럼프가 정색했다.

"난 사업가 출신이어서 격식을 좋아하지 않습니다. 그럼 먼저 '대마도 문제'에 대한 당사국의 입장을 들어보기로 하지요."

트럼프가 시선을 서동수와 아베에게 돌렸다.

"어느 분이 먼저 하시겠습니까?"

"제가 하지요."

아베가 경직은 됐지만 입가에 웃음을 머금은 얼굴로 말했다. 어깨를 편 아베가 서동수를 향해 머리를 숙여 보이더니 말을 이었다. 차분하고 분명한 목소리다.

"서 대통령, 우리 일본국은 침략을 막을 만반의 준비를 갖추고 있습니다. 이 기회를 빌려 말씀드리는데 침략 의도를 거두어 주시길 바랍니다. 이것이 마지막 경고이며 부탁입니다."

아베가 서동수를 똑바로 보았다.

"그러면 어떤 내용이건 평화협상을 시작할 수 있을 것입니다. 나는 즉시 '평화협상단'을 조직해 대한민국 측과 협상을 시작할 것을 약속합니다."

말을 마친 아베가 의자에 등을 붙였으므로 모두의 시선이 서동수에게 옮겨졌다. 서동수 차례인 것이다. 그때 서동수가 길게 숨을 뱉고 나서 말했다.

"대한민국은 '대마도 수복'과 아울러 1923년 간토(關東) 대지진 때 학살당한 조선인 3만 명과 2차 대전 때 징용 및 일본군으로 끌려가 전사한 조선인, 그리고 위안부에 대한 보상금 3500억 달러를 요구합니다. 이것에 대한 답변을 이번 회의에서 듣고 싶습니다."

서동수가 말을 마쳤을 때 회의장은 바늘 떨어지는 소리도 들리지 않았다. 그러다가 아베가 피식 웃는 것을 신호로 일본 측 수행원 사이에서 분노의 외침이 일어났다. 그것이 전파됐는지 회의장이 소란스러워졌다. 그때 트럼프가 손을 들었으므로 회의장이 조용해졌다. 어깨를 들었다가 내린 트럼프가 입을 열었다.

"의견이니까요. 자, 그럼 중재국으로 누가 말씀하시겠습니까?"

그러자 시진핑이 손을 반쯤 들었다.

"아, 시진핑 각하, 말씀하시지요."

트럼프가 반겼다. 중재 역할이다. 그때 시진핑이 입술도 달싹이지 않고 말했다.

"이 기회에 중화민국도 말씀드립니다. 중화민국은 중일전쟁 당시 난징(南京)에서 학살당한 30만 중국 인민에 대한 보상금으로 일본 정부에 3조5000억 달러의 보상금을 요구합니다. 이것은 1차이고 2차는 나중에 말씀드리지요."

회의장은 숨소리도 들리지 않았다.

그때 푸틴이 가볍게 헛기침을 했지만 회의장의 모든 시선이 모였다. 푸틴이 반질거리는 얼굴로 4개국 정상을 차례로 둘러보며 웃었다. 시선이 마지막에 아베의 얼굴에서 멈췄다.

"러시아는 이 문제에 개입하지 않겠습니다. 일본과 중국, 대한민국, 3국이 해결해야 할 문제인 것 같습니다."

"하지만 이것은……."

당황한 아베가 트럼프를 보았다. 얼굴이 상기되어 있다.

"각하, 대마도 문제만 논의하도록 해 주십시오."

그때 서동수가 말을 받았다.

"이번 기회에 일본으로부터 당한 피해 보상을 요구하는 것입니다."

아베의 시선을 받은 서동수가 말을 이었다.

"대마도 반환 요구가 기폭제가 된 것 같습니다만 간토 대학살에 대한 보상도 함께 요구합니다."

"중국도 마찬가지요."

시진핑이 거들고는 외면했다.

"말도 안 돼!"

마침내 아베가 손바닥으로 테이블을 내려치며 소리쳤다. 아베가 서동수를 노려보았다.

"뭐? 간토 대학살? 그 증거를 대시오! 100년 가깝게 지난 옛날이야기를 꺼내 배상금을 내라고? 이런 경우가 어디 있단 말이오!"

"여기 있습니다."

서동수가 두 팔을 벌려 테이블을 가리키는 시늉을 했다.

"지금 하고 있지 않습니까? 잘못된 과거는 바로 잡아야 진정한 세계 질서가 확립됩니다. 그냥 넘어가면 잘못은 반복될 것입니다."

"옳소."

시진핑이 짧게 동의하고 또 외면했다. 트럼프와 푸틴은 쳐다만 보았고 서동수의 말이 이어졌다.

"따라서 대한민국은 일본 정부에 대마도 반환과 함께 간토 대학살에 대한 보상금 3500억 달러를 요구합니다. 이것에 대한 일본 측의 답변을 이번 회의에서 듣고 싶습니다."

"중국도 마찬가지지요."

시진핑이 다시 나섰는데 이번에는 똑바로 아베를 보았다.

"우리도 난징 대학살에 대한 일본 측의 보상을 이번 기회에 확실하게 결정해야겠습니다. 3조5000억 달러에서 한 푼도 깎을 수가 없습니다."

"아니, 그것이……."

입을 반쯤 벌린 아베가 숨을 들이켠 순간에 트럼프가 나섰다. 지친 듯 치켜든 손이 힘없이 흔들렸다.

"잠깐만, 일이 커졌는데 잠시 휴회를 하고 다시 시작하십시다."

트럼프가 푸틴을 흘겨보고 나서 말을 이었다.

"한 시간 동안 휴회를 합니다."

그동안 비공식, 개별 접촉을 하려는 의도다. 서동수가 한국 측의 대기실인 별관으로 옮겨갔을 때 제일 먼저 찾아온 특사는 푸틴의 비서실장 유리 안드로포프다. 안드로포프가 목소리를 낮춰 말했다.

"각하께서 그대로 밀고 나가시도록 응원하실 것입니다."

안드로포프가 그렇게만 말하고 떠났을 때 이번에는 트럼프의 안보수석 레빈스키가 들어왔다.

"이번에는 대마도 문제만 거론하는 것이 어떻겠습니까? 일이 복잡해지는데요."

난감한 표정의 레빈스키가 서동수와 유병선을 번갈아 보았다. 안보특보 안종관은 지금 시진핑한테 가 있다. 서동수가 쓴웃음을 지었다. 대통령도 순발력이 필요하다. 보좌관이 다 해주지 않는다.

5장 새 질서

"받아들일 수 없습니다."

다시 회의가 시작되었을 때 아베가 단호한 표정으로 말했다.

"일본은 어떤 위협과 압박에도 방어하고 물리칠 만반의 준비가 돼 있습니다."

어깨를 편 아베가 서동수와 시진핑까지 번갈아 보았다. 당당한 자세다.

"나는 일본을 대표해서 대한민국과 중국 정부에 요구합니다. 대마도 회수와 보상금 요구는 국제법을 무시한 협박이며 전쟁 위협입니다. 철회를 바랍니다."

아베가 입을 다물었을 때 트럼프가 먼저 서동수부터 보았다.

"중재국으로서 묻습니다. 일본 총리의 제의를 받아들일 겁니까? 아니면 다른 의견이 있습니까?"

"우리는 대마도 수복과 대학살 보상금 두 건을 모두 추진할 것입니다. 우리도 취소할 생각이 없습니다."

"조정할 여유는 없습니까?"

"없습니다."

머리를 저은 서동수가 손목시계를 보는 시늉을 했다.

"대마도 수복 시한이 48시간 정도 남았습니다."

"중재 의장국으로, 그리고 일·미 동맹국의 일원으로 미국이 대한민국의 침략위협에 강력한 경고를 해주길 바랍니다."

아베가 소리치듯 말했으므로 회의장에 소란이 일어났다. 일본 대표단 몇 명이 따라서 항의했고 맞받아서 대한민국 대표단이 소리쳤기 때문이다. 트럼프가 의사봉을 두드려 진정시키고 나서 입을 열었다.

"영토 침략은 있을 수가 없는 일입니다. 미국은 동맹국과의 협정을 준수합니다. 그러나……."

트럼프가 외면했다. 아베는 물론 서동수도 보지 않는다. 트럼프가 말을 이었다.

"첫째, 대마도가 일본령이라는 명확한 증거가 없습니다. 한국 측의 주장에도 일리가 있기 때문에 침략이란 표현이 적절하지 않습니다. 그리고……."

아베가 입을 열었다가 트럼프의 말이 이어지는 바람에 다물었다.

"미국은 한국과도 동맹 관계입니다. 동맹국 간의 전쟁에 개입할 수가 없습니다. 이것이 미국의 입장입니다."

그때 시진핑이 손을 들어 발언권을 요청했다. 꼭 팔꿈치를 테이블에 붙인 채 손을 들어서 이번에도 못 볼 뻔했던 트럼프가 짜증난 표정으로 지명했다.

"아, 시 주석, 말씀하시오."

"난징대학살 보상금 3조5000억 달러는 이번 대마도 수복과 함께 받아야겠습니다. 이것이 중국 정부의 방침입니다."

"아니, 이것 보시오."

참지 못한 아베가 시진핑을 노려보았다.

"갑자기 대마도 사건에 끼어들어서 무슨 보상금이오?"

"3조5000억 달러입니다."

시진핑이 표정 없는 얼굴로 외면한 채 말했다.

"한 푼도 깎아줄 수 없습니다."

그때 트럼프가 의사봉을 두드렸다.

"다시 휴회합니다."

이번에는 무기한 휴회다. 다시 별관으로 돌아왔을 때 안종관이 서동수에게 말했다.

"이제 공식적으로 미국이 개입하지 않겠다고 발표한 셈입니다, 각하."

안종관의 얼굴에 웃음이 떠올라 있다. 트럼프는 대통령이 되기 전부터 남의 나라 전쟁에 끼어들지 않겠다고 공언(公言)했던 것이다. 더욱이 이 경우는 동맹국 간의 전쟁이 될 것이다. 끼어들기가 더욱 난감한 조건이다. 그때 유병선이 방으로 들어서며 말했다.

"각하, 일본 관방장관이 오겠다는데요."

아베의 심복 스가 요시히데다. 서동수가 긴장했다. 어떤 협상안을 갖고 오는가?

"최소한 1년의 협상 기간이 필요합니다, 각하."

스가 관방장관이 부드러운 표정으로 말했지만 시선은 똑바로 서동수를 응시하고 있다. 별관의 응접실 안, 서동수를 중심으로 비서실장 유병선, 안보특보 안종관, 홍보수석 하선옥 등 10여 명의 측근이 둘러앉았지만 스가는 위축되지 않았다. 스가가 말을 이었다.

"양국이 대마도 위원회를 구성, 치열하게 자료를 검증하고 결정하는 것이 바람직합니다, 각하."

서동수는 잠자코 스가를 보았다. 이것만으로도 장족의 발전을 했다고 평가할 수도 있을 것이다. 전(前)에는 대마도가 한국령이란 말은 어디서 꺼내지도 못했다. 정부는 고사하고 민간단체에서도 그랬다. 증거를 따지기 전에 국력(國力)의 영향이다. 그런데 지금 1년 동안 협상을 하자고 한다. 이윽고 서동수가 입을 열었다.

"아니, 그렇게까지 기다릴 수는 없습니다. 우리는 이틀 후에 대마도를 수복할 예정이오, 스가 장관."

"각하."

스가의 목소리가 높아졌다.

"우리 일본국은 최대한의 성의를 표시한 것입니다. 양국의 우호를 고려하여 판단해 주시지요."

그때 서동수가 안종관에게로 머리를 돌렸다.

"안 특보가 말해 주시오."

그때 기다리고 있던 안종관이 어깨를 부풀렸다. 협상은 실무자가, 결정은 최고 책임자가 하는 것이다. 호랑이 실무자에 부처님 책임자, 그것이 협상이나 조직이나 마찬가지로 응용이 된다. 안종관이 입을 열었다.

"이틀 후로 다가온 대마도 진입을 취소하고 1년간의 협상론으로 물러날 수는 없습니다. 우리는 1948년 정부수립 직후부터 대마도 반환을 요구했다는 것을 아셔야 합니다."

안종관이 똑바로 스가를 보았다.

“그렇다면 조정안을 제시하지요. 이틀 후에 대마도 상도(上島)로 대한민국 군(軍)이 진입한 후에 1년간 협상을 하는 것이 어떻겠습니까?”

“…….”

“일본은 하도(下島)에 남아 있어도 됩니다. 그러고 나서 1년 후에 하도를 우리가 양도받기로 하지요.”

“말도 안 되는 일이…….”

“우리가 드릴 말씀은 그것이오. 영토를 빼앗기고 말도 못하고 있었으니까요.”

그때 스가가 자리에서 일어섰다.

“상의를 드리고 나서 말씀드리지요.”

스가가 서동수를 향해 목례를 하고 나서 방을 나갔다. 잠시 후에 서쪽 별관에 머물던 아베가 스가의 보고를 받고 펄펄 뛰었다.

“그 거지 같은 조센진들이, 어디 대고.”

“각하.”

숨을 들이켠 스가가 아베를 보았다.

“각하, 냉정하게 판단하셔야 됩니다.”

그때 이나다 도모미 방위상이 나섰다.

“각하, 일전을 불사할 각오로 임해야 합니다. 거절하시고 한국 어선단을 궤멸시키도록 명령을 내려 주십시오.”

아베의 시선을 받은 이나다의 목소리가 높아졌다.

“해군력은 우리가 월등합니다. 서동수는 절대로 핵을 쓰지는 못합니다.”

그때 잠자코 앉아있던 아소 다로 부총리가 나섰다.

"방위상, 당신이 대마도에 가서 놈들을 막겠소? 그럼 지금 당장 가시오."

머리를 번쩍 든 이나다의 숨소리가 점점 거칠어졌다. 그것을 상상해 본 것 같다. 다시 아베가 입을 열었다. 그때 남쪽 별관에서 트럼프와 푸틴이 마주보고 앉아 있다. 푸틴이 트럼프에게 찾아온 것이다. 푸틴 측 배석자는 메드베데프와 안드로포프, 트럼프 측은 국무장관 존슨과 레빈스키다.

"방금 스가 요시히데가 미스터 서한테 갔습니다."

트럼프가 웃음 띤 얼굴로 푸틴을 보았다.

"내가 아베한테 좀 미안해요. 날 철석같이 믿고 있었는데 말이오."

"아, 그 사람, 분수를 알아야죠."

트럼프가 내놓은 보드카를 잔에 따르면서 푸틴이 투덜거렸다.

"어린애도 아니고 뭡니까 그게?"

"뭐가 말씀이오?"

정색한 트럼프에게 푸틴이 대답했다.

"동맹국인 미국이 막아야 된다면서 징징댔지 않아요? 누가 보면 일본이 상전이고 미국은 일본이 시키는 대로 하는 나라인 줄 알겠습니다."

"괜히 쌈 붙이지 마시고."

쓴웃음을 지은 트럼프가 고개를 절레절레 흔들면서 말했다.

"놀랐어요."

"뭐가요?"

"이 와중에도 중국이 3조5000억 달러 배상금을 신청하는 것 좀 봐요."

"과연."

푸틴이 머리를 끄덕였다.

"중국 놈들 장삿속은 놀랍지."

"이제 대한민국에다 한랜드로 이어지는 제3제국으로 중국이 꽉 막혔지요?"

트럼프가 술잔을 들면서 물었다. 트럼프의 술잔에는 위스키가 담겨 있다.

"그럼요. 중국은 이제 서해 제해권도 대한민국에 위협당하는 상황이 되었어요."

"가장 위험했던 시기가 중국이 신의주특구를 빼앗으려던 때였지요."

한입에 위스키를 삼킨 트럼프가 말을 이었다.

"그때 일본과 중국이 연합했다지요?"

"서로 이해가 맞았으니까요."

푸틴이 말을 이었다.

"그때 신의주특구를 중국이 장악했다면 대한민국 연방이 이뤄지지 못했고 서해는 중국 해군이 장악하게 되었을 겁니다."

그렇다. 대한민국 서해가 중국의 대양(大洋) 진출의 교두보 역할이 될 것이다. 서해를 장악하면 태평양으로의 통로가 뚫리게 되는 것이다. 트럼프가 머리를 끄덕였다. 국가 관계는 개인보다 더 이해에 따라 충돌한다. 동맹국이나 조약도 필요 없다. 국익을 위해서라면 오늘의 친구가 내일 원수가 되는 것도 이상하지 않다. 국민은 그것을 원하는 것이다. 미국은 일본과 동맹관계였지만 중국이 신의주에서 폭동을 일으켜 한반도를, 나아가 서해를 장악하려는 시도를 하자 망설이지 않고 한국 측에 정보를 주었던 것이다. 지금도 동맹국 일본을 지키는 것보다 중국 견제가 우선이다. 러시아와 대한민국이 연합한 제3제국이 중국을 막아서 태평양으로 나오지 못하게 해야 한다. 이제 일본으로는 역부족이다. 용도 폐기를 할 시기가 된 것이다. 푸틴이 웃음 띤 얼굴로 트럼프를 보았다.

"이번에 미스터 서가 발 빠르게 움직여서 시진핑하고 손발을 맞춘 것 같습니다."

"그런 것 같군요. 그런데 3조5000억 달러라니."

입맛을 다신 트럼프가 지그시 푸틴을 보았다.

"일본이 이번에 쪼개질까요?"

"글쎄요."

눈을 가늘게 뜬 푸틴이 말을 이었다.

"영원한 제국은 없습니다. 일본이 분해되지 않는다는 보장도 없지요."

"동북아에 새 질서가 세워지려나?"

트럼프의 혼잣말에 푸틴이 대답했다.

"세계의 새 질서가 잡힐지도 모르지요."

"자네 의견을 듣지."

아베가 핏발이 선 눈으로 도쿠가와를 응시하며 말했다. 도쿄로 돌아가는 비행기 안이다. 앞쪽 총리 전용실에는 아소 다로 부총리까지 셋이 둘러앉았다. 이나다 도모미 방위상이 참석해야 당연했는데 아소가 질색을 해서 뺐다. 아소는 사석에서 이나다의 방위상 임명은 아베 인사의 최대 실책이라고 말하고 다녔다. 매년 야스쿠니 신사를 참배했다고 방위상에 임명할 바에는 신사 경비병을 임명하는 것이 낫다고까지 했다. 아베와 아소의 시선을 받은 도쿠가와가 호흡을 조정했다. 도쿠가와는 총리실 소속의 부속 정보실장으로 근무한 지 20여 년, 이제 60대 중반이다. 도쿠가와가 누구인가? 에도시대 도쿠가와 이에야스(德川家康)는 막부를 세운 일본 영웅, '새가 울기까지 기다린다'는 끈기의 영주가 아니었던가? 하지만 여기 도쿠가와는 위의 도쿠가와 이에야스의 자손이 아니다. 도쿠가와를 흠모한 부친이 개명을 하는 바람에 물려받게 된 것이다. 그러나 이름 덕을 좀 본다. 아베나 아소가 관계가 없는 줄 알면서도 이름을 부를 땐 저도 모르게 은근해지는 것 같다. 도쿠가와가 입을 열었다.

"김동일은 결행할 것 같습니다, 각하."

둘은 눈만 껌뻑였고 도쿠가와의 말이 이어졌다.

"이것도 전략입니다. 작전 개시일을 통고함으로써 상대방에게 불안과 혼란을 가중시키는 단순한 전략을 썼는데 효과를 보고 있습니다."

그렇다. 일본은 시간이 갈수록 혼란 상황이 되어간다. 외국으로 떠나는 여행자가 어제는 평소보다 2배 폭증했고 오늘은 3배라고 했다. 비행기 요금이 암시장에서 10배나 올랐다는 것이다. 도쿠가와가 외면한 채 말했다.

"그까짓 대마도는 줘 버리고 끝내자는 말도 공공연하게 나오고 있습니다."

TV에 나온 연예인 하나가 그랬다. 머리를 노랗게 물들인 사내놈이다. 아소도 그놈이 말하는 것을 들었다.

"내가 쓰시마에 가봤는데 산뿐인 볼품도 없는 곳입니다. 그런 곳 때문에 우리 국민이 죽는단 말이에요?"

"그건 알아."

마침내 아베가 말을 잘랐다. 전쟁 준비가 되어 있지 않은 것이다. 자위대를 국군(國軍)으로 개명하고 헌법도 바꾸었지만 막상 양아치 떼 같은 북한군이 거지같은 어선, 연락선, 화물선에 탑승한 기세에 압도당하고 있다. 최신예 군함, 잠수함, 전폭기가 대비하고 있다면서 매일 TV에 내보여도 그렇다. 사기를 일으키고 있는 것은 입만 살아 있는 이나다 도모미뿐이다. 그러나 그녀마저도 아소가 대마도에 들어가 지휘하라는 말을 듣더니 그 후부터 눈치만 보고 있다. 다시 아베가 말을 이었다.

"군(軍)에서는 한국군이 대마도로 진입할 때 3시간 동안 일본군의 2배 이상이 파괴될 것이라는 거야."

도쿠가와는 시선만 주었다. 요즘은 사전에 온갖 측정 결과가 나온다. 3시간 동안 한국군의 해·공군 전력 76%가 소실되고 일본은 35%다. 현재 바다에 떠 있는 1만2573척의 배 중 7242척이 침몰된다고 했다. 그러나 한국군은 대마도에 상륙한다. 52만 상륙군 중 35만 명이 수장되지만 17만 명이 상륙한다. 이윽고 도쿠가와가 아베를 보았다. 아베가 무슨 말을 할지 예상하고 있었기 때문이다.

"핵은 아직도 김동일이 장악하고 있습니다. 언제 핵을 사용할지는 아무도 예측할 수 없습니다, 각하."

그렇다. 한국군 전력이 10% 손상되었을 때, 아니면 배가 서너 척 파괴되었을 때 화가 난 김동일이 핵을 쏠지 모른다.

"준비 완료했습니다."

김동일의 목소리가 스피커를 통해 방안에 울렸다.

"40시간 남았습니다, 각하."

북한 지도자였을 때부터 미국의 도청을 경계해 왔던 김동일이다. 이 통화가 일본은 물론 각국 정보기관에 도청되고 있다는 것을 모를 리가 없다. 그래서인지 목소리에 허세가 느껴졌다.

"각하, 3시간이면 대마도는 수복합니다."

김동일이 소리치듯 말했다. 서동수는 방금 회담 결과를 김동일에게 알려준 것이다. 중재 회담은 성과 없이 끝났고 각국 정상은 돌아갔다. 오후 7시 반, 시진핑과 아베는 각각 제 나라에 도착했겠지만 푸틴과 트럼프는 지금도 날아가는 중일 것이다. 성과가 없다기보다 오히려 아베는 혹 하나를 더 붙였다. 난징과 간토 대학살의 보상금이다.

"김 총리에게 대업(大業)을 맡겼습니다."

서동수가 격려하듯 소리쳤을 때 김동일이 웃음 띤 목소리로 대답했다.

"걱정하지 마십시오, 각하. 적은 엄청난 불세례를 맞고 굴복할 것입니다."

서동수가 숨을 들이켰다. 남북한이 분단 상태에 있을 때 '불세례'라는 말을 수도 없이 들었다. 평양방송의 아줌마 아나운서의 입에 붙은 소리였다. 그런데 지금 듣는 '불세례'는 분위기가 으스스했다. 도청해서 듣는 쪽은 더 그럴 것이었다.

이 '불세례'는 바로 '핵'일 것이기 때문이다. 김동일과의 통화가 끝났을 때 서동수가 둘러앉은 측근들을 보았다. 어두운 표정이다.

"시간이 빨리 가는군."

서동수가 혼잣소리처럼 말했다. 김동일이 수복군 총사령관이지만 서동수가 대한민국 대통령이다. 그동안 수없이 작전을 체크했고 준비를 확인했다. 지금도 평양의 지하 벙커에는 수백 명의 장교가 상황판 앞에 모여 있는 것이다. 그때 유병선이 방으로 들어섰는데 굳은 표정이다.

"각하, 시 주석이십니다."

유병선이 옆에 놓인 전화기를 집어 서동수에게 내밀었다. 급박한 상황이어서 망설일 이유는 없다. 서동수가 전화기를 귀에 붙이고 응답했다.

"예, 서동수입니다."

"대통령 각하, 방금 아베 총리의 전화를 받았습니다."

이번에는 시진핑의 목소리가 스피커로 울렸다. 방안의 모두가 긴장했고 숨을 들이켠 서동수가 대답했다.

"예, 주석 각하."

"아베 총리가 대마도 상도(上島)를 양도하겠다고 합니다."

서동수가 눈만 치켜떴고 시진핑의 말이 이어졌다.

"하지만 조건을 붙였습니다."

"뭡니까?"

"대마도 상도(上島)에 평화유지군 형식으로 한국군과 중국군을 각각 1개 사단씩 주둔시키자는 것입니다."

"……."

"물론 난징, 간토 대학살에 대한 보상금 협상도 같이 하기로 했습니다."

시진핑의 목소리는 절제하고 있는 것 같았지만 밝다. 얼굴에 화색이 돌고 있는 것처럼 느껴졌다.

"어떻습니까? 받아들이시겠습니까?"

"상의하고 나서 주석께 연락드리지요."

정중하게 대답한 서동수가 전화기를 내려놓았을 때 안종관이 어금니를 물고 말했다.

"중국을 끼워 넣은 건 미국에 대한 배신감 때문입니다. 대마도에 중국을 넣다니……. 중국이 곧장 태평양으로 나오겠군요."

트럼프가 전용기 안에서 비서실장 서렌든으로부터 전화기를 넘겨받는다. 전용기는 방금 하와이 상공을 지났다. 트럼프의 시선을 받은 서렌든이 쓴웃음만 지었다. 30분 전, 서동수와 시진핑의 통화 내용은 한 자도 빼놓지 않고 트럼프에게 보고되었다. 둘의 목소리를 들으면서 감정 상태까지 분석했다. 그래서 지금 서동수의 전화를 받는 트럼프는 어떤 내용인지를 안다. 전용기 안 트럼프의 집무실에는 안보수석 레빈스키, 국무장관 존슨까지 들어와 있다. 이윽고 트럼프가 전화기를 귀에 붙였다.

"예, 서 대통령 각하."

"대통령 각하, 드릴 말씀이 있습니다."

서동수의 목소리가 스피커를 통해 울렸다. 트럼프가 둘러앉은 측근들에게 한쪽 눈을 감아 보이고는 대답했다.

"예, 말씀하시지요."

"조금 전 시 주석의 전화를 받았는데 일본 측이 협상안을 중국에 제시한 것 같습니다."

"중국에 말입니까?"

그래놓고 트럼프가 다시 한쪽 눈을 감았다가 떴다. 그 일로 트럼프는 펄쩍펄쩍 뛰었기 때문이다. 중재 역할을 중국에 맡긴 것도 그렇고 대마도 상도(上島)에 중국군을 주둔시키자는 협상안의 속내가 뻔한 것이다. 그때 서동수가 말했다.

"예, 대마도 상도에 한국군과 중국군을 각각 1개 사단씩 주둔시키고

1년 동안 협상을 하자는 것입니다."

"중국군을 주둔시키자고요?"

"예, 각하."

"동맹국인 우리 미군은요?"

"이미 일본에 주둔하고 있으니까요."

"갓댐, 그렇구나."

"그래서 우리 대한민국은 일본 측의 협상안을 받아들이지 않기로 결정했습니다."

"아, 그렇습니까?"

"각하와 통화를 끝내고 나서 바로 중국 측에 통보할 예정입니다."

"알겠습니다, 각하."

이제는 정색한 트럼프가 측근들을 둘러보았다. 시선을 받은 셋이 차례로 머리를 끄덕였다.

"저는 서 대통령 각하의 결정을 존중합니다. 그리고 이해합니다."

"감사합니다, 각하. 통화 끝내겠습니다."

통화가 끝났을 때 심호흡을 한 트럼프가 머리를 끄덕이며 말했다.

"서동수가 순발력이 빨라. 역시 대통령은 기업가 출신이 해야 돼."

측근들은 숨만 쉬었고 트럼프의 말이 이어졌다.

"국가 간 관계도 거래야. 우리도 이제는 등에 업은 아이를 내려놓을 때도 되었어."

그러고는 트럼프가 어깨를 흔들었다.

"무거워."

그 시간에 서동수는 안종관과 유병선, 국방장관 강동필, 하선옥 등과 함께 집무실에 둘러앉아 있다.

"아베가 계산을 잘못한 것 같습니다."

유병선이 말했을 때 서동수는 머리를 기울였다.

"지금 당장은 중국 측의 지원을 받을 수 있겠지."

서동수의 얼굴에 희미하게 웃음기가 떠올랐다.

"하지만 신용을 잃었어. 사업에서 신용을 잃으면 회복하기 힘들지."

그때 안종관이 앞에 놓인 전화기를 들고 말했다.

"각하, 푸틴 대통령께 연결되었습니다. 받으시지요."

통화 신청을 해놓았던 것이다. 전화기를 받은 서동수가 헛기침을 했다. 첨단 기기가 세상을 지배하는 시대였지만 결국은 인간이 국가를 운영한다. 이제 러시아를 끌어들일 차례다. 일촉즉발(一觸卽發)의 전시 직전 상황이었으나 한랜드 경기는 거의 영향을 받지 않았다. 일본 관광객이 끊겼지만 유럽과 동남아 관광객 비중이 늘어났다. 김광도는 한시티 남쪽 200㎞ 지점의 대전(大田)시로 내려와 있다. 한랜드의 도시명은 모두 한국에서 따왔기에 거리 이름도 머리를 짜낼 필요가 없다. 김광도는 대전시 서쪽 유성의 제14번 룸시티에서 TV를 보고 있다. 오후 10시 반, TV 뉴스 해설자의 열띤 목소리가 방안을 울렸다.

"조금 전, 푸틴 대통령이 미국 트럼프 대통령과 합의한 조정안을 중국 시진핑 주석에게 통보했습니다. 그것은 대마도 하도(下島)를 미·러·중·일 4개국 군(軍)이 주둔하는 중립 지역으로 선포하고 상도(上島)는 대한민국 측에 반환한다는 내용입니다."

한국방송의 뉴스 해설자가 어깨를 부풀리며 말을 이었다.

"그런 상황에서 1년간 대마도 하도까지의 완전 반환 및 간토(關東)와 난징(南京) 대학살에 대한 배상금 합의를 한다는 조건입니다."

그때 해설자 옆에 앉은 앵커가 물었다.

"일본이 받아들일까요?"

"받아들일 수밖에 없을 것입니다."

이론의 여지가 없다는 듯이 해설자가 자신 있게 대답했다.

"그렇지 않으면 한국군이 대마도를 수복할 테니까요. 앞으로 18시간밖에 남지 않았습니다."

앵커는 입을 다물었다. 지금까지 수백 번에 걸쳐 대마도 수복전(戰) 시나리오를 설명한 터라 지친 표정이다. 이제는 초등학교 아이들까지 외우고 있을 정도다. 백전백승이다. 리모컨으로 음소거를 한 김광도가 옆에 앉은 기획실장 고영일을 보았다.

"아베가 잘못 생각한 것일까?"

"저는 그렇게 보지 않습니다."

고영일이 바로 대답했다.

"아베가 어떤 방법을 내놓았든 간에 대세를 만회할 수는 없었을 것입니다."

김광도는 잠자코 시선만 주었다. 김광도식 관리 기술이다. 사주 앞에서 마음껏 발언하도록 만든다. 대국(大局)을 흩트리지 않는 한 고집을 부리지 않는다. 모두 서동수한테서 배운 것이다. 다시 고영일의 말이 이어졌다.

"동북아에서 아시아 대륙으로, 이어 세계의 새 질서가 만들어지고 있습니다. 아베는 그 새 질서에 어쩔 수 없이 밀려나게 된 것입니다."

"그것을 아베는 알까?"

"당연히 알겠지요."

"중국은?"

"마찬가지입니다. 다만 중국의 대처 방식은 일본보다 빠르고 유연했습니다.”

그렇다. 한랜드와 대한민국의 연결에 대응한 중국 측의 동북 3성 개방이 그 예다. 지금 한랜드와 동북 3성은 함께 시너지를 받아 동반 성장을 하고 있다. 중국의 22개 성(省) 중 가장 낙후됐던 동북 3성이 지금은 성장 속도가 선두 그룹을 형성하고 있다. 김광도의 시선을 받은 고영일의 얼굴에 웃음이 떠올랐다.

“중국은 새 질서를 재빠르게 받아들인 셈입니다, 회장님.”

“하지만 그다음은 알 수 없지.”

김광도가 말을 맺었다. 기업이나 국가가 갑자기 흥하거나 망하지 않는다. 그 바닥을 자세히 들여다보면 기록되지 않은 수많은 요소가 쌓여 있는 것이다. 그것을 이제 김광도도 안다. 서동수를 한랜드에서 처음 만났을 때부터 자신의 족적을 돌이켜보면 그 증거가 될 것이다. 어깨를 부풀린 김광도가 고영일에게 말했다.

“자, 축하주를 한 잔 마십시다.”

“수니라고 합니다.”

맑은 목소리로 말한 여자가 두 손을 앞에 모으고 공손한 모습으로 인사를 했다. 머리는 뒤로 묶어 올렸고 귀 위쪽으로 금장식을 했다. 진홍색 가운은 몸에 딱 붙어서 어깨와 젖가슴, 허리의 선이 붓으로 그려내린 것처럼 부드럽다. 계란형 얼굴, 초승달 같은 눈썹, 눈동자는 선명했고 붉은 입술은 미소를 머금었다. 양귀비가 환생했어도 이보다 고울 것인가? 초선의 애처로운 모습이 이보다 더할 것인가? 김광도는 감동으로 벅차오르는 가슴을 심호흡으로 진정시키면서 여자를 본다. 한족 여자다. 중국에서 온 여자인 것이다. 비스듬한 옆쪽 자리의 고영일은 러시아계 여자를 이미 옆에 앉혀놓고 이야기를 나누고 있다. 같이 술자리를 많이 한 터라 분위기가 자연스럽다. 김광도가 눈으로 옆쪽 자리를 가리켰다.

"앉아."

"감사합니다, 회장님."

여자의 한국어는 유창했다. 유라시아그룹에 종사하는 모든 직원은 한국어 습득이 필수적이다. 입사 후에 일정 기간 안에 기준에 닿지 않으면 임용이 취소된다. 김광도가 물끄러미 수니를 보았다. 이름도 한국 여자 이름인 '순이'에서 따왔을 것이다.

"어디서 왔지?"

"예, 베이징에서 모델을 하다가 온 지 석 달 되었습니다, 회장님."

수니가 또렷한 발음으로 말했다. 차분한 표정이었지만 긴장한 것 같지는 않다. 머리를 끄덕인 김광도가 다시 물었다.

"동북 3성이 한랜드에 개방된 것을 어떻게 생각하나?"

"제 주변에서는 곧 한랜드가 동북 3성에 흡수된다는 소문이 났습니다."

"나도 들었다. 여기서도 그런 소문이 났으니까."

김광도가 손을 뻗어 수니의 허리를 당겨 안았다. 말랑한 감촉과 함께 향내가 났다.

"그래, 네 생각은 어떠냐?"

"제 생각은 어떻게 되든 상관없습니다."

수니가 똑바로 김광도를 보았다. 검은 눈동자에 김광도의 얼굴이 박혀 있다.

"제 친구들도, 주변 사람 대부분도 같은 생각입니다."

"동북 3성이 한랜드에 흡수되어도?"

"네, 한랜드가 동북 3성에 흡수되어도 말입니다."

"전(前)에 동북 3성이 조선족, 그러니까 대한민국의 영토였다는 것을 알아?"

"모릅니다."

"고구려란 나라가 동북 3성을 지배했었다는 것도 모르겠구나."

"모릅니다."

그때 김광도의 말을 듣고 있었는지 고영일이 말했다.

"중국의 동북공정은 지금도 진행 중입니다, 회장님."

머리를 끄덕인 김광도가 다시 수니의 허리를 당겨 안았다.

"내가 만일 너 하고 결혼해서 지린(吉林)성의 성장이 된다고 치자, 수니."

"예, 회장님."

수니가 똑바로 김광도를 보았다. 숨을 들이켜 김광도가 말을 이었다.

"그러고 나서 내가 공산당 대회를 거쳐 중국 국가주석이 될 수 있을까?"

수니가 눈만 크게 떴으므로 김광도의 얼굴에 웃음이 떠올랐다.

"옛날에는 몽골족이, 여진족이 중국 천하를 통일했지 않아? 그러니 이번에는 조선족이 통일할 수도 있지 않을까?"

그때 대답을 고영일이 했다.

"이 기세로 가면 가능하지요, 회장님."

그 시간에 부산 대마도 수복군 총사령부의 사령관실에서 김동일이 유상천에게 말했다.

"아베가 푸틴의 제의를 받아들이지 않기를 바랍니다."

유상천은 잠자코 시선만 주었다. 한국군 해병대 사령관 유상천은 이번 상륙작전의 지휘관이다. 휘하에 5개 상륙전단, 1만2000여 척의 군소선박, 그리고 51만5000명의 병사를 이끌고 출동하는 것이다. 전투복 차림의 유상천은 해군 대장이며 이번 작전에 37명의 장군을 이끌고 갈 것이었다. 김동일이 말을 이었다.

"우리가 엄포를 하지 않았다는 증거를 보여줘야 돼요. 그래야 함부로 까불지 못하는 겁니다."

그때 유상천이 머리를 끄덕였다.

"맞는 말씀입니다."

이때는 '지당하신'이란 표현이 맞겠지만 유상천은 허식을 싫어하는 성품이다. 김동일의 표현이 마음에 드는 것 같다. 방안에는 상륙군의 고위급 지휘관 7명이 모여 있었는데 조금 열기 띤 분위기다. 중국을 통한 일본 측의 제의에 이어서 한국 측의 반응을 들은 미국과 러시아의 조정안이 전해진 상황이다. 즉 한국 측의 기세에 일본이 밀리고 있다는 증거와 같다. 그때 김동일의 목소리가 방안에 울렸다.

"내 부친께서 자주 말씀하셨소. 중국을 믿지 말라는 말씀이오. 절대로 우리 노선을 위해서 희생할 인간들이 아니라고 말씀하셨소."

유상천의 다부진 얼굴이 굳어졌다. 죽은 김정일이 유훈을 내려 주었다는 소문이 있었다. 통치술은 물론이고 대외관계에 대한 지침을 전해주었다는 것이다. 그것을 지금 김동일이 털어놓고 있는가? 김동일의 말이 이어졌다.

"6·25 때 중공군이 우리를 도운 것도 북조선을 지켜주기 위한 것이 아니라고 하셨소."

"……."

"임진왜란 때와 비슷한 경우라고 말씀하셨소. 그때 명나라 군사가 내려오지 않았으면 왜군이 명나라까지 들어갔을 테니까요."

"……."

"6·25 때도 놔두었다면 할아버지를 쫓아서 미군이 중국 땅까지 들어갔을 것이라고 하셨소. 그래서 중국군이 내려온 것이오."

심호흡을 한 김동일이 장군들을 둘러보았다. 7명 중 5명이 북한군 장성이다.

"북조선 출신 지휘관들은 잘 알겠군."

김동일의 얼굴에 쓴웃음이 떠올랐다.

"북조선 곳곳에 중국 첩자들을 심어놓고 남조선과의 연합을 방해해 왔지요. 신의주특구가 성공하자 쿠데타를 기도한 적도 있지 않소?"

어깨를 편 김동일의 눈빛이 강해졌다.

"이번에 우리 대통령께서 시 주석을 만나 대일(對日) 연합전선을 펼쳤지만 그건 일시적인 것이오. 아베가 시 주석을 통해 제의해온 것을 보시오."

그렇다. 일본이나 중국이나 마찬가지다. 일본이 끊임없이 한국을 침략하고 식민지로 삼았다고 성토하지만 중국은 그러지 않았는가? 왕조가 바뀔 때마다 한반도의 한민족에게 어떻게 대해 왔는가? 그때 김동일이 말을 이었다.

"사대주의는 중국과의 관계에서 생겨난 말이라고 아버지가 말씀하셨소. 아버지는 친일파보다 사대주의에 빠진 도당들이 더 위험한 반동들이라고 하셨소. 그래서 우리는……."

어깨를 부풀렸다가 내린 김동일이 긴 숨을 뱉었다.

"강해져야 합니다. 그래야 살아요."

유상천이 커다랗게 머리를 끄덕였다.

"피곤하지 않으세요?"

침대로 들어온 하선옥이 서동수의 가슴에 얼굴을 묻으면서 물었다. 자연스러운 동작이었고 따뜻하고 부드러운 피부가 몸에 닿는 순간 향내가 났다. 밤 12시 반, 평양 대동강변의 대통령 사저. 하선옥은 가운도 벗어버리고 팬티 차림이다.

"그렇게 물으면서 왜 이렇게 붙는 거야? 팬티 차림으로 말이야."

하선옥의 어깨를 당겨 안으면서 서동수도 물었다. 하선옥은 샤워까지 하고 들어온 것이다.

"제가 위에서 해드릴게요."

서동수의 팬티를 끌어내리면서 하선옥이 말했다. 더운 숨결이 서동수의 가슴을 훑고 지나갔다.

"오늘 같은 날, 침대에 혼자 누워 계시면 안 돼요."

"그럼 둘이 엉켜 있는 것이 나을까?"

하선옥의 팬티를 끌어내리자 둘은 곧 알몸이 되어서 엉켰다.

"해드려요?"

서동수의 남성을 감싸 쥔 하선옥이 물었다. 남성은 이미 단단해져 있다.

"조금 있다가."

"네, 서둘 것 없죠."

하지만 하선옥은 서동수의 남성을 두 손으로 쥐고는 주물럭거렸다.

"오늘 하루 힘드셨지요?"

몸을 붙인 하선옥이 가슴에서 시선만 들고 서동수를 보았다.

"일본이 러시아, 미국의 제의를 받아들일까요?"

"내일 아침이면 알 수 있겠지."

서동수가 하선옥의 골짜기를 손으로 천천히 쓸어 올렸다. 이미 젖은 골짜기에서 꿀 같은 애액이 손가락을 적셨다. 서동수가 말을 이었다.

"하도(下島)에 중국까지 4개국이 모이게 됐으니까 중국도 더 이상 거들지는 못할 거야."

"아베가 중국을 끌어들이려고 했어요."

"중국은 알면서도 거부하지 못했고."

다리를 올려 서동수의 손가락이 닿는 면적을 넓혀주면서 하선옥의 숨결이 거칠어졌다.

"중국도 함께 대학살 배상금을 받게 되겠지요?"

"그거야 함께 공동보조를 맞추겠지."

서동수가 머리를 숙여 하선옥의 젖가슴을 입에 물었다. 혀로 입안에 든 젖꼭지를 굴리면서 서동수가 물었다.

"동북 3성은 고구려 영토였어."

"그래요."

가쁜 숨을 뱉으면서 하선옥이 꿈틀거렸고 남성을 쥔 손에 힘이 실렸다.

"고구려는 한반도의 평양까지 포함한 대제국이었죠."

"시 주석도 알고 있어."

"그럼요. 그래서 동북공정을 시작한 것이니까요."

허리를 추어올렸다가 내린 하선옥이 사지를 꿈틀거렸다.

"여보, 해줘요."

"참아."

"못 참겠어요."

"시 주석은 한랜드와 한반도까지 포함한 중국 대륙의 통일을 원하고 있을 거야."

"당연하죠, 여보."

하선옥의 목소리가 달라졌다. 이제 하선옥은 서동수의 어깨를 잡아 위로 올리려는 몸짓을 했다. 콧잔등에 땀방울이 솟아났고 눈동자는 흐려졌다.

"넣어줘요, 여보."

그때 서동수가 말했다.

"그 통치자가 한반도의 한민족이라고 해도 받아들일 거야. 그것이 중국식 통일이고 제국의 건설이지. 전에도 그랬거든."

서동수가 마침내 하선옥의 위에 올랐다.

전주시 덕진구의 동창회 사무실, 동창회장 이응호와 총무 변기성이 나란히 앉아 TV를 보고 있다. 오전 9시 45분, 둘은 5년째 동창회장과 총무를 맡고 있다. 하겠다고 나서는 인사가 없었기 때문이다. 옛날에는 선거나 행사 때 동창회장이 잘 팔렸고 생기는 것도 많았지만 지금 그랬다가는 큰일 난다. 그래서 돈만 들고 귀찮은 자리가 됐다.

"야, 채널 좀 돌려 봐라."

이응호가 말했지만 변기성은 리모컨이 옆에 있는데도 움직이지 않았다. 사무실 안에는 둘뿐이다. 10시 정각에 수복군 총사령관 김동일이 특별성명을 발표한다고 8시부터 예고 방송이 나왔다. 그래서 지금 모든 TV에서는 온갖 추측을 다 내놓고 있다.

"야, 저 평론가라는 인사들, 자격증이 있는 거냐?"

불쑥 변기성이 물었으나 이번에는 이응호가 대답하지 않았다. 변기성이 TV 화면을 응시하면서 투덜거렸다. 어느새 손에 리모컨을 쥐고 음소거를 시켜놓았다. 그래서 화면에 나온 사내 하나는 붕어처럼 입만 달싹이고 있는데 가슴에 '정치평론가'라는 명찰이 붙어 있다. 이응호가 건성으로 대답했다.

"아, 있겠지, 그렇게 평론하는 거 아니냐? 알아듣기 쉽게 말여."

"내 생각에는 말 빨리 허는 인사를 데려다 놓은 것 같은디."

"그럼 니가 가보지 그러냐? 말 빨리 허잖여?"

"평론이 틀려도 책임지는 인사가 없더구먼, 그렇게 지 멋대로 지껄여."

"잘도 들었네."

"센 이야기를 하는 인사가 자주 나오고, 나도 요령을 알겠더라."

"허긴 요즘 TV에 별놈의 인사가 다 나오니께. 가관이지."

마침내 이응호도 끌려들었다.

"TV 봉께 별놈의 제목이 많여. '맛이 들린다' '맛있는 소리' '냄새를 본다', 뭐 그런 거 말이다."

"그짓말 허고 있네, 말 지어내지 마."

"사람 끌어들이려고 별짓을 다혀."

그때 화면에 김동일이 나타났고 놀란 변기성이 음소거를 해제했다. 10시 정각, 김동일이 똑바로 둘을 봤다.

"본인은 대마도 수복군 총사령관으로서 대한민국 대통령 각하의 지시를 받고 지금 대마도로 진군합니다."

그 순간 둘은 동시에 숨을 들이켰다. 마침내 전쟁인가? 온갖 시나리오가 평론가들의 빠른 말솜씨로 수백 번 전파됐다. 그중에는 전쟁도 포함됐지만 이렇게 성명을 발표하고 출정한다는 평론가는 없었다. 그때 김동일이 다시 이응호와 변기성을 봤다. 당당한 표정이다.

“대통령 각하께서는 아베 총리가 제안한 대마도 상도(上島)를 대한민국이 수복하고 1년간 하도(下島) 반환 협상을 하는 조건을 수락하셨습니다.”

“옳지.”

이응호가 소파 팔걸이를 손바닥으로 두들겼다. 대마도 상도를 먼저 수복했다. 다시 김동일의 말이 이어졌다.

“본인은 수복군을 이끌고 이 성명 발표가 끝남과 동시에 대마도로 진군합니다, 여러분.”

“만세!”

갑자기 변기성이 벌떡 일어서더니 만세를 불렀다. 두 손을 번쩍 치켜들었고 두 눈도 부릅떴다.

“만세!”

이응호는 심호흡을 한 뒤 자리에서 일어섰다. 그러고는 변기성의 만세 삼창의 마지막을 함께 외쳤다.

“만세!”

외치고 나니까 갑자기 눈물이 나왔다.

“일본 역사상 최대 위기로군.”

중국 총리 저커장(周克江)이 혼잣소리처럼 말했다. 영원한 2인자, 또는 그림자 총리로 불리는 저커장은 언론에 드러나지 않기로 유명(?)한 인물이다. 이곳은 베이징대학 근처의 안가. 저커장은 작은 정원이 바라보이는 1층 응접실에서 당 기율부장 우더린(吳德林), 총리실 비서 리원

(李雲)과 둘러앉아 있다. 찻잔을 든 저커장이 말을 이었다.

"2차 세계대전에서 패했을 때보다도 지금이 더 위험한 것 같네."

"이는 일본 지도부가 자초한 것입니다. 특히 아베 씨가 미국을 등에 업고 너무 독주했지요."

우더린이 말을 받았다. 산둥성장을 지낸 우더린은 서동수가 칭다오에 동성 본사를 세울 때부터 한국 상승세를 피부로 겪은 한국통이기도 하다. 지금은 당 기율부장으로 승진해 당 지도부에 가담했다. 우더린이 말을 이었다.

"극우 세력의 지원을 받아 옛 군국주의 시대로 돌아가려는 것 같은 분위기를 연출한 것은 내국(內國)의 사기 진작에는 도움이 될지 모르지만 주변국의 반발을 불러일으켰던 것입니다."

저커장의 얼굴에 쓴웃음이 번졌다.

"그것이 직선제 정치인들의 한계야. 수시로 여론의 눈치를 봐야 하니 긴 안목을 가질 수 없어."

"아베 씨가 처음에는 신선했는데 너무 나갔습니다. 스스로 도취된 것 같습니다."

"이제 동북아 판도는 결정됐어. 일본은 지는 해야."

"욱일승천기를 달기가 멋쩍을 것입니다."

"대마도 하도(下島)도 반환해야겠지?"

"배상금도 지급해야 할 겁니다. 이미 해일이 덮쳐가고 있으니까요."

"우리도 받아 내야지."

"한꺼번에 변상시킬 수는 없으니 10년이나 20년간 받아 내는 방법을 강구해야 될 것 같습니다."

머리를 끄덕인 저커장이 다시 물었다.

"동북 3성이 한랜드에 흡수된다는 소문이 돌고 있어. 알고 있지?"

"알고 있습니다."

쓴웃음을 지은 우더린이 말을 이었다.

"SNS에서 퍼지고 있는데 막으면 역효과가 날 것 같아 조정하고 있습니다."

"한랜드 측, 아니 한국 측의 공작일까?"

"그럴 가능성도 있습니다. 그래서 조사하고 있습니다."

그때 저커장의 시선을 받은 리원이 입을 열었다.

"한국에서는 동북 3성이 역사적으로 옛 고구려 영토였다는 말이 퍼지고 있습니다. 대마도 사건과 맞물려 SNS에서 수백만 조회 수를 기록하는 중입니다."

"지금 상황에서 문제 삼으면 오히려 한국 측에 끌려 들어가는 꼴이 될 거야."

저커장이 말을 받았다. 오늘 모임의 목적은 이것 때문이다. 긴장한 둘을 향해 저커장이 말을 이었다.

"대세(大勢)는 혼자만의 힘으로 만들어지는 것이 아니야. 시간과 상황이 맞아야 돼."

저커장의 얼굴에 쓴웃음이 번졌다.

"우리가 간과한 것이 있어."

"무엇입니까?"

우더린이 묻자 저커장이 긴 숨부터 뱉고 나서 말했다.

"우리가 아무리 계산기를 두드려도 소용없어."

"……."

"동북 3성의 민심이 움직이면 말이야."

"……."

"몇백만 군대를 그곳에 갖다놔도 모래밭에 물 붓기야."

그때 저커장이 다시 긴 숨을 뱉었다.

"우리가 너무 쉽게 생각한 것 같네. 그리고 지금 되돌리기에는 너무 늦었어."

대마도 접수는 전혀 예상하지 못한 방법으로 끝났다. 언론사의 접근을 차단한 상태에서 순식간에 진행된 것이다. 그래서 언론 보도는 대한민국 측이 제공한 사진 몇 장을 우려먹어야만 했다. 언론사로서는 기가 막힐 일이었다. 당연히 극성 언론사 3, 4곳이 보도용 헬기를 띄웠다가 대마도 수복군이 쏜 고사총을 맞아 3대가 격추되는 사건이 일어났다. 북한군의 고사총은 워낙 명성이 자자했지만 이번엔 인명 살상은 없었다. 겨냥이 정확해서 꼬리날개만 맞혀 떨어뜨렸기 때문이다. 대마도를 수복해 놓고도 수복군 총사령관 김동일이 화면에 나타나지 않는 것도 이상했다. 대변인 보도도 없었다. 그렇다고 대한민국 정부 발표가 있는 것도 아니었고 대통령실까지 입도 뻥끗 안 했다. 그렇게 이틀, 사흘이 지나가자 국민들이 깨닫기 시작했다.

"수복했으면 된 거요."

서동수가 김동일에게 말했다. 밤 10시, 이곳은 대마도 상도의 중심도시인 히타카쓰(比田)의 수복군 총사령관 막사 안이다. 서동수가 극비리에 헬기편으로 날아와 김동일을 만나고 있다. 방안에는 남한 총리 조수만과 국방장관 강동필, 외교장관 유춘식과 안보특보 안종관까지 모여 앉았으니 대한민국의 지도부는 다 모인 셈이다. 서동수가 말을 이었다.

"이제부터 겸손해야지. 지금은 허세를 부린다고 해도 넘어가지 않아요."

언론 통제를 말하고 있는 것이다. 수복한 대마도에 대한민국 대통령과 남북연방의 총리가 모두 모였다. 이제 4년이 지나면 남북은 하나의 정부로 통일되고 새 대통령이 통치하게 될 것이다. 방안은 조용하다. 서동수는 각료, 측근의 자유로운 토론을 경청하는 성품이지만 핵심은 놓치지 않는다. 주관이 분명해서 여론에 좌우되지도 않는다. 지금 서동수는 앞으로의 대한민국 진로를 말하고 있다.

"우리가 한랜드까지 포함한 대한민국을 이룰 수 있게 된 원인 중 하나는 여러분도 알다시피 미국의 중국 견제로부터 시작됐지요."

서동수가 말을 이었다.

"미국과 러시아의 암묵적 지원으로 중·미의 양강(兩强) 체제에서 러시아와 대한민국의 제3세력이 탄생한 겁니다. 이것도 시대 상황의 도움이 컸습니다."

심호흡을 한 서동수가 측근들을 둘러봤다.

"이제 문제는 중국이오."

서동수의 시선이 후계자로 알려진 김동일에게로 옮겨졌다.

"중국은 동북 3성을 개방하는 과감한 승부수를 던졌습니다. 그것으로 한랜드를 포함한 대한민국을 압도할 수도 있을 것입니다."

그렇다. 동북 3성의 인구는 1억 명이 넘는다. 여진족, 조선족의 비율은 줄어들었고 90% 이상이 한족이다. 그러나 대표적 낙후 지역이었던 동북 3성은 한랜드가 개방되면서 오히려 중국 전체 경제성장률을 뛰어넘었다. 그때 서동수가 결론을 냈다.

"동북 3성 주민의 마음을 얻으면 대륙을 얻을 수도 있을 겁니다."

모두 숨을 죽이고 있다. 서동수는 측근들에게 과제를 준 것이다. 사명을 준 것이라고 해도 될 것이다. 회의가 끝나고 자리에서 일어서던 김동일을 서동수가 손짓으로 불렀다. 다가온 김동일에게 서동수가 웃음 띤 얼굴로 말했다.

"김 총리가 대륙의 통치자가 되면 좋겠어. 그게 내 바람이오."

"아닙니다."

펄쩍 뛸 듯이 놀란 김동일이 손까지 저으며 말했다.

"저는 아직 멀었습니다, 대통령 각하."

"미국은 세계의 리더 대접을 받지 못하고 있었어."

트럼프가 다시 투덜거렸다.

"솔직히 세계의 평화와 질서를 유지한답시고 1년에 쏟아붓는 돈이 얼마냐고? 몇천억 달러야. 그 돈으로 미국에 실업자가 한 명도 없도록 만들 수가 있다고."

앞에 앉은 안보수석 레빈스키와 국무장관 존슨은 눈만 껌뻑였다. 한두 번 듣는 말이 아니었기 때문이다. 대통령 후보 시절부터 그렇게 떠벌렸는데 그때는 허황하게만 들렸다. 허점도 많아서 비판이 송곳처럼 쑤시고 들어왔다. 그런데 그 말이 유권자들에게는 먹힌 것이다. 유권자들은 단순한 해석을 좋아한다. 말이 길고 어려우면 대부분 거짓말이 섞여 있다는 것도 안다. 어깨를 부풀린 트럼프가 말을 이었다.

"이번 회담에서부터 시작이야. 절대로 양보할 수 없어."

내일부터 워싱턴에서 아시아태평양경협기구 정상회담이 열리는 것이다. 이번 회담에는 러시아의 푸틴, 중국의 시진핑, 일본의 아베와 대한민국의 서동수까지 화제가 되고 있는 정상이 모두 참석한다. 세계의 이목이 집중되어 있다.

"각하, 대한민국 측이 이런 요청을 해왔습니다."

트럼프의 말이 끝나기를 기다리던 존슨이 서류 한 장을 내밀었다.

"뭐야, 이건?"

서류를 받아든 트럼프가 이맛살을 찌푸렸다. 내일 정상회담 직전에 정상들이 모여서 찍을 사진 배치도다. 주최국인 미국 측에서 미리 정상들의 위치를 배정해서 나눠주었기 때문에 각각 위치와 이름이 기록되어 있다. 그런데 앞 열 중심부 푸틴 옆쪽에 배치된 서동수의 자리가 화살표로 뒤쪽 캄보디아 수상 탁반동 옆으로 옮겨져 있다. 그때 입맛을 다시면서 말했다.

"뒤 열 끝 쪽으로 옮겨 달랍니다. 탁반동 옆이 아니라도 좋답니다. 동티모르 수상 옆도 괜찮답니다."

"쇼하고 있네."

트럼프가 투덜거리다가 존슨을 보았다.

"얘가 왜 이래?"

"겸손해지겠다는 표시지요. 뻔한 수작이지만 효과는 있습니다."

"얘 쇼맨십은 나하고 비슷하군."

레빈스키와 존슨이 서로의 얼굴을 보았지만 표정이 바뀌지는 않았다. 이윽고 트럼프가 머리를 끄덕였다.

"그렇게 해주지."

존슨과 레빈스키가 집무실을 나갔을 때 '국정자문관'이란 별정직을 맡고 있는 사위 재러드 쿠슈너가 들어섰다.

"각하."

예의 바르게 부른 쿠슈너가 트럼프 앞에 섰다. 트럼프의 시선을 받은 쿠슈너가 말을 이었다.

"각하, 한랜드에서 트럼프 타운 부지로 한시티 서북방에 3000만㎡를 무상 임대해 주겠다는데요."

"뭐야? 3000만㎡?"

"예, 지도를 보니까 앞쪽에 산맥이 가로지르고 옆쪽은 타이거 지대입니다. 비행장도 건설할 수 있겠습니다."

"무상으로?"

"예, 무상입니다."

"내가 대통령인데 그러면 안 되지."

"이방카 이름으로 하면 됩니다. 그리고 그쪽은 개발 지역이라 우리가 특전을 받는 것이 아닙니다. 투자하는 건데요 뭐."

"그렇긴 한데."

"다른 업체들도 무상 임대를 받습니다."

"서동수 그놈도 장사꾼 출신이라 나하고 생각하는 것이 비슷해."

눈을 가늘게 뜬 트럼프가 말을 이었다.

"언론 조심해, 재러드."

"어, 시진핑이네."

누군가 말하자 식당 안이 조용해졌다. 이곳은 홍대 앞쪽의 먹자골목 안이다. 오후 11시 반, 워싱턴 시간은 오전 9시 반이 될 것이다. 부대찌개 식당은 손님들로 가득 차 있었는데 모두 2차로 온 취객들이다. 근처 클럽에서 1차를 했기 때문에 떠들썩하다. 그때 워싱턴의 아시아 태평양경협 정상회담장 입구로 중국 국가주석 시진핑이 나타났다. 정장 차림의 시진핑이 붉은 카펫이 깔린 계단을 오르고 있다. 그 위쪽 현관 안에서 주빈국 대통령 트럼프가 기다리고 있다. 이렇게 트럼프가 한 명씩 정상들을 맞는다.

"중국 황제 나가신다!"

술에 취한 40대쯤의 출판업자가 커다랗게 소리쳤다. 앞에 앉은 친구들이 웃기만 했다. 과연 시진핑은 14억 인구를 거느린 대국(大國)의 군주다웠다. 천천히 계단을 올라간 시진핑이 잔잔한 웃음이 밴 얼굴로 트럼프의 손을 잡았다. 트럼프가 어깨를 한껏 젖혔지만 분위기는 시진핑이 낫다. 지금 식당 안에서는 그것을 평가하고 있다. 시진핑 전에 뉴질랜드, 스리랑카, 방글라데시 정상들이 지났지만 눈여겨보지 않았다. 그때 이번에는 아베가 나타났다.

"옳지, 아베다!"

다시 누군가 소리쳤고 떠들썩했던 식당의 시선이 위쪽 TV로 모였다. 안쪽 윗부분에 TV가 걸려 있어서 사방에서 다 보인다. 계단을 올라오는 아베의 표정은 조금 굳어 있다. 대마도를 '탈취'당한 후유증이 아직 가시지 않은 것이다. 일본 국내에서는 뒤늦게 '대마도 탈환' 데모가 일어나고 있다. 이윽고 계단을 오른 아베가 트럼프와 악수를 나누었다. 트럼프가 한 손으로 아베의 어깨를 감싸 안는 시늉을 했고 아베는 웃는다.

"좀 미안한 모양이지?"

이번에 소리친 사내는 30대쯤으로 천호동에서 이곳까지 원정 나온 자동차 판매원이다. 이번에도 앞쪽 일행이 웃기만 했다. 아베가 들어갔을 때 화면이 다시 현관을 비췄다. 서동수다. 누가 소리치지 않았어도 식당 안이 다시 조용해졌다. 요즘 장사는 잘된다. 한랜드가 번성하고 대마도를 수복하는 바람에 나라가 열기에 떠 있다. 어떤 시인은 나라가

'술에 취한 것 같다'고 했다. 이렇게 살다가 갔으면 좋겠다고도 했다. 그때 서동수가 계단을 올라온다. 차분한 표정, 단정한 진청색 양복 차림에 머리도 잘 손질되었다.

"잡놈같이 안 뵈는군그려."

합정동에서 철물점을 하는 40대 사내가 말했는데 앞에 앉은 일행은 웃지 않았다. 그때 계단을 올라온 서동수가 트럼프에게 다가갔다. 트럼프가 웃음 띤 얼굴로 손을 내밀었다. 그때 식당 안 모든 사람의 머릿속에 지난날 대한민국, 아니 남한 대통령이 미국 대통령을 만났을 때 장면이 떠올랐다. 모두 당당했다. 모두 어깨를 편 채 손을 내밀었고 시선을 똑바로 미국 대통령과 맞췄다. 5000만 국민의 대표인 것이다. 기가 죽으면 국민의 기를 꺾는 것과 같다. 역대 모든 대통령이 그랬다, 모두. 그때다. 서동수가 트럼프의 손을 잡았는데 왼손을 오른손목 밑에 받쳤다. 두 손으로 황송하게 잡은 것이다. 그리고 보라. 서동수가 손을 쥔 채 허리를 90도로 꺾어 절을 했다. 머리가 트럼프의 배에 닿을 정도였다. 당황한 트럼프가 서동수의 어깨를 잡으려고 하다가 말았다. 그때 허리를 편 서동수가 다시 한 번 허리를 꺾어 절을 하고는 그때야 손을 놓았다. 트럼프는 당황한 표정이다. 식당 안은 조용해져 있다. 그때 어디서 울음소리가 났다.

"쇼는 내가 안 한 거야."

그날 밤, 숙소인 워싱턴호텔 방에서 서동수가 말했다. 밤 11시 40분, 방에는 홍보수석으로 수행해온 하선옥과 둘뿐이다. 서동수는 방금 트럼프가 주최한 만찬장에서 돌아왔다.

"다른 분들이야 어쨌는지 모르지만 나는 꾸미지 않았어."

"그래요."

하선옥이 다가와 서동수의 재킷을 받으면서 웃었다. 방금 하선옥은 화제가 되고 있는 서동수와 트럼프의 인사 이야기를 한 것이다. 외국 기자들은 그것이 과장되었다고 했다. 서동수의 앞으로 다가온 하선옥이 넥타이를 풀면서 말을 이었다.

"내일 아침에는 기자들이 나한테 어젯밤 어디서 잤느냐고 물을걸요."

"뭐라고 할래?"

"여기서 잤다고 할까요?"

하선옥이 눈웃음을 쳤다.

"한국에서는 어젯밤 각하께서 트럼프와 인사하는 장면을 보고 다 울었대요."

"왜 울어?"

"그냥요."

다가선 하선옥이 서동수의 허리를 두 팔로 감아 안았다. 턱을 서동수의 가슴에 붙인 하선옥이 서동수를 보았다.

"저도 그 장면을 보고 울었어요."

"글쎄, 왜?"

"불쌍하고 고맙고 자랑스럽고…… 등등."

하선옥이 시선을 내리더니 얼굴을 가슴에 붙였다.

"허세를 부리는 것보다 훨씬 나았어요."

"난 무릎 꿇고 큰절이라도 할 수 있어. 이번에 관세를 올리지만 않는다면 말이야."

서동수가 하선옥의 엉덩이를 두 손으로 움켜쥐었다.

"엉덩이가 단단해진 걸 보니까 거기가 준비된 모양이군."

"그게 무슨 말이에요?"

머리를 든 하선옥의 입에 입술을 붙였다 뗀 서동수가 말을 이었다.

"그걸 하고 나면 굳어진 엉덩이가 풀리는 법이지."

"기가 막혀."

하선옥이 손을 뻗어 서동수의 남성을 움켜쥐었다가 놓았다.

"여기도 벌써 굳어져 있네요."

"같이 탕에 들어가자."

"욕조에 물 채워 놓을게요."

몸을 뗀 하선옥이 욕실로 들어섰다.

이제는 경제다. 냉전 시대를 거쳐 미·중의 양강 시대까지 70년을 지나오면서 미국은 엄청난 국방비를 쏟아부어 세계 질서를 잡았다. 세계의 패권을 놓치지 않으려고 했다는 말이 맞을 것이다. 그런데 이제는 달라졌다. 대한민국과 러시아가 연합한 제3제국을 내세워 중국을 견제하면서 자국의 이익을 도모하려는 것이다. 트럼프다운 발상이며 실리적이다. 혼자서 엄청난 국방비를 쏟으면서 세계 질서를 잡을 이유가 없다는 것이다. 그때 욕실 문이 열리더니 하선옥이 머리만 내밀고 말했다.

"오세요."

자리에서 일어선 서동수가 욕실로 들어섰다. 하선옥은 이미 욕조 안에 들어가 있었는데 알몸이다. 가운을 벗어던진 서동수가 욕조에 몸을 담그면서 탄성을 뱉었다.

"좋구나."

"힘드셨는데 보너스를 받으셔야죠."

옆으로 다가온 하선옥이 서동수의 어깨를 주물렀다.

"이제 대한민국은 다시 활기가 돌아왔어요. 이 활기로 경제를 일으키면 돼요. 그럼 모든 것이 풀리게 돼요."

서동수가 손을 뻗어 하선옥의 허벅지를 움켜쥐었다. 내 역할이 그것이다. 활기.

다음 날 오전 9시 10분에 본회의장인 워싱턴의 링컨호텔로 들어선 서동수가 곧장 로비 안쪽의 제2 귀빈실로 들어갔다. 기자들의 출입이 금지된 구역이었지만 이미 정보는 다 알려져 있다. 대한민국 대통령 서동수와 러시아 대통령 푸틴의 비공식 단독 회담이다.

"여어, 동수 각하."

기다리고 있던 푸틴이 그렇게 불렀는데 친근감의 표현이다. 그리고 틀린 호칭도 아니다. '서 각하'보다는 어울린다. 단독회담이라지만 푸틴은 메드베데프를, 서동수는 비서실장 유병선을 대동하고 있다. 인사를 마친 넷이 자리에 앉았을 때 푸틴이 웃음 띤 얼굴로 서동수를 보았다. 오늘 회담은 서동수가 갑자기 요청한 것이다.

"각하, 무슨 일입니까?"

"예, 대한민국에 주둔하고 있는 미군 문제인데요."

푸틴이 시선만 주었고 서동수가 말을 이었다.

"미국 측에 우리가 미군 주둔 경비를 다 지불하겠다고 제의할 예정입니다."

푸틴과 메드베데프가 서로의 얼굴을 보았다. 예상하지 못했다는 표정이다. 남북한이 연방제로 통일되었지만 주한 미군은 아직 철수하지 않았다. 오히려 미국 측은 대한민국 측이 철수하라고 할까 봐 눈치를 보는 상황이었다. 그런데 미군 주둔 비용을 다 내다니.

"아니, 그러실 필요가 있습니까? 미국은 오히려 나가라고 할까 봐 겁내는 것 같던데 말입니다."

지구에서 이런 식으로 이야기를 나누는 사람은 서동수와 푸틴뿐일 것이다. 그때 서동수가 목소리를 낮췄다.

"미국이 중국과 대한민국의 수입 관세를 100% 증액한다는 안을 이번에 결정할 것 같습니다."

푸틴이 시선만 주었다. 사실이다. 미국도 예고했고 이번 회의에서 관철시킬 것이었다. 그렇게 되면 중국은 치명타를 맞는다. 경제성장률이 대번에 3%대로 떨어지게 될 것이다. 미국 의존도가 그만큼 컸기 때문이다. 대한민국도 타격은 받겠지만 중국만큼은 아니다. 서동수가 머리를 들고 푸틴을 보았다.

"블라디미르 블라디미로비치 각하, 부탁이 있습니다.

"뭡니까?"

"한랜드 서남쪽 일부 지역을 미 공군 기지로 임대하도록 허가해 주시지요."

"……."

"비행장과 기지, 미군 숙소와 미군 가족까지 살 수 있도록 타운을 건설해 주려고 합니다."

"……."

"제가 트럼프 대통령 사위 쿠슈너한테 한시티 서북방 3000만㎡를 무상임대해 주겠다고 했습니다. 쿠슈너가 제 제의를 받아들였습니다, 각하."

"……."

"그렇게 되면 미국은 한랜드에 대대적인 투자를 할 것이고 대한민국은 경제 제재를 받지 않게 될 가능성이 큽니다."

푸틴의 시선이 메드베데프에게로 옮아갔다. 그때 메드베데프가 심호흡을 하고 나서 말했다.

"각하, 이것은 중국이 동북 3성을 내놓은 도박보다 더 안전합니다."

푸틴의 눈이 더 번들거렸지만 아직 입을 열지는 않는다. 메드베데프의 목소리가 열기를 띠었다.

"각하, 러시아로서는 전혀 손해가 없는 장사입니다."

그때 푸틴이 입을 열었다.

"총리, 동수 각하 앞에서 장사 이야기는 하지 마라."

그러더니 푸틴이 서동수를 향해 웃었다.

점심시간이 되어 숙소로 돌아온 중국 주석 시진핑은 방으로 총리 저커장, 외교부장 우린, 비서 왕원을 불렀다. 시진핑의 표정은 굳어 있다. 오전 회의 때 미국 대통령 트럼프는 미국은 더 이상 '제 살을 깎아서 타국의 배를 채우게 하는 미친 짓'은 그만두겠다고 선언했다. 미국은 지금까지 '희생'만 해왔으며 그것을 '이용하는' 국가들의 '먹이'가 되었다고 화를 내었다. 상당 부분 맞는 말이어서 반발하는 국가는 없었고 일부 국가원수는 머리를 끄덕여 공감했던 것이다. 그래서 오후에는 미국 측의 충격적인 '선언'이 예상되었다. 그것은 중국과 대한민국 등 선진국 대열에 오른 국가의 미국 수입품 관세를 100% 올리는 것도 포함될 것이었다. 국가 간 회의에서 불쑥 돌출되는 사건이나 문제는 없다. 모두 사전에 실무자들이 내놓고 협의하고 결정된 내용이 대부분이다. 그래서 시진핑도 예상은 하고 있다.

"유예기간을 달라고 하는 수밖에 없어. 최소한 5년은 받아야겠지?"

시진핑의 시선을 받은 저커장이 한숨을 뱉었다.

“정보를 모아본 결과 2년 이상은 안 될 것 같습니다, 동지.”

“나도 보고를 받았지만 2년이면 너무 촉박해. 구조 조정할 시간이 모자라네.”

눈을 크게 뜬 시진핑이 왕원을 보았다.

“한국하고 같이 트럼프를 밀어붙였으면 좋겠는데 서 대통령은 아침에 푸틴을 만나 무슨 이야기를 했지?”

“별다른 동향은 없습니다.”

시선을 내린 왕원이 대답했다. 정보를 캐내지 못했다는 말이었다. 온갖 기기를 동원해서 적극적으로 도청, 미행, 도촬을 해대는 것이 당연한 일인 것이다. 또한 상대방은 결사적으로 그것을 막고, 방해한다. 서동수와 푸틴의 만남에 대해서는 방어하는 쪽이 승리한 셈이다. 입맛을 다신 시진핑이 셋을 둘러보았다.

“한국이 미국으로부터 관세 제재를 받으면 제3세계 대세가 꺾이겠군.”

“당연하지요.”

저커장이 대답했다.

“세상은 한쪽으로만 기울지 않는 법입니다. 한쪽이 불리하면 유리한 부분도 있기 마련이지요. 그러니까 옛 말씀에 새옹지마라는 말도 있지 않습니까?”

그러고 나서 오후에 열린 회의 때 트럼프 대통령이 오전에 설명한 미국 정부의 방침을 발표했다.

“미국은 중국산 수입제품에 대하여 전 품목 100% 관세를 적용할 것이며 그 시기는 다음 달 초부터로 정할 것이오.”

시선을 든 트럼프가 길게 숨을 뱉고 나서 말을 이었다.

"대한민국은 한랜드와 중국의 동북 3성까지 연결되어 중국, 러시아 경제권까지 영향을 미칠 것이므로 관세부과는 무기한 보류합니다."

트럼프의 시선이 시진핑 쪽으로 돌아갔다.

"중국의 동북 3성의 생산품은 이번 관세 적용에서 제외하게 됩니다. 다만……."

말을 잠깐 그친 트럼프가 심호흡을 하고 나서 이제는 서동수 쪽을 보았다.

"동북 3성 제품은 한랜드의 관인이 찍혀야 인정을 합니다."

회의장이 수선거렸지만 중국 측 대표단도 아직 영문을 확실히 알지 못한 터라 낮게 수군거리기만 했다. 시진핑도 옆에 앉은 저커장, 왕원에게 물었지만 아직 손익과 내막을 파악하지 못했다. 회의장의 분위기는 어수선해졌다. 강대국 중 아베는 앞쪽만 보았는데 딴생각을 하는 것 같았고 푸틴은 하품을 했다. 서동수는 앞쪽 방글라데시 대통령만 보고 있었는데 숨을 쉴 때마다 콧구멍이 커졌다. 웃음을 참으면 그렇게 된다.

"동북 3성 제품의 무관세 수입이라."

트럼프가 벽에 붙은 지도를 보면서 감탄했다. 오후 6시, 트럼프는 백악관으로 돌아와 집무실에 앉아 있다. 주위에는 국무장관 존슨, 안보수석 레빈스키와 측근들이 둘러서 있다.

"서동수가 신의 한 수를 두었군."

트럼프의 말을 레빈스키가 거들었다.

"각하께서 두신 것이지요."

"아부하지 마."

이맛살을 찌푸린 트럼프가 레빈스키를 노려보았다.

"나한테 두라고 시킨 게 서동수다. 그럼 내가 서동수 심부름꾼이란 말이냐?"

"죄송합니다, 각하."

그렇지만 레빈스키는 그런 표정이 아니고 트럼프도 화를 낸 것 같지는 않다.

"이제 동북 3성이 타깃이 되었군."

다시 지도를 노려보면서 트럼프가 말했다. 모두의 시선이 지도로 모였다.

"동북 3성 제품에 관세가 면제되면 생산 공장이 몰려들겠지?"

"이뿐만 아니라 타 지역 생산품도 동북 3성으로 몰려들 것입니다."

경제보좌관이 거들었다.

"일일이 다 확인할 수는 없으니까요."

"나도 사업을 한 사람이야, 캐빈."

경제보좌관에게 웃어 보인 트럼프가 말을 이었다.

"창고가, 수송업체가 몰려들겠군, 캐빈."

"한랜드를 통해 미국으로 수출되니까 한랜드의 도로와 철도, 대한민국의 창구로 돈이 쏟아질 것이고요."

캐빈이 맞장구를 쳤을 때 질세라 레빈스키가 나섰다.

"동북 3성이 우크라이나의 크림반도가 될 가능성이 있습니다."

트럼프의 시선을 받은 레빈스키가 말을 이었다.

"동북 3성은 옛날에 한민족의 영토였지요. 제가 요즘 대마도 문제 때문에 한민족의 영토에 대해서 조사를 했습니다."

"동북 3성이 말이야?"

트럼프가 놀란 외침을 뱉었다.

"저 넓은 땅이?"

"예, 한민족의 고구려라는 나라의 영토였습니다. 수도는 평양이었고요."

"그럼 저기도……."

동북 3성에서 시선을 뗀 트럼프가 정색하고 주위를 둘러보았다.

"내가 사업하면서 느낀 건데 다 내놓고 덤비는 놈이 가장 무서워. 서동수가 바로 그런 놈이야."

트럼프가 머리를 절레절레 흔들었다.

"난 저 자식이 순 오입쟁이인 줄만 알았는데 나한테 인사하는 것을 보고 감탄했어. 아, 내가 이놈보다 한 수 아래구나 하는 생각이 들더라고……."

"……."

"그러면서도 기분이 나쁘지 않은 거야. 그래서 잘 때 곰곰이 생각해 보았지. 도대체 이유가 뭔가 하고 말이야. 그랬더니……."

주위를 둘러보는 트럼프의 두 눈이 번들거리고 있다.

"그건 바로 진심이었어. 나에 대한 서동수의 진심. 미국에 대한 한국인의 진심을 느낄 수가 있더라고."

"……."

"우리를 일본 놈들한테서 해방시켜 주고 북한 침략으로부터도 구원해준 미국에 대해서는 신의를 지키겠습니다, 하는 진심이 보이더라니까?"

어깨를 부풀린 트럼프가 말을 이었다.

"이런 건 정치만 해온 인간들은 느끼지 못해. 사업을, 그것도 생사를 걸고 사업을 한 인간들이나 느낄 수 있다고. 바로 서동수하고……."

트럼프가 엄지를 구부려 제 얼굴을 가리켰다.

"나 같은 인간들 말이야."

평양 연방 대통령 집무실 안, 대동강이 내려다보이는 집무실에 셋이 소파에 앉아 있다. 서동수와 조수만, 김동일이다. 어젯밤 워싱턴에서 귀국한 서동수가 남북한 총리를 불러 회담 결과를 말해주는 자리다. 오후 3시, 대동강 위로 유람선 두 척이 엇갈려 지나고 있다. 그때 조수만이 입을 열었다.

"전에 남북한이 연방으로 되기 전만 해도 중국은 한국을 제집 하인처럼 대했지요. 지금도 그때가 바로 조금 전 일인 것처럼 눈앞에 생생하게 떠오릅니다."

동북 3성의 이야기를 듣고 가슴이 벅찬 나머지 지난 일이 떠오른 것이다.

"북한 핵을 막기 위해 사드를 배치하려고 했더니 중국이 온갖 압력을 다 넣었지요."

사드 배치의 원인 제공자가 바로 눈앞에 앉아 있는 김동일인데도 감동에 젖은 조수만은 깜박 잊은 것 같다. 조수만이 말을 이었다.

"중국은 한국산 상품 수입을 금지하고 한국 드라마 방영 금지, 가수의 공연 금지, 음악가의 비자까지 발급하지 않았습니다. 하지만 사드 원인을 제공한 북한한테는 입도 벙끗 못 했지요."

그때야 조수만의 시선이 김동일에게 옮아갔고 저절로 숨을 들이켰다. 그때 김동일의 얼굴에 웃음이 떠올랐다.

"솔직히 저희 북조선 입장에서는 한국보다 중국이 다루기 쉬웠지요. 중국의 속이 뻔히 보였으니까요."

이번에는 조수만이 숨만 쉬었고 김동일의 말이 이어졌다.

"우리가 핵실험을 하건 장거리 미사일을 쏘건 간에 중국은 우리를 감싸 안을 수밖에 없었거든요."

김동일이 조수만을 향해 빙그레 웃었다.

"우리가 서해에서 천안함을 격침하고 연평도를 포격했을 때 기억하십니까?"

"알지요. 중국은 끝까지 북한을 보호했지요. 아니 아직도 그 사실을 인정하지 않고 있습니다."

"중국은 우리 꼭두각시나 마찬가지였습니다."

어깨를 편 김동일이 이제는 서동수와 조수만을 번갈아 보았다.

"우리 북조선이 망하면 바로 한국하고 미국과 국경을 맞대게 되니까요. 그러면 동북 3성까지 위험하지 않겠습니까?"

알고 있는 사실이지만 김동일의 입에서 직접 듣는 분위기에 가슴이 서늘해진 둘은 시선만 준다. 김동일이 말했다.

"6자회담이니 또는 중국이 북한에 영향력을 행사하는 유일한 국가니 했지만 다 헛소리였고 시간을 때우는 방편이었지요. 중국은 우리한테 영향력이 없었습니다. 그럴 생각도 없었고요."

머리까지 저은 김동일의 얼굴이 상기되었다.

"선친께서 생전에 저한테 몇 번이나 말씀하셨어요. 중국을 믿지 말라고요. 중국은 5000년 동안 우리 조선 땅을 침략하고 종으로 부려먹던 나라라고 하셨습니다. 단 한 번도 우리 조선 땅을 동등하게 대접해준 적이 없다고 하셨지요."

서동수와 조수만이 동시에 숨을 들이켰다. 조수만은 더 충격을 받았는지 얼굴도 상기되었다.

"내가 오늘 좋은 공부를 했습니다."

조수만이 김동일에게 말했다.

"우리가 진즉 이런 이야기를 했으면 더 좋았는데 시간이 너무 걸렸군요."

"그건 우리 북조선 책임도 있지만 남조선도 마찬가지지요."

김동일이 이를 드러내며 웃었다.

"선친 말씀을 조금 더 해드리지요. 남조선에 우리 북조선 동조 세력이 없었다면 북조선은 진즉 망했을 것이라고도 하셨습니다. 이해하시지요?"

"음, 갈수록 진화하는구나."

서동수가 앞에 선 여자들을 보면서 감탄했다. 여자들은 둘. 둘 다 동양 여자, 한국계 같다. 여자들이 잠자코 서동수와 김동일 옆에 앉았는데 미리 지정을 받은 것 같다. 김동일이 누군가? 오히려 서동수보다 이런 파티에 대해서는 고수다. 머리만 끄덕여 파트너의 인사를 받는다. 이곳은 한시티 북방에 있는 유라시아클럽 소속의 11번 룸시티. 평양에서 회의를 마친 서동수와 김동일이 한시티로 날아와 있다. 비행기로 날아오는 3시간 동안 둘은 국가의 장래와 개인사까지 이야기를 나눴다. 시간이 나면 서동수는 김동일을 부르고 김동일도 마찬가지다. 아가씨까지 앉는 것을 본 유라시아그룹 회장 김광도가 주춤거리며 일어서자 서동수가 손짓으로 말렸다.

"김 회장도 앉아. 파트너 부르고."

"저는……."

당황한 김광도의 얼굴이 굳어졌을 때 이번에는 김동일이 말했다.

"부르시오. 같이 놉시다."

"예, 각하."

토를 달 일이 아니어서 김광도가 손짓으로 지배인을 불렀고 금방 여자 하나가 배치되었다. 서동수가 갈수록 진화되었다고 말한 것은 물론 아가씨들 수준을 말한다. 미모도 물론 뛰어났지만 풍기는 매력이 그렇다는 말이다. 여자의 매력은 모두 다르다. 그래서 볼 때마다 더 신비하다. 매번 다른 꽃을 보는 것 같다. 서동수가 파트너에게 말했다.

"네 소개를 해봐."

"예, 각하."

여자의 얼굴에 웃음이 떠올랐다. 전혀 위축되지 않았다.

"서울에서 이성대 나왔고 2년 동안 비행기 승무원을 하다가 이곳 서비스 요원에 지원했습니다."

"서비스 요원은 왜?"

"보수가 좋고 개인 생활 여유가 훨씬 많은 데다 한랜드를 제 정착지로 생각하고 있었기 때문이죠."

"계획은 잘 진행되는 거냐?"

"앞으로 잘될 것 같습니다."

머리를 끄덕인 서동수가 김동일에게 물었다.

"김 총리, 북한에서 한랜드로 얼마나 이주해옵니까?"

"지금까지 200만 가깝게 되었는데 3년 안에 500만 정도 될 것 같습니다."

서동수가 이제는 김광도를 보았다.

"유라시아그룹은 북한 주민을 얼마나 채용하고 있나?"

유라시아그룹은 노동력을 가장 많이 필요로 하는 기업이다. 서비스 산업뿐만 아니라 이제는 대규모 공장도 운영하고 있는 것이다. 김광도가 대답했다.

"3년 안에 100만은 될 것 같습니다."

"이제 곧 동북 3성이 열릴 거야."

정색한 서동수가 김광도를 보았다.

"유라시아그룹이 한랜드에서 동북 3성으로 진출해야 될 것이네."

"예, 각하."

김동일이 잠자코 김광도에게 시선을 주고 있는 것은 서동수와 뜻이 같다는 의미다. 엊그제 끝난 워싱턴 회의에서 미국의 트럼프 대통령은 동북 3성산(産) 제품이 한랜드를 통해 수출되는 경우에는 관세를 물리지 않겠다고 선언했다. 이것은 곧 자본과 인력이 동북 3성으로, 그리고 한랜드로 몰린다는 의미다. 그 순간 김광도는 숨을 들이켜고 나서 두 지도자를 번갈아 보았다. 둘이 지금 한랜드에서 동북 3성을 바라보고 있는 것처럼 느껴졌던 것이다. 그때 서동수가 파트너의 허리를 당겨 안으면서 말했다.

"자, 우리, 파트너들의 꿈을 도와주기로 하지. 우리는 파트너들 계획의 일부네."

6장 활기가 국력이다

"안 특보, 아들이 여행사를 차렸었지?"

불쑥 서동수가 물었을 때 안종관이 놀란 듯이 얼굴이 굳어졌다.

"어떻게 아셨습니까?"

오전 10시 반, 평양의 대통령 집무실 안. 회의를 마치고 막 자리에서 일어서던 참이다. 방안에는 비서실장 유병선과 홍보수석 하선옥 둘이 남아 있다.

"참 나, 이 사람아. 난 연방 대통령이야. 당신 집안 사정도 국정원에서 다 보고한다고."

서동수가 나무라듯 말하자 안종관이 머리를 끄덕였다.

"그렇군요. 지난번에 제가 지나가는 말로 말씀드린 기억이 납니다."

"여행사는 잘돼?"

"직원이 셋, 미니버스 한 대로 시작했으니 별것 있습니까? 적자는 겨우 면하는 것 같습니다."

"유라시아 김 회장한테 말해보지 그래? 말만 하면 매출이 금방 100배는 늘어날 텐데 말이야."

"그러고 나서 저 자르시려고요?"

서동수가 이맛살을 모으고 물었다.

"아들 나이가 몇이지?"

"제대하고 2년 되었으니까 스물여덟입니다, 각하."

"자본금은 얼마나 갖고 시작했어?"

"한 1억 됩니다. 그놈이 장교일 때 모은 돈 4000만 원하고 6000만 원은 은행에서 빌렸습니다. 전 한 푼도 지원해주지 않았습니다."

어깨를 편 안종관이 서동수를 보았다.

"그놈이 저한테 돈을 빌리지 않은 것 하나는 자랑스럽습니다."

"훌륭하군."

머리를 끄덕인 서동수가 유병선에게 말했다.

"김 회장한테 연락해서 안 특보 아들을 좀 도와주라고 해. 하지만 모르게 말이야. 그러니까 안 특보 아들이 모르게 오더를 주는 거야. 옛날에 우리가 사업할 때도 그런 적이 있었잖아?"

유병선이 찬찬히 서동수를 보았다. 둘은 동성그룹의 회장과 비서실장 출신이다. 안종관과 하선옥은 입을 절반쯤 벌린 상태로 시선만 주었다. 특히 안종관은 황망한 표정이 되어 있다. 옛날이야기까지 나오는 터라 말을 자르고 들어오기도 어려운 것 같다. 그때 유병선이 말했다.

"각하, 꼭 그러셔야 합니까?"

"무슨 소리야?"

"그런 식으로 꼭 도와 주셔야 되는 건지 여쭤본 겁니다."

"그럼 어떻게 하나?"

"놔두시죠. 젊었을 때 고생 좀 하게 놔두시는 게 낫습니다."

"거, 안 특보 앞에서 매정하게 말하네."

"제가 할 말씀을 비서실장이 한 겁니다."

안종관이 나섰을 때 하선옥이 짧게 웃었다. 모두의 시선을 받은 하선옥이 웃음 띤 얼굴로 말했다.

"안 특보 아드님이 먼저 김 회장이나 다른 업체에 협조를 요청한다면 어떻게 하실 거죠?"

이제 서동수는 잠자코 시선만 주었고 유병선과 안종관도 입을 다물었다. 제각기 생각하는 중일 것이다. 그때 하선옥이 말을 이었다.

"부탁을 받은 당사자들은 거절하기 힘들 텐데요, 그렇지 않습니까?"

"내 아들은……."

입을 열었던 안종관이 곧 쓴웃음을 짓고 나서 머리를 저었다.

"장담할 수가 없습니다, 각하."

"나도 가끔 목구멍에서 손이 나오는 것 같은 느낌을 받을 때도 있어."

입맛을 다신 서동수가 말을 이었다.

"너무 되어도 활기가 줄어. 그러니까 좀 알아서들 챙기라고."

핸드폰을 귀에 붙이기 전에 안기용은 호흡부터 가다듬었다. 아버지가 전화를 한 것은 오랜만이다. 몇 년 된 것 같다. 무슨 일인가? 안기용이 응답했다.

"여보세요, 아버님이세요?"

"응, 나다. 잘 지냈냐?"

여전히 감정 없는 목소리, 그러나 반갑다.

"예, 아버지. 건강하시지요?"

"그래, 거기 어떠냐?"

"잘 지냅니다, 아버지."

"사업은 잘되고?"

"예, 그저 그렇죠."

"네 어머니한테서 이야기 들었다."

"예, 걱정하실 것 없습니다."

"거긴 요즘 더 춥지?"

"견딜 만합니다."

"나도 거기서 4년 가깝게 지냈다. 알고 있지?"

"예, 압니다."

안기용의 심장 박동이 빨라졌다. 아버지는 용건만 말하는 성격이다. 이렇게 뜸을 들인 적이 없다. 그때 안종관이 말을 이었다.

"너 혹시, 그러니까 말인데……."

"예, 아버지."

"혹시 유라시아그룹 같은 데서 연락이 오면 말이다……."

"무슨 연락인데요?"

"그, 무슨, 너한테 일을 준다든지, 네 회사 일 말이다."

"무슨 일인데요?"

"그러니까 일감 말이다. 여행사 일을 주겠다는 연락 말이다."

"……."

"그런 연락이 오면 정중하게 사양해라. 무슨 말인지 알겠냐?"

"그쪽에서 왜 그런 연락이 오죠?"

"아, 그거야……."

"아버지가 연방 대통령 특보니까요?"

"뭐, 그런 이유도 있겠지."

"알겠습니다, 아버지."

"기용아."

"예, 아버지. 사양하겠습니다."

"미안하다. 도와주지는 못 하고 방해만 하는 것 같구나."

"아녜요, 아버지."

"이해해라."

"걱정하지 마세요, 아버지."

통화가 끊겼을 때 안기용은 길게 숨을 뱉었다. 그때 사무실 앞쪽에 앉아 있던 김택규가 슬그머니 자리에서 일어나 밖으로 나갔다. 안기용의 후배 겸 하나뿐인 한국인 사원이다. 나머지 종업원은 러시아인 둘, 중국인 둘, 고려인 하나다. 김택규는 안기용의 통화 내용을 반쪽만 들었어도 짐작을 했을 것이다. 안기용의 여행사는 지금 폐업 일보 직전이다. 어머니한테는 그럭저럭 견딘다고 했지만 일감이 없다. 그때 문이 열리더니 방금 나갔던 김택규가 뛰어 들어왔다. 눈을 치켜뜨고 있어서 안기용은 심장이 철렁 내려앉는 느낌이 들었다. 하나밖에 없는 미니버스가 사고를 내었는가? 그때 김택규가 더듬대며 말했다.

"저, 저기, 대, 대통령께서……."

머리를 든 안기용은 열린 문으로 들어서는 사람들을 보았다. 건장한 사내들이 몰려들더니 곧 대통령 서동수가 들어섰다. 뒤를 유라시아그룹 회장 김광도도 따른다. 좁은 방이 금세 사람들로 가득 찼다.

"어, 자네가 안 특보 아들인가?"

서동수가 먼저 말을 걸었어도 얼어버린 안기용은 대답도 못 했다.

다가온 서동수가 안기용에게 손을 내밀었다.

"고생하는구나. 내가 오더를 주려고 여기 김 회장 데리고 왔다. 한국 속담에 구더기 무서워서 장 못 담그냐는 말이 있어. 장맛이 나려면 구더기가 있어야지."

안기용은 얼어서 아직 해석이 안 되었다.

"서동수 대통령은 김광도 회장에게 안종관 특보의 아들 안기용 씨가 운영하는 에이스여행사를 도와 달라는 부탁을 했습니다."

화면에 나온 기자의 얼굴에 웃음이 떠올라 있다.

"물론 그 자리에서 김광도 회장은 적극적인 지원을 약속했습니다. 여기서 서 대통령과 김 회장의 대담 내용을 잠깐 들려 드리겠습니다."

그 순간 화면이 바뀌더니 서동수와 김광도가 서서 대화를 나누는 장면이 나왔다. 안기용의 사무실 안이다.

"김 회장, 누가 안기용 씨는 도와주고 나는 왜 안 도와 주냐고 묻거든 이렇게 말해요."

"예, 각하."

"당신은 대통령 특보 아버지를 뒀냐고 물어보란 말이오."

"예, 각하."

대답을 했지만 김광도는 어리둥절한 표정을 지었고 주위에서 웃음소리가 났다. 기자들일 것이다. 그때 서동수가 말을 이었다.

"대통령 특보 아들이라고 제약을 받으면 안 되지. 물론 특혜도 안 되지만 말이오. 하지만 대통령 되기가, 대통령 특보 되기가 어디 쉽나? 그렇지요?"

"예, 각하."

"그래서 내가 일부러 기자들을 모시고 이렇게 온 거요. 공개적으로 도와 달라고 하려고 말입니다."

"잘 알겠습니다, 각하."

"내가 안 특보에게 도와주겠다고 했더니 사양하더군. 그래서 이렇게 기습적으로 방문한 거요."

"예, 각하."

"난 이런 때가 행복해. 이런 재미라도 있어야 인생에 활력이 솟아나지 않겠습니까?"

그때 리모컨으로 음소거를 한 이응호가 길게 숨을 뱉고 말했다.

"나, 다음 달에 한랜드로 갈 거다."

"응?"

동창회 총무 변기성이 머리를 돌려 이응호를 보았다. 전주 덕진동의 동창회 사무실 안이다. 사무실 안에는 동창 둘이 더 있었으므로 시선이 모였다.

"한랜드에 뭐 하러? 관광이냐?"

"아니, 재석이하고 같이."

재석이는 이응호의 장남으로 풍남동에서 전자대리점을 하고 있다. 요지(要地)인 데다 건물도 소유하고 있어 남부럽지 않게 산다. 변기성이 다시 물었다.

"글쎄 재석이하고 한랜드에는 왜 가?"

"한랜드에서 사업을 하겠다길래 나도 가겠다고 했어. 나도 거기서 일할 거다."

"무슨 일?"

"지점 영업장을 하나 맡든지 트럭을 하나 사서 운송업을 하든지."

"어이구, 트럭 운전?"

"길이 잘 뻗어 있어서 트럭으로 한랜드를 주파하고 북한까지 왕복하는 거다."

눈을 가늘게 뜬 이응호가 말을 이었다.

"수천 킬로야. 트럭을 몰고 달리면서 내가 전생에 광개토 대왕이었을지도 모른다는 생각을 하게 될 거다. 그걸 생각하면 머리가 맑아지고 심장이 빨리 뛰어."

"이런 젠장."

변기성이 혀를 찼다.

"내가 요즘 전생에 광개토 대왕이었다는 인사를 100명도 더 만난다. 여기 또 한 놈 있네."

"야, 부럽다."

동창 하나가 한숨을 쉬면서 말했다.

"너, 자리 잡으면 나도 좀 불러라."

"야, 동창회는 어떻게 하고?"

내일모레 동창회 바둑대회를 준비하던 하나가 묻자 대답은 변기성이 했다.

"동창회는 한랜드에서 해도 상관없어."

활기(活氣)는 국가의 동력이다. 눈에 쉽게 띄는 활기는 곧 젊음이다. 젊음이 곧 국가의 활기로 연결되지는 않지만 보는 사람들의 심장을 뛰게 한다. 그러니 쉽지 않겠는가?

서동수가 전에 베트남을 방문했을 때 감동한 적이 있다. 그것은 엄청난 젊음의 행진을 보았기 때문이다. 거리를 가득 메운 오토바이 군단, 모두 젊은이였다. 실제로 베트남 9400만 인구의 평균연령이 30세 미만이고 전 국민의 65%가 35세 미만인 국가다. 그것은 1975년에 끝난 베트남 전쟁의 영향 때문이다. 중국 또한 인구를 국력(國力)으로 내세울 수 있는 국가다. 경제력 세계 2위, 인구는 13억7000만 명으로 세계 1위다. 이제 1가구 1자녀 정책을 철회했으니 금세 20억 명이 될 것이다.

서동수가 대마도 하도(下島)의 이즈하라로 날아가는 헬기 안에서 국가의 활력을 생각하고 있다. 오후 3시 반, 서동수는 한국령이 된 대마도 상도(上島)를 방문했다가 하도로 날아가는 중이다. 지금 이즈하라에는 일본 총리 아베가 기다리고 있다. 한·일 비공식 정상회담이다. 서동수가 요구했는데 아베는 바로 동의했다. '국가 간 현안'이란 조금 애매한 주제를 내놓았어도 두말하지 않았다. 대통령 전용 헬기에는 비서실장 유병선, 안보특보 안종관과 홍보수석 하선옥, 그리고 북한 총리 김동일이 탑승하고 있다. 서동수가 후계자를 대동하고 있는 것이다. 뒤쪽 2번 헬기에는 국방장관, 외교장관 등이 탑승하고 있어서 대마도뿐만 아니라 군(軍) 전체가 긴장하고 있다. 미리 이즈하라에는 한국 경호대가 파견된 상태다. 서동수의 시선이 옆에 앉은 김동일에게 옮겨졌다.

"김 총리, 그간 한·일 관계가 곡절이 많았지만."

잠깐 말을 멈춘 서동수의 얼굴에 쓴웃음이 번졌다.

"이제 한·일 관계가 백제 멸망 이후 1500년 만에 정상으로 돌아온 거요."

"그렇습니까?"

되묻는 김동일의 표정이 밝다. 김동일의 이름은 대마도 수복군 총사령관으로 역사에 남게 될 것이다. 그날 오후 5시에 이즈하라의 초등학교 교사(校舍)를 개조한 회의장에서 한·일 정상이 만났다. 장방형 테이블에 양측 대표가 둘러앉았는데 서동수의 요청으로 양측은 각각 정상을 포함해서 세 명씩이다. 한국은 서동수와 김동일, 안보특보 안종관이었고 일본도 아베와 부총리 아소, 그리고 관방장관 스가 요시히데다. 모두 영어 사용에 불편이 없는 터라 통역도 제외시켰다. 먼저 서동수가 입을 열었다.

"한랜드의 활기가 어디로 뻗어갈지 알 수 없지만 동북아에서는 고무적인 일입니다, 총리 각하."

아베, 아소, 스가 세 쌍의 시선을 받은 서동수가 말을 이었다.

"나는 일본이 한랜드로 진출해온다면 중국과 똑같은 조건으로 받아들이겠습니다. 나는 일본이 한랜드에 대규모 산업기반, 정착지를 만드는 데 최대한 협조해드릴 겁니다."

아베가 아소와 스가를 차례로 보더니 다시 시선이 거꾸로 돌아갔다가 서동수에게로 왔다. 그동안 머릿속 생각이 정리된 것 같다.

"한랜드를 일본의 전진 기지로 삼으라는 말씀입니까?"

"그렇습니다."

"그 이유는?"

"국가의 활력을 위해서."

바로 대답한 서동수의 얼굴에 웃음이 떠올랐다.

"내가 무슨 말씀을 드렸는지 아실 거요."

일본이 대륙에 발을 딛게 되는 것이다.

"이 자식은 꼭 럭비공 같단 말이야."

트럼프가 앞에 앉은 국무장관 존슨과 안보수석 레빈스키를 번갈아 보았다. 오전 9시 반, 트럼프는 6시간 전에 이즈하라에서 열린 한·일 비공식 정상회담의 내용을 양국 정부로부터 통보받은 것이다. 비공식 회담이었지만 통보는 공식 루트를 통해 전해졌다. 트럼프가 눈을 가늘게 뜨고 존슨에게 물었다.

"한랜드에 일본인을 정착시켜 활기를 일으킨다는 그 제의의 깊은 뜻을 말해줄 수 있겠나?"

"한·일 동맹입니다, 각하."

존슨이 바로 대답했다. 그러나 쓴 것을 삼킨 얼굴이다.

"중국을 견제하려는 것이지요."

"중국을."

트럼프가 평소에는 전혀 건드리지 않는 앞머리를 손가락으로 쓸어 올렸다.

"중국하고 연합해서 그, 무슨, 대학살 보상금을 일본에다 청구한 것이 언제라고 그 지랄이지?"

"서동수는 장사꾼 출신입니다, 각하. 한 번 거래를 끝내면 싹 돌아서는 것이 장사꾼 아닙니까?"

"내가 '장사의 기술'을 쓴 사람이야. 베스트셀러라고. 내 앞에서 그런 말 마."

"이제는 일본과 손을 잡고 대륙을 노리는 것 같습니다."

트럼프가 숨만 쉬었다. 모르고 물은 것이 아니다. 알고 있는 사실을 다시 한 번 확인해 보려는 의도였다. 그때 레빈스키가 말했다.

"이미 이 내용을 중국 측도 알고 있습니다, 각하."

"일본 측에서 일러바친 건가?"

"아닙니다. 한국 측이 통보했습니다."

"모양을 바꿔서 말했겠군. 한국인들이 머리가 좋아."

호흡을 조절한 트럼프가 둘을 번갈아 보았다.

"자, 그렇게 되었을 경우의 아시아대륙 판도를 예측해 보게."

그때 레빈스키가 머리를 들었다.

"서동수는 일본에 제의하기 전에 푸틴과 협의했을 것입니다."

"그렇겠지, 한랜드는 러시아가 임대해준 땅이니까."

"푸틴과 서동수는 대륙의 패권을 중국으로부터 가져올 의도인 것 같습니다."

"내 생각도 그래."

이번에는 존슨이 나섰다.

"시진핑이 그것을 모를 리가 없지요."

"당연하지."

협상의 귀재 트럼프가 동의했다.

"그래서 역공작으로 동북 3성과 1억 루블을 풀어 인해전술로 나갔지."

"그 결과는 아직 모릅니다, 각하."

레빈스키가 트럼프의 말을 받았다.

"중국의 전술이 성공하면 시진핑은 이제 한랜드와 한반도, 일본까지 장악하게 될 것입니다."

"으아."

트럼프가 소파에 등을 붙이더니 입을 비틀었다.

"한랜드를 빼앗기면 러시아도 반 토막이 나겠군. 바보 같은 푸틴, 서동수한테 끌려 들어가서……."

"성공하면 그 반대가 되는 거죠. 대륙을 코리아하고 양분하게 되니까요."

"코리아."

트럼프가 혼잣소리를 이었다.

"그 코딱지만 한 나라가 어떻게……."

그때 레빈스키가 말했다.

"그 위치가 아주 절묘합니다, 각하. 그래서 지금까지 강대국 사이에 끼어 핍박만 받았는데 지금은 돼지 사이에 낀 단도 모양이 되었습니다."

그러자 트럼프가 쓴웃음을 지었다.

"표현 멋있네, 돼지 사이의 단도라니."

평양 시내에도 포장마차가 많다. 통일이 되고 나서 북한으로 남한 여행자가 쏟아져 들어온 덕분이다. 포장마차는 북한 정부가 가장 먼저 사업허가를 내준 업종이어서 처음에는 남한 출신들이 운영했다. 적은 자본으로 쉽게 창업할 수 있었기 때문이다. 그러나 그 상황은 몇 달이 못 돼 뒤집혔다. 북한산 포장마차가 마른 땅에 불이 번지듯이 생겨나 남한 측 업주들을 밀어낸 것이다. 남한 출신 포장마차 업주들로서는 분한 노릇이지만 북한 자치정부 당국으로서는 고무적인 일이었다.

"역사는 반복되는 거야."

공부를 많이 했다고 소문이 난 북한 자치정부 산업부 소속 기업국장 유필성이 포장마차 안에서 말했다. 유필성은 기업국 과장 둘과 함께 현장 조사를 나온 참이다. 오후 7시 40분이 넘어가고 있었다.

"30여 년 전 중국이 남한 기업을 유치했던 자료를 보면 답이 나와."

소주잔을 든 유필성이 말을 이었다.

“그때는 각 성(省)의 성장, 당서기가 수시로 남한을 방문해 기업 유치를 부탁했지. 사정을 했어. 남한 기업이 중국을 방문하면 극진하게 모셨지. 공장 부지를 무상 제공하고 건물까지 지어 주었어. 세금을 면제해 주고 길까지 만들어 줬다고. ‘한국 기업의 날’을 만들어 준 도시와 성이 한두 개가 아냐.”

다 아는 일이지만 과장들은 잠자코 듣는다. 이곳도 북한산 포장마차다. 유필성이 말을 이었다.

“한국 기업들이 중국으로 쏟아져 들어갔어. 값싼 노동력, 노사 갈등 없는 공장, 공장 부지 무상 제공, 세금 면제, 이익금 무제한 반출, 꿈만 같은 기업 조건이었지.”

그때 과장 하나가 거들었다.

“저도 들었습니다. 그때 한국 기업인들이 한민족 5000년 역사 중 바로 지금이 중국을 누르고 있는 시기라고 떠들었다지요? 룸살롱에서 한족 여자들을 끼고.”

“감격했겠지. 그럴 만도 하고.”

유필성이 쓴웃음을 짓자 다른 과장이 나섰다.

“그 시기가 30년도 못 갔지요. 그동안 한국은 극심한 정치 혼란기를 겪었고 중국은 연평균 10%대 경제 성장을 해서 세계 2위의 경제 대국이 됐으니까요.”

“화무십일홍이지. 달도 차면 기우는 법이야.”

술잔을 든 유필성이 말을 이었다. 50대 중반의 유필성은 한때 중국 주재 대사관에서도 근무했던 중국통이다.

“이제 북남이 통일됐으니 활기가 다시 우리한테 돌아왔네. 당시의 남한처럼 자만했던 중국이 지금은 불안하지 않은가?"

"그렇습니다."

유필성의 잔에 술을 채워 주면서 과장 하나가 말을 이었다.

"중국은 세계 2강이 되면서부터 겸손하지 않고 지배 근성을 드러냈습니다. 한국에 대한 노골적인 압박이 미국은 물론 러시아, 주변국들을 긴장시켰지요."

"그 당시에 서동수 대통령이 나타나지 않았다면 지금쯤 지도가 바뀌어 있을지도 모르지요."

과장 하나가 말을 받았을 때 유필성이 눈을 가늘게 떴다. 만감(萬感)이 교차하는 표정이다.

"글쎄, 나는 그것이 민족의 운명 같다는 느낌이 들어."

유필성에게 어울리지 않는 말이었는지 둘은 시선만 주었다. 다시 유필성의 말이 이어졌다. 이번에는 한 걸음 더 간다.

"신(神)이 한민족을 버리지 않으신 거야."

유필성이 들어가 있는 포장마차에서 100m쯤, 새로 생긴 '오렌지 치킨' 가게 앞의 포장마차에 서동수가 앉아 있다. 옆에 앉은 사내는 김동일이다. 길가 벽에 늘어선 포장마차 길이는 4m 정도였는데 손님용 의자가 여섯 개뿐이다. 그것도 동그랗게 궁둥이만 붙이게 돼 있다. 주인은 30대쯤 되는 여자로, 둘을 보더니 얼어붙어서 입도 떼지 못한다. 둘이 자리 잡고 앉았는데 다가와 주문을 받지도 않는 것이다.

"주문 안 받습니까?"

결국 서동수가 웃음 띤 얼굴로 묻자 여자가 한 걸음 다가섰다. 그런데 쳐다보지도 못 한다.

"소주하고 거기, 닭발, 먹장어, 순대에다 어묵까지 주시오."

서동수가 보이는 대로 주문했을 때 김동일이 추가했다.

"떡볶이도 주시오, 2인분만."

여자가 돌아섰을 때 여자의 등에 대고 서동수가 말했다.

"우리 때문에 손님이 못 올 것 같은데 술값에 곱하기 3을 하면 되겠지요? 의자가 6개니까 두 팀 값을 더 낸다는 거요."

여자는 가만있었지만 김동일이 웃었다.

"의자까지 세어 보셨습니까?"

오늘은 서동수가 한잔 마시자면서 불러냈는데 만나더니 이곳으로 김동일을 데려온 것이다. 김동일은 신기한지 주위를 둘러보면서 밝은 표정이다. 여자가 우선 어묵 국물에다 술을 가져왔을 때 서동수가 말했다.

"열심히 일한 만큼 대가가 올 것이라는 믿음이 활기의 근본이오."

김동일은 시선만 주었고 서동수가 말을 이었다.

"불과 10여 년 전만 해도 남한은 헬조선이라면서 자조하는 분위기가 만연했지요. 출산율은 떨어지고 경제가 곤두박질치는 상황에서 국가는 좌·우·동·서·빈·부·청(靑)·노(老)로 갈기갈기 찢겨 있었단 말이오."

서동수가 눈을 가늘게 뜨고 주인 여자의 등을 보더니 말을 이었다.

"주변 강대국들은 자국의 이익을 위해 눈을 부릅뜨고 똘똘 뭉쳐가는 상황에서 자중지란이 일어났다니까. 세계의 웃음거리가 되건 말건 권력을 쥐려는 정치꾼들은 상관하지 않았고."

김동일은 외면했다. 그때가 북조선에는 통일의 기회였기 때문이다. 서동수가 쓴웃음을 지으며 김동일을 봤다.

"김 총리, 그때 어땠소?"

그러자 김동일이 얼굴을 펴고 소리 없이 웃었다.

"그때 우리 북조선에서는 기다리면 남조선이 넘어온다는 소문이 퍼져 있었지요. 당에서 그 소문을 만들지 않았지만 인민들 사이에 퍼져나간 것입니다."

"그랬겠지."

"곧 남조선의 엄청난 돈과 자동차, 건물, 쌀은 물론이고 모든 재산을 우리가 차지하게 된다는 소문이 났습니다. 우리가 남조선의 뉴스를 그대로 평양방송에서 틀어줬으니까요."

이제는 서동수가 입을 다물었고 김동일이 말을 이었다.

"6·25전쟁 직전에도 남조선이 분열돼 거의 무법천지였지요. 그래서 제 할아버님이 결단을 내리셨던 것인데……."

김동일의 얼굴에 다시 쓴웃음이 번졌다.

"그때보다 더 혼란했지요. 그래서 이번에는 가만있어도 넘어오겠구나 했는데."

"그래서 한민족이 위대한 거요, 김 총리."

서동수가 말을 맺었다.

"세계사를 봐도 이런 작은 땅덩이 안에서 수천 년 동안 온갖 곡절을 겪으면서도 일어나는 국민이 어디 있습니까?"

그때 여자가 안주를 가져왔다. 안주가 여러 가지여서 김동일의 얼굴이 환해졌다.

"맛있겠습니다."

"아주머니, 남한에서 왔어요?"

서동수가 묻자 여자와 처음으로 시선이 마주쳤다. 둥근 얼굴이 조금 상기되었다.

"아닙니다. 개성에서 왔습니다."

"아, 그렇군. 그런데 미인이시오."

여자의 얼굴이 이제는 새빨갛게 되었다. 머리를 돌린 서동수가 김동일을 보았다.

"평양의 인구가 많이 늘었지요?"

"통일이 되고 나서 1년 동안 100만이 늘었습니다."

김동일이 웃음 띤 얼굴로 말을 이었다.

"평양이 연방의 수도니까 1000만은 되어야지요."

"서울이 요즘은 연방 수도가 되어야 한다는 여론이 일어나던데."

"세종시는 어떻게 하고요? 세종시나 더 발전시키라고 하십시오."

"왜 나한테 그래요? 조 총리한테 그래야지?"

서동수가 눈을 치켜뜨는 시늉을 하자 김동일이 소리 내어 웃었다.

"각하, 제가 남한 정치를 보고 배운 점이 많습니다."

입안의 떡볶이를 삼킨 김동일이 말을 이었다.

"제대로 된 정치를 하려면 여론에 휘둘려서는 안 된다는 것입니다."

"반면교사(反面教師)로 배우는군."

"충분히 검토하되 결심을 하면 밀어붙인 후에 평가를 받는 것이 낫습니다."

"과연."

"일일이 여론조사를 하고 그걸 민의(民意)로 여겨 따르면 혼란만 일어납니다. 선동에 넘어가는 경우가 많거든요."

"김 총리가 나보다 낫군."

"왜 이러십니까?"

쓴웃음을 지은 김동일이 소주잔을 들었다. 김동일은 밝아졌다. 통일 전에는 체중이 130kg이나 나갔지만 지금은 90kg 정도다. 몸매와 얼굴이 탤런트로 나가도 손색이 없다. 더구나 대마도를 수복하고 나서는 좋아하는 정치인 인기 순위로 계속 1위다. 서동수는 질렸는지 5위 안에서 오락가락한다. 서동수가 말을 이었다.

"한랜드가 발전되면 동북 3성 주민이 더 쏟아질 거요."

김동일이 이제는 머리만 끄덕였다. 벌써 한랜드에는 1000만 가까운 동북 3성 주민들이 들어와 있는 것이다. 서동수의 얼굴에 웃음이 떠올랐다.

"김 총리, 내 인생의 좌우명을 알려드리지."

김동일이 예의 바르게 젓가락을 내려놓았다. 그러고는 똑바로 서동수를 보았다.

"예, 듣겠습니다, 각하."

"나 아니면 안 된다는 생각을 버리니까 눈앞이 트입니다."

서동수가 이제는 앞에 선 여자의 젖가슴 쪽을 물끄러미 보았다.

"주관은 분명하게 세워요. 국민이 뽑아준 지도자니까."

"……."

"그리고 다 끌어안아요."

"명심하겠습니다."

김동일이 앉은 채로 머리를 숙여 절을 했다. 그때 서동수가 술잔을 들고 여자를 보았다.

"아주머니, 결혼하셨소?"

"네, 했습니다."

놀랐지만 여자가 바로 대답했다. 다시 얼굴이 빨개져 있다.

"지금도 결혼 진행 중이오? 아니면 전에 했지만 지금은 혼자 산다는 말이오?"

"지금은 혼자 삽니다."
여자가 이번에도 바로 대답하자 서동수가 김동일을 향해 웃었다.

"술 많이 드셨어요?"
거실로 들어선 서동수를 하선옥이 맞았다. 밤 11시 반, 김동일과 헤어진 서동수가 저택으로 돌아온 것이다. 재킷을 받아든 하선옥이 침실까지 따라 들어왔다.
"둘이 포장마차에서 소주 마셨다면서요? 내일 언론에 다 보도되겠는데요."
서동수의 바지를 받은 하선옥이 옷장에 걸면서 말을 이었다.
"그쪽 골목의 포장마차가 대동강하고도 떨어져 있어서 장사가 잘 안된다고 하던데……."
"그래서 내가 간 거야."
잠옷으로 갈아입은 서동수가 하선옥의 위아래를 훑어보았다.
"그래서 가시다니요?"
하선옥이 몸을 조금 비틀면서 물었다. 교태다. 몸을 섞은 사이에서나 보여주는 은밀한 몸짓이다. 하선옥은 진홍색 바탕에 노랑 꽃무늬가 박힌 소매 없는 원피스를 입었는데 날씬한 몸매에 잘 어울렸다. 다가선 서동수가 하선옥의 원피스를 들춰 올리고는 팬티 속에 손을 집어넣었다.
"내가 사흘 전 그 앞을 지났어. 걷고 싶어서 2㎞쯤 걸었는데 포장마차에 손님이 없더라고."
"그쪽은 임대료가 싸요."
서동수의 손가락이 대뜸 골짜기를 문질렀으므로 하선옥이 이맛살을 찌푸렸다.

"급하세요?"

"포장마차 주인 여자를 보니까 욕정이 솟아올랐어."

서동수가 하선옥을 껴안은 채 응접실의 소파로 데려가 붙어 앉았다. 이제는 자세가 편해진 하선옥이 하체를 서동수의 다리 위에 걸쳐 놓고는 두 손으로 목을 감싸 안았다. 그러면서 물었다.

"김 총리 때문에 못했군요?"

"내가 먼저 나왔어."

"김 총리가 당신 같으려고요."

"어쨌든 내일부터 그 가게 손님으로 미어터질 거야."

그때 하선옥은 대답 대신 가쁜 숨을 뱉었다. 서동수의 손가락이 동굴을 문지르고 있었기 때문이다. 서동수가 하선옥의 보기 좋은 귀를 입 안에 넣으면서 말했다.

"내가 김 총리한테 그랬지. 나 아니면 안 된다는 생각을 버리고 다 끌어안으라고."

"알아요?"

하선옥이 다리 사이에 낀 서동수의 손을 힘껏 조이면서 물었다. 목소리에 탄성이 섞여 있다.

"당신은 남편으로서는 평균 이하예요. 당신 같은 남편하고 사는 여자는 불행할 것 같아요."

서동수가 이제는 하선옥의 목에 키스했다. 손가락은 이미 흠뻑 젖었고 다리에 힘이 풀린 하선옥이 늘어뜨린 채 신음했다.

"결국 이렇게 가끔 들어와야 돼요. 그래야 이 순간이 행복해져요."

그때 서동수가 하선옥을 소파 위에 눕히고는 위로 올랐다. 이미 하선옥의 팬티는 끌어 내려져 있다.

"여기서요?"

"네 말을 듣고 열이 올랐어."

"우리 결혼해요."

하선옥이 서동수의 파자마를 내리면서 말했다.

"이젠 때가 되었어요."

다음 순간 하선옥이 입을 딱 벌리면서 신음했다. 두 눈을 크게 뜨고 있었지만 먼 곳을 본다. 서동수는 그 하선옥의 눈에 입술을 붙였다. 하선옥이 서동수의 허리를 감싸 안더니 허리를 힘껏 흔들었다. 뜨겁다. 오늘밤의 하선옥은 다른 여자 같다. 그때 서동수가 말했다.

"그래, 고맙다. 받아들여 줘서."

"일본인까지 한랜드로 끌어들인단 말이지?"

시진핑이 입술만 달싹이며 물었는데 눈동자의 초점은 먼 곳에 잡혀 있다. 딴생각을 하는 것 같다.

"예, 주석 동지."

주석실 비서 왕원이 상체를 곧게 세우고 대답했다. 밀담(密談). 지금 주석실에서 시진핑과 왕원은 밀담을 나누고 있다. 기록도 남기지 않는 특별한 경우다.

"서동수, 이자가 한 수 더 쓰는 것인가?"

시진핑이 혼잣소리처럼 묻자 왕원이 어깨를 부풀리며 대답했다.

"서동수는 푸틴과 합의를 했을 것입니다. 겉으로 드러나지는 않지만 서동수와 푸틴은 한 몸이라고 생각해도 될 것입니다."

시진핑이 입을 굳게 닫았다가 열었다.

"그들의, 아니 서동수의 계략이 무엇인 것 같나?"

"한랜드에 일본 주민까지 대거 이주시키는 것은 동북아에 한국, 러시아, 일본의 연합 세력이 주둔하는 것과 같은 효과를 낼 것입니다."

시진핑이 시선만 주었고 왕원의 말이 이어졌다.

"거기에다 한랜드로 이주해 간 동북 3성 주민이 벌써 1000만 명이 넘었습니다."

"……."

"동북 3성과 한랜드의 국경은 이제 유명무실해졌고 이주해 간 주민은 한랜드 주민증을 발급받았습니다."

그것은 초기에 중국 정부에서도 환영한 조치였다. 왕원이 머리를 들고 시진핑을 봤다.

"이제 일본인이 대거 한랜드로 이주해 오면 동북 3성의 분위기가 조금 흐려질 것 같습니다."

왕원의 시선을 받은 시진핑의 입술 끝이 조금 비틀어졌다. 그것을 본 왕원이 황급히 시선을 내렸다. 분위기가 조금 흐려질 정도가 아닌 것이다. 잘못하면 동북 3성이 한랜드로 휩쓸려 들어갈 가능성이 커졌다. 서동수가 일본까지 끌어들인 이유는 한랜드가 휩쓸려 들어가는 것을 막으려는 또 하나의 견제 장치다. 동북 3성의 1억 명 인구를 바탕으로 한랜드와 한반도까지 휩쓸어 버리려던 중국의 대세론(大勢論)이 복병을 만난 셈이다. 그때 시진핑이 입을 열었다.

"아베는 불감청(不敢請)이언정 고소원(固所願)이었겠군."

"그렇습니다, 주석 동지."

시진핑이 앞쪽 벽을 물끄러미 봤다. 인구는 곧 국력이다. 강국(强國), 또는 대국(大國)의 조건은 3가지다. 인구, 국토, 그리고 경제력이다. 중국은 1가구 1자녀 정책까지 해제시켰으므로 세금 안 내려고 숨겨둔 자식을 내놓으면 금방 15억, 머지않아 20억 명이 된다고 했다. 국토는 광대하며 경제력은 세계 2위, 곧 미국을 추월한다. 미국은 겨우 3억 명, 러시아는 1억5000만 명이다. 그때 시진핑의 눈동자에 초점이 잡혔다.

"대한민국 분위기는 어때?"

왕원이 시진핑의 시선을 받은 채 잠시 침묵했다. 주석실 비서는 정보기관의 모든 정보를 취합하고 통제까지 할 수 있다. 이윽고 왕원이 입을 열었다.

"활기가 일어나고 있습니다."

"구체적으로 말해 보게."

"출생률이 비약적으로 증가했습니다."

"……."

"한랜드로 노인층의 이주가 늘어나고 있습니다."

그때 시진핑이 입을 열었다.

"당분간 일본인의 한랜드 이주에 대해서는 논평하지 말라고 해."

시진핑의 얼굴에 쓴웃음이 떠올랐다.

이응호가 한시티에 도착한 지 이틀째가 되는 날 아침, 어김없이 7시에 눈을 뜬 이응호는 잠깐 이곳이 전라북도 전주시 덕진동에 있는 아파트인 줄 알았다. 침대 왼쪽의 옷장으로 다가가려다가 빈 벽을 보고는 깨달았다. 이곳은 한랜드다. 새로운 땅, 한 달 전에 온 아들 이재석은 한시티 동쪽 구역에다 전자제품 매장을 개업하려고 동분서주하고 있다. 열흘쯤 후면 300평짜리 매장이 개장될 것이다. 거실로 나갔더니 일찍 일어난 이재석이 라면을 끓이다가 머리만 돌려 인사를 했다.

"아버지, 오늘 날씨가 춥대요. 이따 오실 때 옷 단단히 입고 오세요."

"인제 추위는 이골이 났다."

화장실로 다가가면서 이응호가 씩씩하게 말했다. 72세가 되었지만 아직 건강한 이응호는 전주에 살 때는 매일 아침 산에 다녔다. 이곳은 한시티 외곽의 아파트다. 한랜드에는 40피트 컨테이너 규격의 통나무집이 유행하고 있는데 수천 개가 쌓인 것을 보면 장관이다. 이응호 부자도 가족이 오기 전에 임시로 통나무 집 한 채를 세내어 둘이 거주하고 있다. 씻고 나왔을 때 식탁에 라면 그릇을 놓으면서 이재석이 말했다.

"아버지, 물건은 내일부터 도착하니까 진열만 하면 되겠어요."

"응, 한랜드 행정이 빠르더라. 시스템이 잘 되어 있어."

식탁에 앉으면서 이응호가 말했다. 매장의 직원은 전주 매장에서 근무하던 관리자가 따라온 데다 중국계 직원 셋, 러시아계 한 명을 채용했다. 전주에서 매장 정리한 자금으로 한랜드에서는 2배 규모의 가게를 차렸어도 남았다.

"아버지, 다음 달에 영준이를 데려와야겠어요. 여기 학교가 두 달 후에 개학을 하거든요."

"그래야지."

전주에 남은 이재석의 가족을 말한다. 손자 영준이 열 살로 초등학교 3학년, 미영이 초등학교 1학년이다. 이곳 한랜드는 방학이 길어서 두 달 후에 새 학년이 시작되는 것이다. 이재석은 이미 한시티 주택가에 100평형대 아파트를 구입해 놓았다. 라면을 먹으면서 이응호가 문득 생각났다는 얼굴로 말했다.

"난 당분간 여기서 지내련다."

"예? 무슨 말씀이세요?"

"난 그냥 여기서 살 거다. 전주에서처럼 혼자 살겠다는 말이야."

"아버지."

"배달 일은 좀 그렇고 시내에 지점 하나를 운영해야겠다. 내가 자금을 낼 테니까 넌 돈 쓰지 않아도 돼."

"아, 그거야 제가 내드리는 것이지만요. 아버지."

"난 혼자 사는 것이 편해."

5년 전에 아내를 암으로 떠나보낸 이응호는 혼자 살고 있었다. 전주에서도 아파트에서 혼자 살았다. 이응호의 성격을 아는 터라 잠자코 라면을 먹던 이재석이 다시 입을 열었다.

"아버지, 친구분들 안 오세요?"

"누구 말이냐?"

"친하게 지내시는 분들요."

"몇 명은 놀러 오겠지."

국물을 한 모금 삼켰다. 이응호가 이재석을 보았다.

"너, 여자 말했던 거냐?"

"혼자 지내시는 것보단 나은 것 같아서요. 성숙이랑 윤석이도 아버지가……."

"내가 알아서 하마."

이응호가 말을 잘랐다. 성숙이와 윤석은 재석의 동생들이다. 젓가락을 내려놓은 이응호가 웃음 띤 얼굴로 말했다.

"나이 들면 혼자 자는 것에 익숙해져야 돼. 그래야 갈 때 불안해지지 않는다고 했어."

오전 8시, 이재석이 매장으로 떠나고 나서 설거지를 하고 있던 이응호가 핸드폰의 벨소리를 듣는다. 탁자로 다가간 이응호가 핸드폰의 발신자를 보았다. 정연옥이다. 이재석이 은근히 말했던 이응호의 여자친구. 만난 지 1년이 넘어서 자식들까지 다 눈치를 채고 있다. 핸드폰을 귀에 붙인 이응호가 의자에 앉았다.

"응, 거긴 오전 7시겠구먼? 일찍 전화하네?"

"식사했어요?"

나이 든 사람은 여전히 밥 먹었느냐가 인사다. 식사 때가 아닌데도 물어보는 것은 전에 밥 챙겨 먹기가 어려웠던 시절의 후유증이다.

"응, 설거지하고 있어."

"어이구, 거기까지 가서……."

"누가 여기 호강하려고 왔나? 일하려고 온 거지."

정연옥이 입을 다물었다. 이것이 정연옥의 장점이다. 58세, 정연옥도 4년 전에 남편을 교통사고로 잃고 혼자 산다. 이응호의 친구가 같은 동네에 사는 정연옥을 소개해 주었는데 배려심이 많았고 경솔하지 않았다. 나이가 들면 어쩔 수 없이 인연이 많아지는 법이다. 만나지 않는다고 인연이 줄어드는 것이 아니다. 산속에 혼자 살아도 숨을 쉬고 있는 한 인연이 생긴다. 이응호는 인연을 겁내면서도 바라는 입장이다. 정연옥에 대해서 그렇다. 그때 정연옥이 말했다.

"미주네가 다음 달에 원산으로 옮겨갈 것 같아요."

미주는 정연옥의 큰딸이다. 미주가 옮겨간다는 것은 큰사위의 직장 때문이다. 정연옥이 말을 이었다.

"사위가 근대자동차 원산공장으로 승진 발령이 났거든요."

"잘됐네. 원산이 좋지. 경치도 좋고……."

"애들 학교가 걱정이지만 그냥 데리고 간다네요."

"거긴 과외도 없고 애들이 더 좋아할 거야. 이제 새 세상이니까 새 교육을 받아야지."

"미주가 원산으로 같이 가자는데……."

그때 이응호가 마음을 굳혔다.

"여기로 오지 그래?"

정연옥은 숨만 쉬었고 이응호가 다시 말했다.

"나도 여기서 매장 하나를 운영하려고 해. 나하고 같이 일할까? 같이 살면서 말이야."

"……."

"일하면 월급도 줄 테니까."

"나, 참."

정연옥의 목소리에 웃음이 섞였다.

"같이 살자면서 돈을 준다니, 무슨 말을 하는지 모르겠네."

"내가 나이가 좀 많아서 미안하지만 말이야. 그래도 괜찮다면……."

"뭐가 미안해요?"

"아니, 글쎄."

정연옥보다 14세 연상인 터라 아무래도 세상을 먼저 떠나게 될 것이다. 그러면 정연옥은 같이 사는 사람을 두 번이나 먼저 보내게 된다. 못할 노릇이다. 그때 정연옥이 말했다.

"여기서도 다 떠나요. 위쪽으로, 위쪽으로, 떠나는 인사가 많아졌어요."

정연옥의 목소리에 활기가 느껴졌다.

"떠나는 인사는 서운해야 보통인데 다 밝아요. 들떠 있어요."

"그려."

정연옥의 분위기에 휩쓸린 이응호도 눈을 높여 뜨고 웃었다.

"나도 그렸응께."

"나, 언제 갈까요?"

"언제든지"

이응호가 심호흡을 했다.

"내가 집 정리하고 바로 연락할게."

연방이 되고 나서도 남북한의 양당 체제는 유지됐다. 그런데 조금 기묘한 체제다. 여전히 서동수가 총재직을 맡고 있는 공생당(共生黨)은 남한의 다수당이지만 북한에서는 야당이다. 남한 정부에서는 아직도 민족당이 고정규 체제하에서 명맥을 유지했고 북한에서는 김동일이 당 총재인 민생당이 다수당이다. 오늘 연방 대통령 서동수가 갑자기 평양에서 날아와 야당 총재실을 찾았을 때 기자들은 몇 명 모이지 않았다. 갑작스러운 방문인 데다 언론에 통보도 하지 않았기 때문이다.

참, 그동안 한랜드의 대량 이주와 통일, 대마도 수복 등의 격변기를 겪으면서 국민의 주의를 크게 끌어당기지 못한 사소한 사건이 넷 일어났다. 사소한 순서대로 나열해 본다면 첫째가 청와대 이전이다. 남한 총리가 된 조수만이 청와대라면 진절머리를 냈기 때문에 연방 대통령 서동수에게 부탁해서 단행했다. 청와대를 철거하고 그곳에 '통일공원'을 세운 것이다. 지금 통일공원은 명소 중의 명소가 돼 있다. 둘째, 여의도 국회의사당을 '여의도호텔'로 만들고 국회를 용인시청으로 옮긴 것이다. 용인시청은 그 옆쪽에 3층 시멘트 건물을 지어서 옮겨 갔다. 셋째, 세종시의 정부청사를 전부 과천으로 옮겼고 지금 세종시는 과학전자단지가 돼서 번창하고 있다. 길에서 생활하던 공무원과 가족들이 환호했고 부작용이 좀 있었지만 조수만은 과감하게 밀어붙였다. 서동수가 강력하게 응원해준 것은 물론이다. 마지막으로 지금 '새만금'은 남한의 '신의주특구'를 넘어서서 한랜드에 버금가는 성장을 하고 있다. 새만금은 관광과 유흥, 상업지구로 아시아 동쪽의 홍콩, 상하이로 변신하는 중이다.

"아이고, 어서 오십시오."

문 앞에서 기다리던 고정규가 웃음 띤 얼굴로 서동수를 맞았다. 전에 남한에서 연방 대통령 후보전(戰)을 치를 때만 해도 서동수를 무시했던 고정규다. 지금도 긴장한 기색이 역력했다. 서동수가 용건도 말하지 않고 만나자는 연락을 해왔기 때문이기도 했다. 서동수는 안보특보 안종관만 대동했는데 방으로 안내돼 들어서자 고정규에게 말했다.

"이곳 분위기나 시설이 여의도보다 훨씬 낫습니다."

"예, 그렇습니다."

고정규가 건성으로 대답했지만 과연 그렇다. 서동수의 요청으로 방안에는 고정규만 들어왔다. 민족당 간부들이 떼거리로 몰려와 있었지만 방에는 안종관까지 셋이 둘러앉았다. 그때 서동수가 말했다.

"고 대표께서 지난번 민족당과 민생당의 통합을 제의하셨지요?"

"네, 그렇습니다만……."

고정규가 정색하고 서동수를 보았다. 그것도 여러 번, 오래전부터다. 그런데 북한 측 민생당은 코웃음만 쳤다. 차라리 공생당과 연합할지언정 민족당과는 공존하지 않겠다고까지 했던 것이다. 민생당의 뿌리는 공산당이다. 그들은 통일 전에 우호적이었던 남한의 민족당과 거의 단

절된 상태다. 서동수가 다시 말했다.

"건전한 야당이 존재하는 것이 국가 발전에 엄청난 이득입니다. 견제와 균형이 국가를 지속적으로 성장시켜 준다고 했습니다."

고정규가 시선만 주는 이유는 이 말의 저의를 찾으려는 것이다. 그때 서동수가 빙그레 웃었다.

"다음 연방대선에서 남한의 민족당만으로는 어려운 선거가 되지 않겠습니까? 그래서 내가 도와드리려고 하는데요."

서동수가 시선을 안종관에게 옮겼다. 그때 안종관이 말했다.

"예상하고 계셨겠지만 북한 김동일 총리가 공생당에 입당하게 됩니다. 그러면 민생당에서 공생당으로 옮겨오는 세력과 남는 세력이 있겠지요."

고정규가 숨을 죽였다. 지금 서동수는 대마도 정벌보다 더 큰 국가대사(國家大事)를 털어놓고 있는 것이다. 물론 김동일이 서동수의 후계자가 되리라는 예상은 했다. 그것은 세계인이 다 안다. 그런데 야당대표를 찾아와 미리 말해주다니, 한국 정치사에 이런 일이 있었던가? 안종관의 말이 이어졌다.

"대통령께선 사전(事前)에 예측 가능하고 누구나 쉽게 이해하는 정치를 하신다는 생각이십니다. 그런 의미에서 말씀을 드리는 것입니다."

그때 서동수가 헛기침을 했다.

"말이 길고, 어렵고, 예와 아니요를 분명히 말하지 않는 사람은 사기꾼이라고 배웠거든요."

고정규의 시선을 받은 서동수가 다시 웃었다.

"누구한테 배웠는지는 모르겠어요."

"그래서……."

안종관이 말을 이었다.

“대표께서 북한 김 총리를 만나 민족당 창당 협의를 하시지요. 김 총리도 긍정적으로 받아들이실 것입니다.”

“제, 제가요?”

놀란 고정규가 되물었다. 지금이야 남북한연방제고 곧 단일정부 시대가 오겠지만 충격을 받은 것이다. 적지(敵地)에서 반란군을 결성하는 합의를 적장(敵將)한테 받으라는 말 같다. 서동수가 안종관의 말을 이었다.

“오해하실 것 없습니다. 북한도 자연스럽게 공생당 민족당 양당제로 나간다고 보면 됩니다. 북한의 민생당이 민족당과 공생당으로 나뉘게 되겠지요.”

고정규의 심장 박동이 슬슬 빨라졌다. 이제 자신이 고기가 가득한 연못으로 안내되었다는 생각이 들기 시작했기 때문이다. 그러나 30년이 넘게 한국에서 정치를 한 터라 아직 의심이 남아있다. 혹시 저 연못으로 끌려 들어가 빠져 죽지나 않을까? 연못 바닥이 깊고 발이 박히는 펄이라면……. 그때 서동수의 말이 이어졌다.

“한국 정치사를 보면 참 부끄러운 일들이 많아요. 오죽하면 가장 신뢰받지 못한 집단으로 오랫동안 비판을 받아왔겠습니까?”

머리를 든 고정규의 눈빛이 강해졌다. ‘어쩌라고?’ 하는 표정이다. 아무리 그래 봤자 ‘입법의원’만 되고 나면 모두 머리를 숙인다. 뒤에서 손가락질을 하건 감자를 먹이건 이 권력을 감히 누가 깨뜨린단 말인가? 고정규의 시선을 받은 서동수가 쓴웃음을 지었다.

“우리 한민족에서 일기 시작하는 이 활기를 정치인들이 앞장서서 끌고 가십시다.”

그러고는 서동수가 자리에서 일어섰다.

"아, 이것 참."

그때야 고정규는 자신이 한마디도 의견을 내놓지 않았다는 사실을 깨닫고 서둘러 말했다.

"그럼 제가 검토를 하고 나서 김 총리께 연락을 해도 될까요?"

"곧 그쪽에서 연락이 올 겁니다."

서동수가 고정규에게 손을 내밀며 말을 이었다.

"내가 해드릴 수 있는 건 여기까지입니다."

"아, 예."

서동수의 손을 잡은 고정규는 뭔가 말을 더 해야 한다는 생각이 들었다. 가슴이 갑자기 먹먹해졌고 숨도 막혔다. 그때 저절로 입에서 말이 나왔다.

"예, 이 활기는 지켜야지요. 그럼요."

색탐(色貪)이란 여색(女色)을 몹시 밝힌다는 말이다. 김광도가 유라시아클럽의 제27번 룸시티로 들어섰을 때 머릿속을 스친 단어가 바로 '색탐'이다. 정상적인 인간이라면 자기만큼 자신을 아는 사람이 없다. 요즘 김광도는 번창하는 룸시티 관계로 매일 회의를 했는데 장소가 바로 룸시티다. 식당에서 밥을 먹듯이 룸시티 클럽에서 스님도 아닌 터에 여자를 보지 않고 나오겠는가? 회의 끝나면 꼭 파트너를 불렀고 오입을 했다. 게다가 여자들이 보통 여자인가? 세계에서 고른 초특급이다. 라스베이거스 초특급 클럽 사장단이 룸시티 견학을 왔다가 귀국하자마자 지배인들을 잘랐다고 했다.

한국의 룸살롱 문화는 일찍이 세계를 선도했다. 그 룸살롱을 한랜드에서 집대성한 걸작이 '룸시티'다. 룸시티야말로 유흥, 환락, 사교의 결정체인 것이다. 김광도가 회의를 마쳤을 때는 오후 9시쯤, 어느덧 아까 머릿속을 스쳤던 '색탐'이란 단어도 깨끗이 지워진 상태다. 오늘 동석한 멤버는 기획관리실 사장 고영일과 관리사장 안기춘, 둘은 유라시아 그룹 창립 멤버나 같다. 셋이 옆쪽 넓은 방으로 옮겼을 때 이미 탁자에는 술과 온갖 안주가 차려졌고 아가씨들이 대기하고 있다. 김광도의 파트너는 갈색 머리칼에 검은 눈동자, 올리브색 피부가 기름칠을 한 것처럼 윤기가 났고 갸름한 얼굴형의 스페인 미녀다. 김광도의 심장 박동이 빨라지기 시작했다.

"세비야에서 왔습니다."

룸시티 지배인 로렌스가 김광도에게 여자를 먼저 소개했다.

"한국어는 배우는 중이고 영어는 합니다. 오늘 처음 일하는 날입니다."

김광도가 머리를 끄덕이자 로렌스는 다른 여자들을 놔두고 물러갔다. 안기춘이 그렇게 시켰을 것이다. 김광도가 옆에 앉은 여자에게 영어로 말했다.

"네 소개를 해라."

"네, 이름은 카리나입니다."

안기춘과 고영일은 제 파트너와 이야기를 시작했고 카리나가 말을 이었다.

"스물셋, 세비야에서 대학 졸업하고 모델 일을 하다가 한랜드에 왔습니다."

"여긴 왜 온 거야?"

"한랜드에 가는 것이 우리의 꿈이었거든요."

“우리라니?”

“우리 대학 동기, 모델 친구들, 모두요.”

카리나의 두 눈이 반짝였고 얼굴에 생기가 돌았다. 반쯤 벌린 입술이 반들거리고 있다.

“여긴 모든 것이 다 있어요. 우리가 갖고 싶은 것들이요.”

“그게 뭔데?”

“돈, 즐거움, 남자, 꿈.”

“그걸 차지할 수 있을 것 같아?”

“차지할 수 있다는 꿈이 보이거든요.”

“꿈이 보인다고?”

“그것이면 됐죠. 그 꿈을 위해 노력할 테니까.”

“그렇군.”

“가능성이 있는 곳이죠.”

“그것을 어떻게 알아?”

“한랜드가, 코리아가 뻗어 나가고 있지 않아요? 이곳 유라시아 룸시티도…….”

이제 앞쪽의 안기춘, 고영일이 이쪽에 시선을 주었고 카리나의 열띤 목소리가 이어졌다.

“전 이곳에 온 순간 생기를 느꼈어요. 공기 속에 에너지가 들어 있는 것 같아요. 그래서 뭔가 이뤄질 것 같아요.”

“이럴 수가.”

김광도가 심호흡을 하고 나서 안기춘과 고영일을 보았다.

“우리 대통령께서 이 말을 들어야 하는데.”

"오, 마이 갓."

카리나의 외침이 방안을 울렸다. 동시에 김광도의 온몸이 굳어졌다. 카리나의 동굴에 진입한 순간의 쾌감 때문이다. 이미 흥건하게 젖어 있던 동굴에 전류 코드가 박힌 것 같다. 찌릿한 느낌이 뇌에 전해지면서 저절로 신음이 나왔다. 깊게 들어가 빈틈없이 동굴을 채웠던 김광도의 몸이 빠져나올 때다. 카리나가 두 다리를 나비 날개처럼 활짝 폈다.

"오오."

카리나의 탄성이 다시 터졌고 김광도는 숨을 들이켰다. 다리를 굽힌 채로 펼친 날갯짓, 카리나의 몸이 나비가 되었다. 다시 김광도의 몸이 깊게 들어간 순간 카리나의 두 손이 엉덩이를 움켜쥐었다.

"다링."

턱을 치켜들어서 목을 한껏 드러낸 카리나가 외쳤다. 날개처럼 벌어졌던 다리가 이제는 곧게 펴지더니 허공을 찼다. 김광도는 카리나의 목에 입술을 붙였다. 그 사이에 하반신은 거칠게 움직였고 카리나의 다리는 날개로 접혀 날갯짓을 했다.

"좋구나, 카리나."

김광도가 헐떡이며 말했다. 뜨겁고 탄력이 강한 동굴에서는 용암이 솟아나오고 있다. 그렇다. 화산의 분출구에서 쏟아져 나오는 붉은 용암, 지금 김광도는 그 용암 속에 박혀 있다.

"아아아."

카리나가 허리를 들어 올리면서 다시 탄성 같은 외침을 뱉는다. 과장된 몸짓, 소리가 아니다. 거칠게 부딪쳤던 김광도가 카리나의 귀를 입안에 넣었다.

"끝내준다."

저절로 한국말이 나왔다. 알아듣지 못했지만 카리나가 대답 대신 허리를 힘껏 올려 김광도의 몸을 받았다. 카리나도 스페인어로 뭐라고 소리치고 있다. 김광도는 카리나의 동굴이 점점 강하게 수축하는 것을 느꼈다. 그때 김광도가 상반신을 세우고는 카리나의 엉덩이를 옆쪽으로 미는 시늉을 했다. 말도 필요 없다. 카리나가 몸을 비틀더니 그대로 침대 위에 엎드리면서 엉덩이를 치켜들었다. 상반신을 침대에 납작 붙이고는 두 팔을 뻗어 위쪽 베개를 움켜쥐었다. 김광도가 카리나의 엉덩이에 입을 맞추고는 뒤쪽에 몸을 붙였다. 몸이 닿는 순간 카리나는 두 다리를 더 벌리면서 기다렸다. 김광도는 뒤쪽에서 거칠게 몸을 합쳤다. 카리나가 엉덩이를 흔들면서 다시 신음했다. 창밖으로 눈에 덮인 시베리아의 벌판이 보였다. 방안의 불은 꺼놓아서 흰 땅과 검은 하늘, 별무리가 선명했다. 이윽고 둘은 침대에 나란히 누워 창밖의 대지와 하늘을 바라보는 중이다.

"중국 3성이 곧 한랜드와 통합이 되나요?"

김광도의 팔을 베고 있던 카리나가 불쑥 입을 열었다.

"중국에서 온 친구한테서 들었어요."

"그래? 그 중국 친구는 어떻게 생각하는데?"

"그렇게 될 줄 알고 있던데요? 그래서 가족들이 다 한랜드로 이주했다는군요."

"한족이야?"

"네, 중국계인데 고향이 칭다오라고 했어요."

"그렇군."

김광도가 심호흡을 했다. 중국은 남북한 통일에 대비해서 오래전부터 동북공정 작업을 해왔다. 만주가 중국 땅이라는 역사를 만드는 작업이다. 그런데 지금은 대한민국이 한랜드로 뻗어 나가는 대세에 밀려 동북공정이 무색해졌다. 옛 고구려 땅 주민들이 먼저 조국을 찾는 것인가?

"어서 오시오, 동수 각하."

푸틴이 웃음 띤 얼굴로 서동수를 맞았다.

"바쁘시군. 아마 세계에서 가장 바쁜 지도자이실 거요."

"이제 곧 물러나겠지요."

푸틴의 손을 쥔 서동수가 대답했다.

"그땐 각하하고 여행이나 다니겠습니다."

"사업은 언제 하시고?"

이곳은 모스크바 크렘린 궁 안이다. 서동수가 모스크바를 방문한 셈인데 비공식 방문이어서 의전 절차도 없이 공항에서 바로 온 것이다. 서동수는 북한 총리 김동일과 동행했는데 공항에 러시아 총리 메드베데프가 마중을 나와서 넷은 곧장 대통령실로 들어섰다. 서동수와 푸틴은 자주 만났기 때문에 의전 절차도 생략했고 회의도 실용적이다. 이번에 서동수는 김동일과 비서실장 유병선, 안보특보 안종관까지 넷이었고, 푸틴도 메드베데프, 비서실장 유리 안드로포프, FSB 국장 체르넨코까지 넷이다. 보는 순간에 숨이 멈춰지는 금발 미녀 둘이 나타나더니 그들 앞에 마실 것을 내려놓고 소리 없이 사라졌다. 서동수가 그녀들이 나간 문 쪽에서 시선을 떼더니 푸틴에게 말했다.

"블라디미르 블라디미로비치 각하. 트럼프 대통령이 동북 3성을 무관세 지역으로 지정하면서부터 동북아 기류가 급변하고 있습니다."

서동수의 러시아어는 유창하다. 중국어와 영어까지 자유자재로 구사한다. 푸틴은 웃음 띤 얼굴로 듣기만 했고 서동수의 말이 이어졌다.

"중국이 북부전구(北部戰區)의 병력을 대폭 증원했습니다. 이것은 유사시 동북 3성에 문제가 생길 경우에 대비하는 것 같습니다."

"알고 있어요."

머리를 끄덕인 푸틴은 여전히 웃음 띤 얼굴이다. 북부전구는 선양에 주둔한 중국의 전구(戰區)를 말한다. 중국은 동·서·남·북·중의 5대 전구로 편성돼 있는데 북부전구는 동북 3성과 산둥반도까지 포함한다. 푸틴이 말을 이었다.

"하지만 유사시란 동북 3성이 한랜드에 흡수될 경우를 말하는데 그때 전력(戰力)을 투입할 수는 없을 겁니다."

푸틴이 두 손을 벌리면서 어깨를 올렸다.

"누구를 상대로 군(軍)을 투입한단 말입니까? 우리 러시아를 상대로? 아니면 대한민국을 상대로?"

푸틴이 손을 내리고는 머리를 저었다.

"그럴 수 없지요. 첫째로 동북 3성 주민들이 가만있지 않을 테니까요."

과연 그렇다. 이제 동북 3성은 한랜드와 동반 성장을 하면서 중국의 가장 낙후된 지역에서 가장 번영하는 지역이 됐다. 이런 상황에서 군을 투입할 수는 없다. 그때 푸틴의 얼굴에 쓴웃음이 떠올랐다.

"나도 기억납니다. 그때가 언제였던가? 한 10년쯤 됐나요?"

눈을 가늘게 뜬 푸틴이 말을 이었다.

"한반도에 사드를 배치할 때 중국이 온갖 경제보복을 다 했지요. 관광객을 안 보내고 중국에 있는 한국 유통업체 영업을 방해했고 한국 정부에 수모를 주었지요. 세계인이 다 목격했습니다."

"……."

"그때 중국의 진면목이 드러난 겁니다. 미국 측에는 제대로 말 한마디 못 하고 약자인 한국만 괴롭혔지요."

"……."

"그것이 시진핑의 치명적 실수였습니다. 6·25전쟁 때 중국군의 참전까지 잊고 있었던 한국인들에게 경각심을 주었지요."

서동수가 심호흡을 했다. 그때 자신도 중국에 대한 환상을 버렸던 것이다. 인간은 어려울 때 상처를 준 사람을 잊지 않는 법이다. 그때가 지금도 생생하다.

"앞으로는 경제가 국경을 없애게 될 겁니다, 동수 각하."

푸틴이 생수병을 들면서 말을 이었다.

"국경에 초소를 세워서 입출국 감시를 하고 다른 체제, 이념으로 구분하는 시대는 지났습니다."

머리를 끄덕인 서동수가 메드베데프와 김동일을 차례로 보았다. 이들이 러시아와 대한민국을 이끌어갈 후계자다. 메드베데프는 푸틴의 분신으로 성장했고 김동일은 이제 껍질을 벗고 다시 태어난 것 같다. 젊었기 때문인지 서동수의 언행(言行)과 사고(思考)를 스폰지처럼 빨아들이고 있다. 푸틴은 2000년 5월에 러시아 대통령으로 취임했다. 그리고 지금까지 20년이 넘게 러시아를 통치해온 것이다. 물론 그동안에 측근인 메드베데프에게 4년 동안 대통령을 양보하고 총리로 물러나 있었지만 실권은 놓지 않았기 때문이다. 푸틴이 말을 이었다.

"중국과 대한민국이 동북 3성을 놓고 승부를 겨루고 있는 것 같지만 내 생각은 다릅니다."

이제 푸틴이 앞에 놓은 보드카 병을 집었다. 그러자 메드베데프의 얼굴에 희미한 웃음이 떠올랐고 오른쪽에 앉아 있던 체르넨코가 푸틴 앞으로 보드카 잔을 슬며시 밀어 놓았다. 잔에 보드카를 채운 푸틴이 웃음 띤 얼굴로 말을 이었다.

"전쟁 분위기를 일으키고 있는 중국 측이 혼자 춤을 추는 꼴이 되어 있어요. 그 분위기가 심해질수록 중국은 곤경에 빠지게 될 겁니다."

그때 서동수가 말을 받았다.

"동북 3성에 시 주석의 운명이 걸려 있기 때문입니다."

"당연하지요."

"가만있을 수는 없지 않겠습니까?"

"아마 주위에서 동요하고 있겠지요. 그 체제하에서는 당연한 일이니까요."

한입에 술을 삼킨 푸틴이 지그시 서동수를 보았다.

"동수 각하, 시간은 대한민국 편입니다. 우리 러시아 편이기도 하지요."

그때 체르넨코가 말을 이었다.

"북부전구(北部戰區)는 염려하실 것 없습니다. 한랜드는 러시아령인 만큼 압력을 가할 수도 없을 테니까요."

러시아와 한국은 한랜드를 공동 소유하면서부터 동맹국 이상의 관계를 유지하고 있는 것이다. 이것이 푸틴의 말대로 경제가 이어준 국가 관계다. 경제란 곧 국민의 복리후생이다. 국민이 잘사는 것이 국가의 첫 번째 과제 아닌가? 회의를 마치고 영빈관으로 돌아왔을 때 김동일이 밝은 표정으로 서동수에게 말했다.

"푸틴 각하 이야기를 듣고 나서 개운해졌습니다, 각하."

"앞으로 메드베데프 씨하고도 호흡을 잘 맞출 수 있을 거요."

서동수가 말을 이었다.

"중국이 내부의 불만이나 동요를 외부로 돌리는 통치 방법을 쓰지나 않을까 걱정했는데 푸틴 각하의 말씀을 듣고 위로를 받았습니다."

영빈관 응접실 안에서 다시 넷이 둘러앉아 있다. 오후 6시 반이다. 8시에 푸틴과 소규모 만찬이 예정되어 있다. 그때 안종관이 입을 열었다.

"각하, 시진핑 주석을 한번 만나 보시지요."

서동수의 시선을 받은 안종관이 말을 이었다.

"대국(大國)의 지도자 아닙니까? 각하께서 먼저 부딪쳐 보시면 그쪽에서 가슴을 열 수도 있을 것입니다."

"맞습니다."

유병선이 동의했을 때 서동수가 어깨를 부풀렸다가 내렸다.

"내가 국가를 위한다면 뭘 못해?"

다가선 올가를 본 서동수가 탄성을 뱉었다. 올가도 이제 가운 차림이다.

"으음, 넌 볼수록 아름답구나."

감동으로 금방 목이 메었고 곧 몸이 뜨거워졌다. 올가의 얼굴에 웃음이 떠올랐다. 정색한 얼굴일 때 숨을 멈추게 만들었다가 웃을 때 값이 떨어지는 경우가 많다. 웃음이 어울리지 않는 얼굴이 분명히 있다. 그러나 올가의 웃는 얼굴은 심장 박동을 더 빠르게 만든다.

"올가, 벗어라."

서동수가 홀린 듯한 표정으로 말했다. 밤 12시쯤 되었다. 이곳은 영빈관의 침실. 서동수는 올가를 데리고 방으로 온 것이다. 올가는 푸틴과의 회담 때부터 만찬을 마칠 때까지 시중을 들다가 방으로 따라왔다. 서동수 앞에 선 올가가 차분하게 가운을 벗었는데 곧 미끈한 몸이 드러났다. 브래지어와 팬티만 걸쳤다. 흰 피부는 대리석처럼 반들거렸고 금발은 어깨까지 늘어져 있다. 서동수의 시선을 받은 올가가 곧 브래지어를 풀어 바닥에 떨어뜨렸다. 그 순간 서동수가 숨을 들이켰다. 풍만한 젖가슴이 출렁거리더니 곧 자리를 잡았다. 콩알만 한 젖꼭지가 솟아올라 있다. 서동수를 응시한 채 올가가 다시 팬티를 벗었다. 다리 한쪽을 들어 팬티를 벗어 내린 순간 골짜기의 황금 숲이 드러났다. 짙고 무성한 황금 숲이다. 그때 올가가 구두도 벗어 던지더니 서동수에게 다가와 무릎을 꿇고 앉았다. 그러고는 서동수의 가운을 젖히고는 남성을 두 손으로 감싸 쥐었다.

"으음, 올가."

서동수가 손을 뻗어 올가의 머리칼을 움켜쥐었다. 그 순간 올가가 서동수의 남성을 입에 넣었다.

"으으음."

서동수의 신음이 다시 터졌다. 남성이 받은 자극보다 올가의 벌린 입, 크게 뜬 눈, 그리고 물린 남성을 본 충격이 더 컸기 때문이다. 서동수가 움켜쥐었던 올가의 머리칼을 놓고 이제는 두 손으로 얼굴을 감싸 쥐었다. 천사 같던 올가의 얼굴이 일그러졌고 그것이 서동수를 더욱 자극했다. 감동을 받은 것이다.

"올가, 그만."

마침내 참지 못한 서동수가 소리쳤다. 올가가 순순히 머리를 들었을 때 서동수는 겨드랑이에 두 손을 넣어 일으켰다. 그러고는 그대로 소파 위로 밀어 넘어뜨렸다. 두 다리를 든 채 넘어진 올가에게 달려든 서동수가 황금빛 골짜기에 얼굴을 묻었다. 골짜기의 붉은 계곡에서 생명수가 흐른다. 서동수는 골짜기의 생명수를 갈증 난 사람처럼 빨아 마셨다. 올가가 두 손으로 서동수의 어깨를 움켜쥐고는 사지를 비틀었다. 악문 이 사이로 신음이 이어졌고 얼굴은 상기되었다. 허리를 번쩍 치켜들었다가 두 다리로 서동수의 머리를 감싸 안더니 마침내 소리쳤다.

"이제, 그만 해줘요!"

서동수는 상반신을 일으켰다. 올가의 몸 위로 오른 서동수의 얼굴이 상기되어 있다. 곧 방안에 올가의 신음이 터졌다. 가쁜 숨소리에 섞인 외침이 끝없이 이어지는 것 같더니 그쳤다. 얼마나 시간이 지났는지 모른다. 서동수는 올가의 몸을 안은 채 온몸이 따뜻한 바다 위에 떠 있는 느낌을 받는다. 향기가 났고 아직도 입안에는 올가한테서 빨아들인 과일 맛도 남아 있다. 만족한 섹스를 마친 후에는 몸을 떼기가 싫은 법이다. 올가는 두 팔로 서동수의 허리를 감은 채 가쁜 숨을 가슴에 내뿜고 있다. 서동수가 올가의 이마와 볼에 입을 맞췄다. 그때 올가가 서동수의 가슴에서 입술을 떼고 말했다. 두 손은 허리를 더 세게 안는다.

"블라디미르 각하께서 저한테 동수 각하를 따라 한랜드로 가라고 하셨어요."

"서동수의 특징이 뭐야?"

불쑥 시진핑이 묻자 주석실 비서 왕원이 긴장했다. 방금 서동수와 푸틴의 비공식 회담 보고를 마친 후다. 왕원이 입을 열었다.

"장점으로는 솔직하고 순발력이 빠르며 정세 판단이 정확한 것입

니다."

시진핑이 머리를 끄덕였다.

"단점은?"

"여색(女色)과 공사 구분이 불분명하고 제 이익을 위해서는 언제라도 배신할 수 있다는 것입니다."

"흥."

코웃음을 친 시진핑이 찻잔을 들었다.

이곳은 베이징(北京) 이화원 근처의 안가(安家)다. 오후 3시, 서동수는 모스크바 방문을 마치고 지금 평양으로 돌아가는 비행기 안에 있다.

"그건 다 마찬가지야. 국가 간 신의, 약속은 제 국익을 위해서라면 언제든지 뒤집을 수 있어. 제 국가, 국민이 우선이야. 그것이 만고의 법칙이라고."

"예, 주석 동지."

"동북 3성이 위험해."

시진핑이 혼잣소리처럼 말했지만 왕원은 머리끝이 솟는 느낌을 받는다. 좀처럼 품고 있던 생각을 내놓지 않는 시진핑인 것이다. 처음 있는 일이다. 둘은 응접실에 마주앉아 있다. 한동안 유리문 밖의 정원을 바라보다 시진핑이 다시 말을 이었다.

"동북 3성을 개방해서 한랜드와 남북한을 흡수하려던 계획이 어긋났어."

기가 질린 왕원은 숨도 못 쉬었고 시진핑의 말이 이어졌다.

"1억 인구가 쏟아져 들어가면 다 삼킬 줄 알았더니 서동수가……."

말을 멈춘 시진핑이 다시 정원을 보았다. 정원의 나무는 모두 잎을 잃고 가지만 앙상했다. 겨울이다. 그렇다. 그다음 말은 왕원이 이을 수가 있다. 서동수는 쏟아져 들어오는 동북 3성의 인해전술을 흡수해버린 것이다. 오히려 한랜드 주민증까지 주면서 집어삼켰다. 그래서 붉은 땅으로 만들려던 한랜드가 거대한 수렁이 되었다. 빠져 들어간 주민은 한랜드 주민으로 변신했다. 이제 동북 3성과 한랜드의 구분이 묘해졌다. 동북 3성은 무섭게 성장하고 있지만 주민 중 한랜드 주민증을 소지한 자가 벌써 3할이 넘는다. 큰일이다. 북부전구(北部戰區)의 전력을 늘렸지만 어떻게 한단 말인가? 한랜드는 러시아 임차지다. 시진핑이 흐려진 눈으로 왕원을 보았다.

"내가 요즘 자주 꿈을 꿔."

"……."

"청나라 누르하치가 나타나."

왕원은 사지가 벌벌 떨렸기 때문에 이를 악물었다. 청나라 누르하치가 누구인가? 청(靑)을 세운 시조다. 200만 여진족을 이끌고 중국을 점령, 통치한 청 태조, 누르하치를 왜? 설마 서동수를 누르하치로? 그때 시진핑의 목소리가 울렸다.

"지금 서동수의 기세, 대한민국의 활기를 보면 청(靑)의 누르하치가 떠올라."

"……."

"아니, 여진의 누르하치보다 지금의 한민족 기세가 더 셀지도 모르지."

"주석 동지."

마침내 왕원이 갈라진 목소리로 불렀다. 눈을 크게 뜬 왕원이 똑바로 시진핑을 보았다.

"지금은 시대가 다릅니다, 주석 동지. 서동수는 결코 누르하치가 될 수 없습니다."

"어젯밤에는 그놈이 베이징의 궁성에서 우리 한족 여자 수천 명을 벌거벗겨 놓고 사열하는 꿈을 꾸었어."

기가 막힌 왕원은 숨도 못 쉬었다. 그러나 다시 머리끝이 서는 느낌이 온다. 과연 그렇게 될 것인가?

<끝>